JAN COSTIN WAGNER

Tage des letzten Schnees

GOLDMANN
Lesen erleben

Buch

Anfang Mai, im finnischen Turku fällt der letzte Schnee. Kommissar Kimmo Joentaa wird gleich zwei Mal gerufen: zu einem Autounfall mit Fahrerflucht, bei dem eine Elfjährige ums Leben gekommen ist, und an einen Tatort, an dem zwei unbekannte Tote auf einer Parkbank liegen, als würden sie schlafen. Für den Vater des bei dem Unfall gestorbenen Mädchens wird Kimmo Joentaa zum Begleiter in der Trauer, während er gleichzeitig daran arbeitet, den Doppelmord aufzuklären.

Die Ermittlungen führen Joentaa in ein fatales Beziehungsgeflecht, das Menschen, die nichts verband, schicksalhaft zusammengeführt hat: einen Architekten, dem der feste Glaube an die Symmetrie des Lebens abhandenkommt, einen Schüler, der unaufhaltsam auf einen Amoklauf zusteuert, eine junge Frau, die versucht, der Armut zu entkommen, und einen Investmentbanker, der sich im Dickicht seines Doppellebens verliert.

Als Joentaa die Linien, die diese Menschen verbinden, schließlich zu erkennen beginnt, ist es fast zu spät. Und erst dann begreift er, dass seine große Aufgabe nie die Suche nach einem Doppelmörder war, sondern eine, die ihm noch bevorsteht ...

Weitere Informationen zu Jan Costin Wagner
sowie zu lieferbaren Titeln des Autors
finden Sie am Ende des Buches.

Jan Costin Wagner

Tage des letzten Schnees

Ein Kimmo-Joentaa-Roman

GOLDMANN

MIX
Papier aus verantwortungsvollen Quellen
FSC® C014496

Penguin Random House Verlagsgruppe FSC® N001967

3. Auflage
Taschenbuchausgabe April 2015
Wilhelm Goldmann Verlag, München,
in der Penguin Random House Verlagsgruppe GmbH,
Neumarkter Str. 28, 81673 München

Lektorat: Wolfgang Hörner
Umschlaggestaltung: Uno Werbeagentur, München,
unter Verwendung eines Entwurfs von Manja Hellpap
und Lisa Neuhalfen, Berlin
Umschlagmotiv: © Getty images / Sam Burt Photography
mb · Herstellung: Str.
Druck und Bindung: GGP Media GmbH, Pößneck
Printed in Germany
ISBN 978-3-442-47407-3
www.goldmann-verlag.de

Besuchen Sie den Goldmann Verlag im Netz

Für Steffi und Luis

Erster Teil

Mai

1

Am ersten Mai fiel der letzte Schnee.

Das hatte der Wetterbericht so vorhergesagt, und so war es gekommen. Lasse Ekholm steuerte den Wagen vom Parkplatz auf die Straße und betrachtete den Himmel, aus dem die dicken weißen Flocken fielen, die in diesem Monat nichts verloren hatten.

Er dachte darüber nach, dass im Zusammentreffen des ersten Tages mit dem letzten Schnee eine Symmetrie verborgen lag. Eine Symmetrie, die schlüssig und schön war, weil sie auf asymmetrischen Komponenten beruhte. Das Erste und das Letzte, Anfang und Ende, verschmolzen zu einer Einheit … allerdings nur unter der Voraussetzung, dass der Wetterbericht recht behalten und es tatsächlich der letzte Schnee sein würde, bevor der Sommer kam.

Der Wagen glitt über die weiche Schneedecke, und er öffnete das Handschuhfach, ohne die weiße Straße aus den Augen zu lassen. Er nahm die CD heraus, die Anna zusammengestellt hatte, Musik, mit der er nichts anfangen konnte, die er nicht verstand, aber Anna verstand sie und versuchte meistens, ihm zu erklären, worin der tiefere Sinn der hektischen Rhythmuswechsel bestand. Er legte die CD ein und wählte das einzige Stück, das er mochte, das mit Abstand ruhigste, dunkle Bässe auf einem warmen Klangteppich.

»Das gefällt mir«, sagte er immer zu Anna, wenn dieses Stück lief, und Anna lachte und antwortete, das sei wohl kein Wunder, da es sich um den Retro-Mix eines 80er-Jahre-

Klassikers handle, und Lasse Ekholm fragte sich, woher sie diese Worte kannte – Retro-Mix ... 80er-Jahre-Klassiker ...

Er parkte auf dem weiten Platz vor der Eishalle und freute sich darauf, sie gleich zu sehen, während er durch den Flockenwirbel auf den Eingang zulief. Drinnen war es warm, und er hörte schon die durchdringende Stimme von Elina, der Trainerin, die es sich nicht hatte nehmen lassen, am ersten Mai, einen Tag nach dem Vappu-Fest, wenn normale Menschen ihren Rausch ausschliefen, zum Training zu bitten. Und er hörte die kreischenden Stimmen der Mädchen, die sich herzlich wenig für Anweisungen zu interessieren schienen. Anna in ihrem viel zu großen Trikot jagte dem Puck hinterher, ohne dabei augenscheinlich taktischen Vorgaben zu entsprechen. Sie führte den Puck, zunächst erfolgreich, bis drei Gegenspielerinnen entscheidend die Laufwege verkleinerten und sie zu Boden fiel und sich das Knie hielt. Ekholm schloss die Augen und spürte die Angst, die er immer spürte, wenn er Anna zusah. Eine Angst, die der Freude darüber, dass sie so gerne Eishockey spielte wie er früher, entgegenstand.

Er dachte an die strengen Blicke, die Kirsti ihm zuwerfen würde, wenn sie den blauen Fleck verarzten und Anna in ungebrochen guter Laune ins Bett humpeln würde. Vielleicht würde er ein weiteres Mal versuchen, Kirsti davon zu überzeugen, dass er mit Annas Begeisterung für diesen Sport nicht das Geringste zu tun hatte, und Kirsti würde ihm ein weiteres Mal nicht glauben, obwohl es stimmte.

Er freute sich einerseits jedes Mal darüber, Anna spielen zu sehen, hatte aber andererseits vermutlich noch größere Angst als Kirsti davor, dass sie sich irgendwann verletzen würde, zumal ihn ihre Spielweise sehr an die erinnerte, die seine eigene gewesen war – auch er war immer da hingegangen, wo es wehtat, und hatte aus Prinzip den Puck nur abgespielt, wenn es sich gar nicht hatte vermeiden lassen.

Anna hatte zwei gute Tormöglichkeiten, während er zusah, und fiel noch drei Mal auf eine Weise aufs Eis, die ihn ein wenig ins Schwitzen brachte. Aber sie stand immer wieder auf und sagte »Ach, Papa«, als er sie am Ende des Trainings fragte, ob noch alle Knochen dran seien.

»Dann ist ja gut«, sagte er.

»Gar nicht gut. Ich habe zwei Mal die Latte getroffen. Und das ist ziemlich unwahrscheinlich, weil ...«

»... die Querstange mit rund vier Zentimetern nur unwesentlich mehr Masse hat als der Puck, folglich ein Aufeinandertreffen des Pucks mit der Querstange nur in seltenen Fällen zu erwarten ist.«

»Genau«, sagte sie.

»Das heißt aber nicht, dass ein Torerfolg wahrscheinlich wäre, mit Abstand am wahrscheinlichsten ist es, dass der Schütze im Eishockey aufgrund der Abmessungen des Tores am ...«

»... Goalie scheitert«, vervollständigte sie.

»Erzähle ich oft solches Zeug?«, fragte er.

»Ziemlich oft, Papa«, sagte sie. »Ich dusche und ziehe mich um, bis gleich.«

»Bis gleich«, sagte Lasse Ekholm. Er sah ihr nach und dachte wieder über den letzten Schnee am ersten Tag des Monats nach, während er wartete. Er erwiderte die gemurmelten Grüße von Annas Teamkolleginnen, und als Anna schließlich gemeinsam mit ihrer Freundin Laura mit nassen Haaren aus der Kabine kam, sagte er den Satz, den er häufig sagte, zumindest an kalten Tagen, wohl wissend, wie der kurze Dialog enden würde.

»Deine Haare sind noch nass.«

»Kein Problem«, sagte Anna.

»Du könntest sie noch schnell trocknen.«

»Passt schon«, sagte Anna.

»Hm«, sagte er und nahm ihr die bleischwere Sporttasche ab, und als sie ins Schneetreiben und in die Kälte traten, kam ihnen Lauras Mutter entgegen, und Laura fragte, ob Anna vielleicht noch mit ihnen fahren könne, zum Abendessen.

»Oh ja«, sagte Anna.

»Ja … von mir aus gerne«, sagte Lauras Mutter.

»Ich fürchte, das geht nicht«, sagte Lasse Ekholm.

»Ach, Papa.«

»Nein, Mama … also Kirsti hat gesagt, dass heute frühe Bettruhe ansteht. Wegen der Klassenarbeit morgen.«

»Mann«, sagte Anna.

»Klassenarbeit?«, fragte Lauras Mutter.

»Äh …«, sagte Laura.

»Nur so 'ne Zehn-Minuten-Prüfung vom Gockel«, sagte Anna.

»Vom was?«, fragte Ekholm.

»Vom … von unserem Chemie-Lehrer«, präzisierte Anna.

»Ah«, sagte Ekholm, und die Mädchen lachten.

Sie standen noch unschlüssig, für eine lange Sekunde, dann verabschiedeten sich Laura und ihre Mutter, und Anna sagte, während sie einstieg, dass es sich nicht lohnen werde, für die Chemieprüfung zu lernen, da sie es ohnehin nicht verstehen könne.

»Das ist … eine schlüssige Argumentation«, sagte Ekholm und startete den Wagen.

»Genau«, sagte sie.

»Nur sieht Mama das ein wenig anders.«

»Na und?«

»Das ist schon weniger schlüssig.«

»Was?«

»Dieses *na und*. Ist weniger schlüssig.«

Sie stöhnte, und Lasse Ekholm drehte sich zu ihr um und

lächelte, und sie erwiderte das Lächeln und bat ihn, die CD einzulegen.

»Schon passiert«, sagte er, und dann füllte Musik das Innere des Wagens, die Musik, die er nicht verstand, obwohl Anna versuchte, sie zu erklären. Sie wollte ausgerechnet dieses eine Stück hören, dem er bislang noch nicht den Hauch einer Melodielinie hatte entlocken können. Aber Anna summte mit, und Lasse Ekholm stellte leiser, um Anna summen zu hören.

»Papa!«, sagte sie.

»Weitersummen«, sagte er.

»Was?«

»Weiter ... ich wollte die Melodie raushören, die du da summst.«

Anna lachte, er wendete sich wieder der Straße zu, und dann passierten mehrere Dinge in kurzer Abfolge.

Lasse Ekholm sah ein Licht, er spürte es mehr, als dass er es sah, es war in seinem Rücken, es kam plötzlich, und es schien ungewöhnlich hell. Er drehte sich wieder zu Anna um, die immer noch lachte, und im letzten Moment glaubte er, eine Irritation in ihren Augen wahrzunehmen. Ihr Mund war leicht geöffnet, und vielleicht hatte sie Angst in der letzten Sekunde, aber das konnte er nie mit Sicherheit sagen, obwohl er später oft darüber nachdachte.

Er hatte den Eindruck, einen Blitz zu sehen, der direkt neben ihnen einschlug, neben dem Wagen, in dem sie fuhren, ein lautloser Einschlag, der das Gleichgewicht, in dem sie eben noch gewesen waren, ins Wanken brachte und schließlich aufhob, und dann versuchte er, gegenzusteuern, weil er begonnen hatte, gemeinsam mit Anna, die er nicht mehr sah, in einem leeren Raum zu schweben.

Der Aufprall war dumpf, leise und blechern, und er hörte die Musik, das andere Stück, das eine, das er mochte, den Retro-Mix eines Achtziger-Jahre-Klassikers, dunkle Bässe auf einem Klangteppich. Er versuchte, sich auf die Melodie zu konzentrieren, die sich langsam herauszukristallisieren begann. Er betrachtete das Display, die gelbe Acht, der achte Song auf der CD, die Anna zusammengestellt hatte, eine Auswahl an Stücken, die nur sie verstand.

»Anna?«, sagte er.

Er wartete und fragte sich, warum das Display funktionierte, warum die Musik lief, wenn alles andere kaputt war. Alles kaputt, dachte er. Vielleicht war die Musik nur in seinen Gedanken. Aber das Display funktionierte, und draußen, hinter der Scheibe, sah er Schatten, die vorüberglitten. Es schneite, und es war kalt. Eben war es noch warm gewesen, und wenn es in einem Auto schneite, war davon auszugehen, dass eine Scheibe zu Bruch gegangen war.

»Anna?«, sagte er.

»Hallo?«, fragte eine Stimme. Nicht Annas Stimme.

Er drehte den Kopf in die Richtung, aus der die Stimme gekommen war, und sah einen Schatten an der Stelle stehen, an der die Beifahrertür gewesen sein musste.

»Hilfe ist unterwegs«, sagte die Stimme, eine weibliche Stimme, die zitterte.

Er nickte und wollte aufstehen, aber es ging nicht. Er wollte aufstehen und aus dem Wagen steigen.

»Sie sollten sich vielleicht nicht bewegen«, sagte eine andere Stimme, eine männliche. »Der Notarzt kommt gleich.«

Der Notarzt, dachte er.

»Haben Sie Schmerzen?«, fragte die männliche Stimme. Die Musik lief noch, draußen schien jemand zu weinen. Am Tag von Annas Geburt war der Notarzt gekommen, zwei Sanitäter, die Kirsti getragen und zur Entbindung ins Krankenhaus gefahren hatten. Weil Anna quer gelegen und die Hebamme gesagt hatte, dass die werdende Mutter in diesem Fall aus Gründen der Sicherheit nicht mehr selbst laufen solle.

»Anna?«, sagte er.

»Der Notarzt kommt«, sagte die männliche Stimme, und er hörte die Sirene und sah das blaue flackernde Licht. Das Lied war zu Ende gegangen, er hatte den Schluss verpasst. Das Display zeigte eine Fehlermeldung an.

Der erste Tag, der letzte Schnee.

Anna könnte mit Laura fahren und bei ihr zu Abend essen.

Es war ganz still draußen, aber er spürte, dass die Anzahl der Menschen zugenommen hatte.

»Wie geht es meiner Tochter?«, fragte er.

2

Kimmo Joentaa stand am Fenster, betrachtete die Dunkelheit und den Schnee und dachte an das, was Larissa gesagt hatte, am Morgen, bevor er losgefahren war. Dass sie vermutlich nicht da sein werde am Abend, dass sie einige Tage lang weg sein werde.

»Wo?«, hatte er gefragt.

»Weg«, hatte sie geantwortet, und Kimmo Joentaa hatte die anderen naheliegenden Fragen im Raum stehen lassen, weil er gewusst hatte, dass es keinen Sinn haben würde, sie zu stellen.

Larissa. Seine Freundin Larissa, die nicht Larissa hieß. Die nicht antworten würde, wenn er sie fragte, wie es ihr gehe. Die ihn auslachen würde, wenn er sie fragte, wie ihr Tag gewesen sei.

»Wir haben da was«, sagte eine Stimme in seinem Rücken. Antti Lappeenranta, der junge Archivar, hatte den Raum betreten, ohne dass er es bemerkt hatte.

»Antti … was gibt's?«

»Die in der Zentrale haben mich gebeten, Bescheid zu sagen, falls noch jemand da ist«, sagte Antti. »Weil die Kollegen vom Spätdienst anderweitig unterwegs sind.«

Joentaa nickte.

»Ein Unfall, also ... vermutlich ein Unfall, mit Todesfolge, der Unfallverursacher ist weg, Fahrerflucht.«

Joentaa nickte.

»Ein Kind ist ums Leben gekommen, ein Mädchen. Elf Jahre alt. Der Vater hatte sie vom Eishockey abgeholt. Ein ...« Antti senkte den Blick auf den Zettel in seiner Hand. »Ein ... Lasse Ekholm. Seine Tochter ... Anna ist bei dem Unfall ums Leben gekommen.«

Joentaa nickte. Er betrachtete Antti Lappeenranta, den jungen Archivar, und er dachte daran, dass er mit einer Frau zusammenlebte, die sich Larissa nannte und die sich weigerte, ihren tatsächlichen Namen preiszugeben. Und daran, dass er Antti Lappeenranta mochte, aus vielen Gründen, aber auch weil er die Namen notiert hatte. Es war ihm wichtig gewesen, nicht nur von einem Vater und einer Tochter zu sprechen, nicht von Opfern eines Unfalls, sondern von Lasse und Anna Ekholm.

Lasse und Anna Ekholm. Er schloss die Augen und sah sich an Sannas Grab stehen, am Tag der Beerdigung, im Regen, wie lange war das her? Vielleicht war tatsächlich nur ein Moment vergangen. Lasse und Anna Ekholm waren zwei Menschen, die er kannte.

»Ja ... ich denke, es ist ja erst mal nicht direkt eure Sache ... aber ...«, sagte Antti Lappeenranta.

»Doch«, sagte Joentaa.

»Ja?«

Joentaa fragte sich, wie hoch die Wahrscheinlichkeit eines Irrtums sein konnte. Er erinnerte sich an den Kranz, den größten Kranz an Sannas Grab, am Tag der Beerdigung, der Kranz des Architekturbüros, in dem Sanna gearbeitet hatte, bevor sie erkrankt und gestorben war, vor einer Ewigkeit, die nur noch einen Moment entfernt war.

»Ja, dann …«

Ein Kranz, unterzeichnet von allen Mitarbeitern, in der Mitte, nicht groß, aber deutlich zu lesen, die Unterschrift von Lasse Ekholm, Sannas Chef, denn Lasse Ekholm war der Inhaber des Architekturbüros gewesen. Und Lasse Ekholm hatte damals eine kleine Tochter gehabt, Anna.

»Ich will da mal hinfahren«, sagte Joentaa.

»Das ist nicht weit von der Eishalle entfernt, die Landstraße Richtung Innenstadt …«

Joentaa lief. Er dachte an Anna, ein Mal hatte er mit ihr in einem Garten Fußball gespielt, im Garten der Ekholms, er hatte gemeinsam mit Anna auf ein kleines Tor geschossen, in dem Annas Vater, Lasse Ekholm, gestanden hatte. Sanna hatte kerngesund an einem Tisch in der Sonne gesessen und sich mit Kirsti Ekholm unterhalten. Ein schöner Tag im Sommer war das gewesen, die Ekholms hatten sie eingeladen.

Er fuhr auf der Landstraße zur Eishalle und sah schon in der Ferne die flackernden roten und blauen Lichter, und dann sah er das Auto, das keine Beifahrertür und keine Windschutzscheibe mehr hatte und verloren am Waldrand im Licht von Scheinwerfern stand. Uniformierte Polizisten standen um das Fahrzeug herum, und vor einem Krankenwagen beugte sich ein Sanitäter über einen in eine Decke gehüllten Mann.

In Decken gehüllt hatte Sanna auf dem Steg am See gesessen, in den Wochen vor ihrem Tod.

Joentaa stieg aus und ging auf den Krankenwagen zu. Er hörte, wie der Sanitäter leise und beruhigend mit dem Mann zu sprechen versuchte. Einer der uniformierten Polizisten kam auf ihn zu und bat ihn weiterzufahren, bevor er ihn erkannte. »Kimmo, gut, dass du da bist. Du hast schon …«

»Ein Mädchen, elf Jahre alt.«

»Ja.«

»Anna Ekholm«, sagte Joentaa.

»Das ... weiß ich, ehrlich gesagt, nicht, die Kollegen dahinten waren zuerst vor Ort ...«

»Doch, Anna Ekholm«, sagte Joentaa und ging weiter, auf den Krankenwagen zu, vor dem, in eine Decke gehüllt, Lasse Ekholm saß. Joentaa hörte die Stimme des Notarztes, der Ekholm zuredete, einzusteigen. Aber Ekholm schüttelte den Kopf. Er saß im Schnee vor dem Rettungswagen, und als Joentaa bei ihnen war, wusste er nicht, was er sagen sollte. Ekholm sah auf und schien einige Sekunden lang Joentaas Gesicht mit Erinnerungen abzugleichen.

»Ich bin es, Kimmo«, sagte Joentaa. »Meine Frau, Sanna, hat bei euch im Architekturbüro gearbeitet.«

Ekholm sah ihn weiter an, dann nickte er kaum merklich, senkte wieder den Blick, und Joentaa setzte sich neben ihn in den Schnee. »Gleich, noch ein paar Minuten«, sagte Joentaa zu dem Notarzt, der nickte und ging.

Sie saßen schweigend, und Joentaa sah den Kollegen zu, die sich darum bemühten, im trüben Licht der Scheinwerfer Entfernungen abzumessen und Bremsspuren zu sichern. Er dachte an Sanna, an den Sommertag in Lasse Ekholms Garten, an Lasse Ekholm, der lachend einen Schuss seiner Tochter parierte.

Er betrachtete das Autowrack, das in einem leeren Raum unter Bäumen stand.

»Anna ...«, sagte Ekholm nach einer Weile. Es klang wie eine Frage, die er an Joentaa richtete, in der Hoffnung, eine Antwort zu erhalten.

3

Der Notarzt wollte Lasse Ekholm ins Krankenhaus bringen, und Lasse Ekholm wollte nach Hause fahren.

»Wir sind auf dem Heimweg«, sagte er.

»Herr Ekholm ...«, sagte der Notarzt.

»Wir sind auf dem Heimweg. Ich will jetzt weiterfahren. Kirsti ... wartet schon.«

»Herr Ekholm, Sie hatten einen Unfall. Wir sollten zunächst zumindest eine ambulante ...«

»Können Sie mich fahren, Kimmo?«, fragte Lasse Ekholm, und Joentaa, der den beiden zugehört hatte, ohne den Blick von dem Autowrack abwenden zu können, sah zunächst Ekholm an und dann den Notarzt. Er stand auf und signalisierte dem Notarzt, ihm zu folgen. Der Arzt, ein recht junger, schmaler Mann, folgte ihm.

»Ist es möglich, zunächst nach Hause zu fahren? Ich glaube nicht, dass es jetzt in erster Linie um die Versorgung seiner Verletzungen geht, sondern darum, dass er nach Hause möchte«, sagte Joentaa.

Der Arzt runzelte die Stirn, nickte aber.

»Und Sie kommen auch mit? Seine Frau, Kirsti, weiß wohl noch nicht, was passiert ist. Sie werden vielleicht helfen müssen. Beiden.«

Der Arzt schwieg einige Sekunden lang, dann schien er sich einen Ruck zu geben und sagte: »Dann machen wir es so. Obwohl der Mann natürlich eingehender untersucht werden muss. Er realisiert das jetzt nicht, aber er hat einige Verletzungen, deren Schweregrad ich noch nicht einschätzen kann ... gut, wir fahren ihn erst mal nach Hause ... Sie fahren voraus, wir fahren hinterher.«

Joentaa nickte. »Danke«, sagte er.

Während sie fuhren, sah er den Notarztwagen im Rückspiegel, der ihnen folgte, ohne die Sirene angeschaltet zu haben, wie ein Schatten, still, aber beharrlich, ein Begleiter, der daran erinnerte, dass sich etwas verändert hatte, nicht mehr stimmte, dass die Welt aus den Fugen geraten war.

»Kirsti …«, sagte Ekholm. Er sagte den Namen einige Male, während sie fuhren. Mehr nicht. Dann standen sie vor dem Haus, und Joentaa schaltete den Motor aus und sah, wie der Notarztwagen hinter ihnen zum Stillstand kam. Sie saßen schweigend, und Joentaa betrachtete das Haus im Dunkel, das hell erleuchtet war. In allen Zimmern schien Licht zu brennen.

Joentaa erinnerte sich an das Haus und an den Tag im Sommer vor einigen Jahren, an dem Sanna noch gelebt hatte und sie gemeinsam dort gewesen waren, er erinnerte sich daran, dass es in einem ganz feinen, weichen Hellblau gestrichen war, das jetzt im Dunkel nur zu erahnen war, und er erinnerte sich jetzt auch an die Irritation, die der Anblick des Hauses im ersten Moment ausgelöst hatte.

Er hatte Sanna gefragt, ob es sein könne, dass dieses Haus gerader stehe als die anderen, und Sanna hatte gelacht und gesagt, er sei ein guter Beobachter, denn Lasse Ekholm sei in Bezug auf Symmetrie und Statik der unangefochten brillanteste Architekt, den sie kenne. »Und das ist etwas Schönes, Kimmo, ich arbeite für die Ewigkeit. Die Häuser, die wir planen, sollten eigentlich auch noch stehen, wenn die Welt schon untergegangen ist.«

Dann waren sie ausgestiegen und auf das Haus zugelaufen, und Joentaa war fast ein wenig erleichtert gewesen, dass gleich im Eingangsbereich Schuhe kreuz und quer gestanden hatten, bunte Schuhe, Annas Schuhe, und Lasse Ekholm hatte sie ganz entspannt begrüßt, woraus Joentaa geschlossen hatte, dass sich sein Sinn für Ordnung und gerade, rechtwinklige Formen auf die Häuser zu beschränken schien, die er baute.

Sie waren durch den Flur in ein weites, helles Wohnzimmer

gelaufen, Kirsti Ekholm hatte Lasagne gekocht, die sehr gut geschmeckt hatte, und Sanna hatte nach dem Rezept gefragt. Kirsti Ekholm hatte sich darüber gefreut und die Zutaten aufgezählt, und Joentaa war durch eine geöffnete Tür nach draußen gegangen, in den lauen Sommerwind, um mit Lasse Ekholm und der kleinen Anna Fußball zu spielen. Eine Schaukel, einige Meter entfernt, an der Schwelle zum Wald, in den der Garten überging. Anna hatte ein Tor geschossen und das laut gefeiert, und Kimmo Joentaa hatte sich beiläufig gefragt, wo der Garten endete, wo der Wald begann, und es als angenehm empfunden, dass es keinen Zaun gab, keine Linie, die die Grenze zwischen dem Grundstück und dem Wald vor Augen führte.

»Ich ...«, sagte Lasse Ekholm, der neben ihm saß. Joentaa nahm den Blick vom Haus und sah Ekholm an, der müde und gehetzt zugleich aussah, und er dachte, dass kein weiteres Wort gesprochen werden sollte, keines, weder Lasse Ekholm noch er noch sonst irgendwer sollte noch irgendetwas sagen, weil alles gesagt war.

»Ich ... möchte das ... erst mal allein ... machen«, sagte Ekholm.

Joentaa nickte und sah wieder das Haus an. Er erinnerte sich, er stand im Garten, Blumen an der Seite, und Lasse Ekholm sprang nach dem Ball, aber er tat nur so, in Wirklichkeit wollte er den Ball passieren lassen, um Anna eine Freude zu machen, und während Anna den Torerfolg bejubelt und Lasse Ekholm beteuert hatte, der Ball sei nicht haltbar gewesen, hatte Joentaa Sannas Blick gesucht. Sanna hatte am Rand an einem Tisch gesessen und war in ein Gespräch mit Kirsti Ekholm vertieft gewesen, vermutlich über die Zutaten für eine Lasagne, die Sanna und er nicht mehr gekocht hatten, bevor sie gestorben war.

»Ich möchte kurz mit Kirsti sprechen«, sagte Ekholm. »Aber bitte, Kimmo, bleiben Sie?«

»Natürlich«, sagte Joentaa.

Ekholm nickte. »Ich komme dann raus und würde mich freuen, wenn Sie … ich glaube, ich möchte, dass Sie hierbleiben und warten.«

»Das mache ich«, sagte Joentaa.

Ekholm nickte noch einmal, dann stieg er aus und lief auf das Haus zu. Joentaa sah ihm nach. Er sah, dass Ekholm an der Tür stand und dass die Tür geöffnet wurde. Er erahnte die Silhouette einer Frau und sah Ekholm, der sprach und sparsam gestikulierte, ein wenig gebückt stehend. Er zuckte zusammen, als der Notarzt gegen die Scheibe auf der Fahrerseite klopfte. Joentaa öffnete die Tür.

»Wie geht es weiter?«, fragte der Notarzt.

»Er möchte kurz mit seiner Frau sprechen und hat mich gebeten zu bleiben. Und ich bitte Sie, auch zu bleiben.«

Der Notarzt nickte, und als sich Joentaa wieder dem Haus zuwendete, sah er, dass Ekholm auf sie zukam. Joentaa stieg aus dem Wagen, und Ekholm sagte:

»Ich brauche Hilfe, denke ich … ich habe Kirsti gesagt, was passiert ist, aber sie … versteht es nicht richtig …«

Der Notarzt ging schon auf das Haus zu, und auch die beiden Sanitäter stiegen jetzt aus und folgten ihm. Joentaa lief neben Ekholm, der kaum hörbar den Namen seiner Frau aussprach, und Kirsti Ekholm stand auf der Schwelle zum Haus und begrüßte sie, als sie näher traten.

»Was ist denn los?«, fragte sie.

»Frau Ekholm? Mein Name ist Toivonen, ich war der Notarzt am Unfallort …«

»Was ist denn passiert?«, fragte Kirsti Ekholm.

Der Notarzt, Toivonen, zögerte, die Sanitäter warfen sich Blicke zu, die Joentaa nicht deuten konnte, und Kirsti Ekholm fragte: »Wo ist Anna?«

»Frau Ekholm …«, begann der Notarzt.

»Wo ist meine Tochter?«

»... es hat einen Unfall gegeben. Ihre Tochter ist ums Leben gekommen.«

Der Satz hallte nach und breitete sich in der Stille aus, und Kirsti Ekholm sah den Notarzt an, einige Sekunden lang. Dann lachte sie.

»Ich denke, wir sollten vielleicht ins Haus gehen«, sagte der Notarzt.

Lasse Ekholm nickte, aber Kirsti Ekholm sagte: »Nicht um diese Zeit.«

»Kirsti ...«, sagte Ekholm.

»Nein, nein, es ist spät.«

»Kirsti, lass uns ...«

»Was machst du hier?«, fragte sie.

»Was ...?«, fragte Ekholm.

»Was machst du hier? Was stehst du hier rum? Wo ist Anna?«

»Frau Ekholm ...«, sagte der Notarzt.

»Hallo, Kirsti«, sagte Joentaa und trat einen Schritt nach vorn. »Wir kennen uns, ich war vor einigen Jahren mit meiner Frau bei euch, Sanna.«

Kirsti Ekholm wendete den Blick von ihrem Mann ab und sah Joentaa an, der versuchte, ihren Blick aufzufangen.

»Hallo ...«, sagte sie und streckte ihm intuitiv die Hand entgegen. Joentaa nahm sie und ließ nicht los.

»Wir waren hier, vor einigen Jahren, im Sommer«, sagte er.

»Ja, ja ... ich erinnere mich.«

»Wollen wir reingehen und uns erst mal alle setzen?«, sagte Joentaa.

»Ja ... natürlich, kommt doch rein«, sagte Kirsti Ekholm, und Joentaa dachte, dass sie es sagte wie die Gastgeberin, die sie gewesen war und die sie hereingebeten hatte in das von Sonne durchflutete Haus, vor Jahren, aber jetzt war es dunkel, und die Gäste waren andere.

Er löste langsam seine Hand aus ihrer und betrat das Haus, den Eingangsbereich, der genauso aussah wie damals, und auf dem Boden lagen bunte Schuhe kreuz und quer. Kirsti Ekholm sagte, dass sie Kaffee kochen werde, und Ekholm setzte sich auf das Sofa im Wohnzimmer, der Notarzt und die Sanitäter blieben unschlüssig stehen.

Joentaa ging ein paar Schritte, zur Küche, und sah Kirsti Ekholm, eine schlank und groß gewachsene Frau, die sich fließend bewegte und ganz auf den Ablauf der routiniert auszuführenden Handgriffe konzentriert zu sein schien, während sie den Kaffee kochte.

»Schön, dass wir uns mal wiedersehen«, sagte sie, ohne ihn anzusehen. Joentaa nickte.

»Ihre Frau, Sanna ... habe ich sehr gemocht«, sagte sie.

»Ja«, sagte Joentaa.

»Es tat mir sehr leid damals ... dass sie gestorben ist. Ich habe das natürlich mitbekommen ... Lasse hat davon erzählt.«

Joentaa nickte.

»Wie geht es Lasse?«, fragte sie.

Joentaa hob den Blick und dachte über die Frage nach, auf die er keine Antwort hätte geben können. Kirsti Ekholm stellte die Kaffeekanne auf ein Tablett und nahm Tassen aus dem Schrank.

»Fünf, oder? Nein, sechs ...«, sagte sie und schien durchzuzählen, wie viele Menschen im Wohnzimmer auf Kaffee warteten. »Sechs«, sagte sie und nickte. »Aber nur fünf Tassen, weil ich um diese Zeit keinen Kaffee mehr trinke.« Sie nickte noch einmal, befüllte das Tablett mit den Tassen, einer kleinen Kanne mit Milch und einem Zuckerstreuer, und als sie das Tablett anhob, löste sich Joentaa und nahm es ihr ab.

»Lassen Sie mich das tragen«, murmelte er und ging voran.

Im Wohnzimmer war das Bild unverändert. Ekholm saß auf dem Sofa, der Notarzt und die Sanitäter standen am Rand.

»Setzen Sie sich, bitte«, sagte Kirsti Ekholm, und Joentaas Hände zitterten ein wenig, als er das Tablett auf dem Glastisch abstellte.

»Schenkst du ein, Lasse?«, sagte Kirsti Ekholm.

Ekholm hob den Blick und sah seine Frau einige Sekunden lang an, bevor er zu begreifen schien. »Natürlich«, sagte er, nahm die Kanne und füllte die Tassen, die niemand entgegennahm. Ein Piepser summte, ein fremder Ton, und Joentaa sah, dass der Notarzt sich ein wenig entfernte, um ein Gespräch entgegenzunehmen. Nach einigen Minuten kam er zurück, wechselte ein paar Worte mit den Sanitätern und bat Joentaa, kurz mitzukommen. Sie gingen in die Küche.

»Wir müssen los«, sagte der Arzt. »In Paimio gab es einen Unfall, die Versorgung vor Ort reicht nicht aus.«

Joentaa nickte.

»Wir machen Folgendes: Ich lasse Ihnen diese Tabletten da. Mehr kann ich ohnehin jetzt nicht machen, es ist ein einfaches, aber starkes Beruhigungsmittel.«

»Gut«, sagte Joentaa.

»Höchstens zwei, und in jedem Fall vier Stunden Abstand bis zur nächsten Einnahme. Man kann sie aber mehrmals täglich nehmen.«

Joentaa nickte.

»Falls sich hier an der Situation etwas ändert, erreichen Sie mich unter dieser Nummer direkt.« Er gab ihm eine weiße Karte, auf der nur der Name und die Nummer standen und das Logo der finnischen Notfallambulanz abgebildet war.

»Danke«, sagte Joentaa.

»Und morgen muss der Mann ins Krankenhaus zu einer eingehenden Untersuchung. Für den Fall, dass sich über Nacht Schmerzen einstellen, lasse ich Ihnen auch hoch dosiertes Ibuprofen da. Aber dieser Wirkstoff stößt ab einem gewissen Punkt an Grenzen …«

»Ja. Danke«, sagte Joentaa.

Er blieb in der Küche stehen, betrachtete die Karte, die ihm der Arzt gegeben hatte, und hörte, wie die Haustür leise ins Schloss fiel. Im Wohnzimmer saß Lasse Ekholm schweigend auf dem Sofa, als er zurückkehrte. Die gefüllten Tassen standen unberührt auf dem Tablett.

»Kirsti hat sich schlafen gelegt«, sagte er.

Joentaa setzte sich auf den Rand des Sofas. Hinter der Fensterwand lag der Garten im Dunkel. Joentaa erahnte die Schaukel, an der Schwelle zum Wald.

»Ich werde mich auch hinlegen«, sagte Ekholm. »Oder …? Ich weiß nicht … was …«

»Der Arzt hat Tabletten dagelassen«, sagte Joentaa. »Beruhigende und auch schmerzstillende. Und Sie sollen morgen unbedingt zu einer Kontrolluntersuchung ins Krankenhaus gehen.«

Ekholm nickte. »Morgen«, sagte er. Es klang, als wisse er nicht, was mit dem Wort anzufangen sei. »Kimmo, könnten Sie … noch eine Weile bleiben?«, fragte er. »Es … würde mich … irgendwie beruhigen …«

»Natürlich«, sagte Joentaa.

Ekholm nickte. Dann ging er, und Joentaa erinnerte sich an den Morgen nach Sannas Tod. An den Gedanken, nie wieder einschlafen zu können, den er genau in dem Moment gehabt hatte, in dem er eingeschlafen war.

Er blieb lange auf dem Sofa sitzen, auf dem Sanna und Kirsti Ekholm gesessen und über das Rezept für die Lasagne gesprochen hatten. Ab und zu flackerten die Lichter vorüberfahrender Autos in der Dunkelheit, die für Momente den Garten erhellten.

Joentaa stand vorsichtig auf und öffnete die schmale Tür,

die hinausführte. Es schneite nicht mehr, aber es war kalt. Er lief ein paar Schritte über den von weichem Schnee bedeckten Rasen, sah jetzt die Schaukel und auch das kleine Tor, auf das Anna geschossen hatte. Es stand am selben Platz, im Zentrum der Rasenfläche, das Netz war ein wenig ausgefranst, und der Ball lag im Tor, rechts unten, genau in der Ecke, in die Lasse Ekholm damals vergeblich gehechtet war. Joentaa stand einige Meter entfernt, etwa da, wo Anna gestanden haben musste, als sie den Ball aufs Tor geschossen hatte.

Er sah das Tor, das stand, wo es gestanden hatte, den Ball, der lag, wo er gelegen hatte, und dachte, dass vielleicht auch Annas triumphaler Jubelschrei erst vor Sekunden vergangen war.

Zwei Monate früher – März

4

Markus Sedin hatte nicht den Eindruck, bestimmten Gedanken nachzuhängen, aber irgendwann, als sich das Schweigen im Speisewagen zwischen Brüssel und Ostende in die Länge zu ziehen begann, bemerkte er, dass seine Blicke einen Rhythmus annahmen, dass sie zwischen dem Kaffee und dem Schnee hin- und herwanderten.

Der Kaffee war ein wenig übergelaufen, über die weiße Tasse, auf die Serviette und das Tischtuch, und hinter den Scheiben lag die blasse Landschaft in Schnee gehüllt. Markus Sedin hörte leise das weiche Trommeln, das Markkanens Finger verursachten, während sie über die Laptoptastatur glitten, und er konzentrierte sich, in regelmäßigem Wechsel, auf das Schwarz des Kaffees und das Weiß des Schnees – bis er einen leichten Schwindel hinter der Stirn spürte und das Gefühl hatte, nach einem bestimmten Gedanken greifen zu können.

»Alles gut?«, fragte Bergenheim.

»Was?«

»Alles gut bei dir?«, fragte Bergenheim. »Du machst so zuckende Kopfbewegungen.«

»Ja?«, sagte Sedin. Er sah jetzt Bergenheim an, der ihm gegenübersaß, neben dem schwitzend auf die Tastatur einhämmernden Markkanen. Bergenheim nickte, schien sich gedanklich aber schon wieder ein wenig entfernt zu haben. Markus Sedin betrachtete den Kaffee, nahm die kleine Tüte und schüttete Zucker hinein.

»Haut das noch hin bei dir?«, fragte Bergenheim und meinte dieses Mal Markkanen, der sich nicht angesprochen fühlte.

»Bis heute Nachmittag steht die Präsentation, da sind wir uns einig, ja?«, sagte Bergenheim, und Markkanen murmelte eine Zustimmung, ohne den Blick von seinem Laptop zu heben.

»Gut«, sagte Bergenheim und bestellte bei der jungen Frau, die nach seinen Wünschen fragte, einen Schokoladenkuchen und einen Espresso.

Sedin lehnte sich zurück und sah während der weiteren Fahrt, die noch etwa eine halbe Stunde dauerte, weder Bergenheim noch Markkanen an und auch nicht den Kaffee oder den Schnee hinter den Fenstern. Er schloss die Augen. Das Klappern von Markkanens Laptop schläferte ihn ein, und gerade als er begann, abzugleiten, kündigte eine durchdringende weibliche Stimme die baldige Ankunft an.

»Du hast ja die Ruhe weg«, sagte Bergenheim, der ihn ansah, hellwach, mit aufmerksam zusammengekniffenen Augen.

Sedin setzte sich aufrecht und fuhr sich mit den Händen über das Gesicht. Bergenheim lächelte, Markkanen hämmerte und fluchte. Wenige Minuten später fuhr der Zug im Bahnhof von Ostende ein, und Markkanen hob den Blick vom Laptop und sagte, ihm sei die Präsentation abgestürzt.

Bergenheim sah ihn an, schweigend.

»Schwarz, weg«, sagte Markkanen und deutete auf den Bildschirm. »Alles weg.«

Schwarz, dachte Sedin. Schwarz der Kaffee, weiß die Welt hinter den Fenstern.

Bergenheim nickte, Markkanen seufzte, und Sedin beugte sich, einem Impuls folgend, nach vorn, schüttete noch mehr Zucker in den Kaffee und trank alles in einem langen, wohltuenden Schluck. Am Ende schlürfte er ruckartig den Bodensatz, den Zucker in sich hinein, und sein Schmatzen füllte die Stille.

Die Süße blieb einige Sekunden lang auf der Zunge haften, bevor sie sich verlor.

5

De Vries, der Vorstandsvorsitzende der belgischen Bank persönlich, holte sie ab, ein großer, breiter Mann, der viel lachte, über den Schnee, über das Wetter im Allgemeinen und vor allem darüber, dass am Vorabend in der Nähe der Strandpromenade ein Mann erfroren war.

»Bei uns, in Ostende. Das gibt's nicht«, sagte er und lachte, herzhaft, während sie in seinem geräumigen Wagen zum Hotel fuhren, und Bergenheim stimmte ein. Markkanen hielt den Kopf über die Tastatur gesenkt, auf dem Bildschirm des Laptops flimmerten bunte Bilder. Grüne Pfeile, rote Punkte, verbunden durch Buchstaben und Zahlen, alles schien an seidenen Fäden in der Luft zu hängen.

»Hab's gleich«, sagte Markkanen.

»Halt dich ran«, sagte Bergenheim.

Das Hotel war ein großer gelber Kasten, der Strand war von Schnee bedeckt, und das Meer hatte die graue Farbe des Himmels angenommen. Sedin folgte den anderen in eine warm beleuchtete Lobby, und Bergenheim fuhr sich durch die kurz geschorenen Haare, während er mit der jungen Frau am Empfang über die Modalitäten der anstehenden Tagung sprach. Gemeinsam mit De Vries und der Frau ging er, um den Konferenzsaal zu besichtigen. Markkanen saß an einem Tisch in der Lobby und kämpfte mit seiner Präsentation.

Sedin fuhr mit dem Aufzug nach oben. Das Zimmer war karg eingerichtet. Karg oder edel. In der Ferne hinter dem Fenster brach der Horizont das Grau in zwei Teile. Sedin kniff die Augen zusammen und versuchte, die schmale Linie auszumachen, die das Meer vom Himmel trennte. Das Licht war diffus und trübte sein Urteil. Er lag lange auf dem Bett, dachte darüber nach, Taina anzurufen.

Um Viertel vor zwei fuhr er hinunter und ging in den Konferenzsaal, der schon angefüllt war mit Menschen, die er nicht kannte und die ihm doch vertraut waren. Gedämpfte Gespräche, ab und zu ein verhaltenes Kichern. Seriöses Stimmengewirr. Bergenheims Anzug passte wie angegossen, Markkanens Krawatte saß etwas schief. Vertraute, fremde Menschen, dachte Sedin.

De Vries begrüßte die Anwesenden, lachend, aber ohne den Toten vom Strand zu erwähnen, und dann sprach Bergenheim über Teambuilding, Synergien und freundliche Übernahmen. Über schwere Zeiten und Hoffnungen am Horizont, er fuhr sich mit der rechten Hand durchs Haar und senkte den Blick auf seine Notizen, und dann breitete er die Arme aus, als wolle er eine Umarmung signalisieren, die alle einschloss, und sagte, dass der *Rendite-Plus* im schwierigen Marktumfeld angezogen habe, der *Europa-Potenzial* ebenso. Und selbst der *Technologie-Spezial* halte Kurs, obwohl in der Branche ein Rundumschlag auf die Kursziele eingesetzt habe.

Er leitete über von falschen Propheten zu echten Werten, und dann, in einem Moment, in dem Markus Sedin gar nicht darauf vorbereitet war, stellte er ihn vor. Bergenheims Stimme klang plötzlich noch schärfer, noch lauter, und Sedin hörte seinen Namen, hatte fast den Eindruck, ihn zu sehen, eingerahmt von Bergenheims Worten, die ihn als den erfolgreichsten Fondsmanager der Norda-Bank priesen, dem es gelungen sei, den *OptiRent* um mehr als zwölf Prozent zu steigern, während andere den Krisen zum Opfer fielen, den tatsächlichen und den eingebildeten, und deshalb …

»… deshalb, lieber Markus Sedin, sind wir sehr froh, dass

wir dich haben. Zeig dich, lieber Markus, damit alle schon mal sehen können, wie so ein Tausendsassa aussieht …«

Sedin blieb noch kurz sitzen, benommen, ohne genau zu wissen, warum, dann fühlte er Bergenheims Blick auf sich ruhen und begriff, dass er aufstehen sollte. Er erhob sich und nickte den Anwesenden im Saal zu, ohne einen von ihnen anzusehen, und Bergenheim fuhr fort:

»Manche pfeifen dieser Tage im Walde und rufen: Wir kommen wieder! Ich sage euch etwas anderes – wir, wir alle, wir Finnen mit Norda, ihr hier in Belgien mit dem traditionsreichen Bankhaus De Vries, wir alle sind nie weg gewesen, und gemeinsam werden wir stärker sein als je zuvor.«

Stille. Den letzten Satz hatte Bergenheim leise gesprochen und ganz sanft, und Markus Sedin wusste auch, warum, denn einmal hatte Bergenheim ihm erläutert, dass starke Worte umso wirksamer nachhallten, wenn man sie in Watte hüllte.

Lang andauernder, gleichmäßiger Beifall setzte ein. Dann verließ Bergenheim das Podium, und Markkanen kam auf die Bühne, warf bunte Bilder aus seinem Laptop an die Wand und sprach sein träges Englisch mit dem ausgeprägt finnischen Akzent.

Doch nicht abgestürzt, die Präsentation, zumindest nicht unwiederbringlich, dachte Sedin, während er die Bilder an der Wand betrachtete, und dann trug Markkanens einschläfernde Stimme seinen Blick über die Gesichter hinweg zu den Fenstern und durch die Scheiben auf den Sand und das Meer. Die Sonne brach durch die Wolken und beleuchtete den Eisregen, und niemand reagierte auf das gespenstische Licht. Niemand reagierte, als Markkanen zu schweigen begann und seine Bilder von der Wand nahm, indem er den Laptop zuklappte.

De Vries kehrte auf die Bühne zurück und entließ alle für einige Stunden »in Freiheit«, wie er es nannte, bis zum

Abendessen. Sedin wechselte ein paar Worte mit Bergenheim und Markkanen, die beide auf ihre Weise erhitzt und erleichtert wirkten, vermutlich weil die Präsentation ihren Erwartungen entsprechend funktioniert hatte, dann fuhr er mit dem Aufzug nach oben und lag für eine Weile auf dem Bett, auf dem kühlen, glatten Laken.

Er dachte darüber nach, Taina anzurufen und Ville, stellte sich vor, ihre Stimmen zu hören. Irgendwann, als der Gedanke sich entfernte, stand er auf, zog sich um und fuhr nach unten in den Wellnessbereich. Die kleine Schwimmhalle war gedämpft beleuchtet, draußen schimmerte ein Regenbogen, auf einer Liege saß ein Mann, der in einer Zeitung blätterte, und neben ihm tauchte ein Mädchen. Das Wasser war sehr warm, angenehm, das Mädchen hustete, als es an die Oberfläche kam. Sedin schwamm Bahnen, in regelmäßigem Tempo, und ein zweites Mädchen betrat die Halle, schwungvoll, erhitzt lachend.

»Du musst mal das Dampfbad ausprobieren oder wie das heißt«, rief sie, und Sedin glaubte, aus ihrem Englisch einen schottischen Akzent herauszuhören. »Limone, kommt geil.« Das Mädchen sprang vom Beckenrand ins Wasser, obwohl die Aufschrift auf einem Schild an der Wand darauf hinwies, dass das verboten sei. Draußen waren der Regenbogen und das dumpfe Weiß der einsetzenden Dunkelheit gewichen. Sedin sah den Mädchen zu, die inzwischen einen Ball hin- und herwarfen und um die Wette tauchten und jede Menge Spaß zu haben schienen, bis ein kleiner Junge kam.

»Mein kleiner Bruder«, flüsterte eines der Mädchen dem anderen zu, und der Junge fragte, ob er mitspielen dürfe. Das andere Mädchen sprang ins Wasser und tauchte und berührte mit den Füßen, kurz vor dem Auftauchen, Sedins Beine.

»Oh, 'tschuldigung.«

»Macht nichts«, sagte Sedin.

Er spürte noch die Berührung und betrachtete den Jungen, der unentschlossen am Beckenrand stand und etwa in Villes Alter sein musste, sieben oder acht. Taina anrufen, dachte er. Taina anrufen, um mit Ville zu sprechen. Er hievte sich aus dem Becken, legte sich ein Handtuch um und erwiderte den gemurmelten Gruß des Mannes, der noch immer auf seiner Liege saß und in einer Zeitung blätterte. In der Saunalandschaft war das Licht orange und blau, Kontrastfarben. Vor recht langer Zeit hatte Sedin ein Buch über Farbenlehre gelesen und einige Bilder gemalt. Darüber dachte er nach, während er im Dampfbad saß.

»Limone«, dachte er und ließ sich ganz von dem heißen Dunst einhüllen, der die Welt vor seinen Augen verbarg.

6

Am Abend rief er Taina an. Er trug noch den weißen Bademantel, saß gegen das weiße Kissen gelehnt auf dem Bett und konzentrierte sich auf die regelmäßige Wiederkehr des Freizeichens, das ihm signalisierte, dass am anderen Ende ein Telefon klingeln musste. Falls nicht der Rufton deaktiviert war.

Nach dem fünften Klingeln nahm Taina ab. »Ja?«, sagte sie, mit dieser müden und gleichzeitig aufgekratzt klingenden Stimme, und Sedin sah sie am Tisch sitzen, vor sich ein Glas und eine zur Hälfte geleerte Flasche mit Schaumwein.

»Ich dachte schon, du hättest auf leise gestellt«, sagte er.

»Was?«

Er schloss die Augen. Falscher Beginn, was redete er da? Noch mal von vorn anfangen. »Vergiss es«, sagte er. »Ich wollte mich nur mal melden und …«

»Was?«, fragte sie.

»… nur mal melden und sagen, dass ich gut angekommen bin.«

Taina schwieg.

»Es ging alles gut, der Flug nach Brüssel war über eine Stunde verspätet, aber wir haben den Zug noch erwischt und waren schon …«

»Moment«, sagte Taina, und Markus Sedin hatte für einige Sekunden das Gefühl, die Leitung sei tot. Dann hörte er leise Villes Stimme, Ville schien zu weinen, und Taina sprach beruhigend auf ihn ein. Als sie wieder in der Leitung war und sagte, dass sich Ville im Schulsport den Arm aufgeschlagen habe, glaubte er, in ihrer Stimme ein kaum merkliches Lallen wahrzunehmen, aber er konnte sich täuschen.

»Oh je«, sagte er.

Sie schwieg.

»Taina?«, sagte er.

»Ja?«

»Du sagtest, dass sich Ville den Arm aufgeschlagen hat.«

»Ja.«

»Wie geht's ihm denn?«

»Gut«, sagte sie.

»Ging alles … wart ihr beim Arzt?«

»Wieso beim Arzt?«, fragte sie.

»Nein … ich will nur fragen, wie schlimm es war. Musstet ihr zum Arzt? Hat es geblutet?«

»Nein. Ja.«

»… was?«

»Nein. Nicht zum Arzt. Ja. Es hat geblutet.« Ihre Stimme plötzlich verändert. Kristallklar.

»Ach so«, sagte er.

»Was interessiert dich eigentlich daran? Du bist doch sowieso nicht hier.«

Er schwieg.

»Du bist nicht hier, also lass uns doch bitte unsere Sachen regeln, und du regelst deine.«

»Taina, ich bin beruflich in Ostende. Für uns …«

Sie schwieg.

»Was machen denn …«, begann er.

»Was?«

»Wie sind denn die … Kopfschmerzen?«, fragte er.

»Gleichbleibend«, sagte sie.

»Hast du … von den Tabletten …«

»Habe ich«, sagte sie.

»Wenn es dir zu viel wird, könntest du Irene anrufen.«

»Das hast du heute früh schon mal gesagt.«

»Ich will nur, dass es dir gut geht.«

»Ich weiß«, sagte sie.

Er wollte neu ansetzen, hielt aber inne. Versuchte, Ironie aus den letzten Worten herauszuhören, die Taina gesprochen hatte. Aber er fand keine. »Das freut mich«, sagte er.

»Was?«

»Es freut mich, dass du das so siehst. Dass du verstehst, dass ich es gut meine.«

»Aha«, sagte sie.

»Gibst du mir Ville?«

Ein Rascheln in der Leitung, dann Villes Stimme. »Papa?«

»Hei, Ville. Wie geht's denn?«

»Gut.«

»Ist der Arm ok?«

»Jaja.«

»Das ist gut.«

»Kommst du morgen?«

»Ja. Morgen Abend bin ich wieder da.«

Ville schwieg, und Markus Sedin war sich nicht sicher, ob sein Sohn noch etwas sagen oder ob er einfach schweigen wollte. Einfach ein paar Minuten lang gemeinsam schweigen.

»Ich soll Zähne putzen gehen«, sagte er.

»Ja. Dann schlaf gut«, sagte Sedin.

»Schlaf gut«, sagte Ville.

»Bis morgen.«

»Bis morgen.«

»Gibst du mir noch mal Mama?«

Er wartete einige Sekunden lang, dann wurde ihm bewusst, dass Ville schon aufgelegt hatte. Er legte das Telefon neben sich auf das Bett und dachte, dass Taina vielleicht zurückrufen und fragen würde, ob er vergessen habe, ihr eine gute Nacht zu wünschen. Das Telefon blieb stumm.

Er ging ins Bad, zog den Bademantel aus und schaltete die Dusche an. Das heiße Wasser prasselte auf seinen Rücken und löste den Schmerz, der sich auf seine Schläfen und über seine Stirn gelegt hatte.

Er schloss die Augen und stellte sich vor, dass er den Schmerz spürte, den Taina gespürt hatte, und dass dieser Schmerz, woher auch immer er gekommen war, im Abfluss dieser Dusche versickern würde, um nicht zurückzukehren.

In einer anderen Zeit, an einem anderen Ort

7

Mittag, Marktplatz, Macchiato.
Mit Blick auf den Fluss. Kalt ist es. Regen. Nieselregen hinterm Fenster. Telefon bimmelt. Maris Nummer. Mari ruft an. Vor einer Woche oder zwei Wochen hat das angefangen. Bimmel, bammel, Mari ruft an. Will irgendwas wissen, erzählt irgendwas, fragt, wie es mir geht, und ich frage mich
– what the fuck
– was das soll.
Nach all den Jahren. So sagen sie immer in Filmen. Nach all den Jahren kommst du wieder, aber zu spät, zu spät … mit Pathos in den Stimmen. Die Bedienung, von kräftigem Wuchs, lächelt. Kommt ja jeden Tag, der Herr, setzt sich ans Fenster und trinkt Macchiato, warum also nicht freundlich lächeln. Selbe Zeit, selber Ort.
Gestern im Wald habe ich mich verloren. Ich stehe da und warte, schließe die Augen. Dann finde ich mich wieder oder werde gefunden, bin da. Neugeboren stehe ich unter dem Schneebaum. Der Kaffee heißt Macchiato, das Telefon bimmelt. Mari, aha. Gehe mal ran, Momentchen. Gesprächsprotokoll:
»Unto?«, fragt sie. Das macht sie dauernd, sagt dauernd meinen Namen in letzter Zeit, als wolle sie sichergehen, dass ich es wirklich bin.
Unto? Wie geht's dir, Unto. Was machst du, Unto? Wie läuft die Schule, Unto? Jetzt wieder. »Wo bist du, Unto?«

»Weg.«

»Lass uns mal was trinken gehen«, sagt sie.

Aha.

»Oder ich komme bei dir vorbei.«

»Ja … ok … und … warum?«

»Pizza essen. Ich komme zu dir, und wir bestellen was.«

»Klar«, sage ich. »Demnächst.«

Und tschüss und raus und Telefon aus. Die Bedienung lächelt noch mal, würde sie nicht machen, wenn sie wüsste, was ich so alles DENKE. Durch den Regen zum Auto, kleiner Kleinwa-gen, in den Wald. Menschen mit Schirmen. Alle wollen was, irgendein Ziel irgendwo. Zwischen Zeilen. Habe ich auch. Im Wald. Kofferraum auf, Dosen aufs Geäst. Shoot, shoot, shoot, alles gut. Manchmal beneide ich REP und VoDKa, die hatten Spaß zusammen, ich bin allein. Egal.

Lonely hero.

Same spirit.

Am Nachmittag Ruhe. Ich trockne die Klamotten und nähe weiter und muss lachen, weil ich auf dem Stuhl sitze, vor der verdammten NÄHMASCHINE, wie ein altes gebücktes Weib. Dient alles einer guten Sache.

Wo bist du, Unto?

An einem anderen Ort, Schwesterherz. In einer anderen Zeit.

Mai

8

Kimmo Joentaa saß auf der Schaukel und betrachtete den Ball, der lag, wo er gelegen hatte, neben dem Pfosten, im ausgefransten Netz des kleinen Tores. Er fragte sich, ob Lasse und Kirsti Ekholm schliefen. Es hatte wieder zu schneien begonnen, leise und sanft.

Er dachte an die Tabletten, die der Notarzt ihm gegeben hatte, bevor er gegangen war. Sie lagen auf der Ablage in der Küche. Weiße Tabletten, akkurat abgepackt, immer zehn in einer Reihe, die einen zur Beruhigung, die anderen gegen den Schmerz, den Lasse Ekholm irgendwann spüren würde, weil er einen schweren Unfall gehabt hatte. Irgendwann würde er die körperlichen Schmerzen spüren, aber erst, sobald der andere Schmerz, der nicht mehr vergehen würde, ein wenig abklang.

Er sah das Haus, das Wohnzimmer, in dem Sanna gesessen und gelacht hatte, vor einigen Jahren, und in dem an diesem Abend, vor nicht langer Zeit, der Notarzt und die Sanitäter gestanden hatten, abwartend, unschlüssig, was zu tun sei, weil eine Situation eingetreten war, die keiner Heilung zugeführt werden konnte.

Er ging über den Rasen, schob die Terrassentür auf und betrat vorsichtig das Haus. Auf dem Tisch stand noch das Tablett mit den unberührten Tassen und der Kaffeekanne. Er versuchte, sich auf Geräusche zu konzentrieren, und war erleichtert, keine zu hören. Vielleicht schliefen die beiden wirklich. Er wendete den Blick von der Treppe ab, die vermutlich zu den Schlafzimmern führte, zu dem der Ekholms und zu Annas, und sah, dass im Flur ein blaues Licht flackerte, in regelmäßigen Abständen wiederkehrend. Ein Licht, das von draußen kommen musste. Joentaa ging zügig und öffnete die Haustür. Zwei uniformierte Polizisten standen in der Einfahrt, einer beugte sich gerade hinunter und tastete nach der Türklingel.

»Moment«, rief Joentaa und lief ihnen entgegen. Nach einigen Sekunden erkannte er Eero Peltonen, den jungen Streifenpolizisten, der ihm am Unfallort die ersten Informationen gegeben hatte.

»Hallo, Eero«, rief er. »Wartet kurz, bitte nicht klingeln.«

»Hallo, Kimmo. Wir ... wollten noch die Aussage des Vaters aufnehmen ... bevor die Erinnerung verblasst.«

»Morgen«, sagte Joentaa. »Er schläft.« Ich hoffe, dass er schläft, dachte er.

Peltonen nickte. »Bisher haben wir nichts«, sagte er. »Die Spurenlage ist den Technikern zufolge nicht sehr ermutigend. Vermutlich gab es gar keinen Zusammenprall. Wir haben zwei Zeuginnen, die in einiger Entfernung hinter Ekholm fuhren. Sie sagen, dass Ekholms Fahrzeug von einem anderen Wagen von der Straße gedrängt wurde, ohne dass es zu einer Berührung gekommen wäre. Das würde bedeuten, dass wir kaum darauf hoffen können, Teile des anderen Wagens zu finden.«

Joentaa nickte.

»Die Frauen können keine Marke benennen, sie sagen nur, dass das Auto ungeheuer schnell fuhr.«

»Ein Licht. Sehr hell. Dann ein Blitz«, sagte eine Stimme in Joentaas Rücken. Er drehte sich um und sah in die müden, gehetzten Augen von Lasse Ekholm.

»Das hellste Licht, das ich je gesehen habe«, sagte Ekholm. »Es gab keinen Zusammenprall, es war alles lautlos ... und langsam, sehr langsam. Es waren sicher nur Sekunden, aber ich hatte den Eindruck, dass es ... lange dauert ...«

»Lassen Sie uns ins Haus ...«

»Nein, nein«, sagte Ekholm. »Hier draußen ist es gut.«

»Schläft Kirsti?«, fragte Joentaa.

»Ich weiß nicht«, sagte Ekholm. »Ich denke, nicht. Nein.«

»Herr Ekholm«, sagte der andere uniformierte Polizist, den Joentaa nicht kannte. »Können Sie sich an etwas erinnern, das uns hilft, den Unfall zu rekonstruieren? Zwei Frauen, die hinter Ihnen fuhren, sagen, dass Sie von der Straße gedrängt wurden ...«

»Ich habe nur ein Licht gesehen. Und dann den Blitz. Das Licht war hinter uns, der Blitz neben uns, und dann sind wir in einem anderen Raum gewesen, und dann gab es einen Aufprall.«

»Gegen den Baum«, sagte Peltonen.

»Ich habe keine Ahnung.«

»Doch. Sie sind mit Ihrem Wagen in den Graben geraten und gegen einen Baum geprallt«, sagte Peltonens Kollege.

Ekholm nickte. »Ich hatte Anna angesehen. Kurz bevor ich das Licht sah, habe ich ...«

»Herr Ekholm?«, fragte Peltonen.

»Wir ... hatten Annas CD gehört, und ich hatte sie gebeten, diese Melodie zu summen, die ...«

»Halten Sie es für möglich, dass Sie ein Fabrikat benennen könnten ...«, sagte Peltonen.

»... die keinen Sinn ergeben hat ... für mich wenigstens ...«

»Vielleicht stellt sich noch eine Erinnerung ein ... mit einigem Abstand ...«, sagte Peltonens Kollege.

»... aber Anna hat sie gesummt, also wird es wohl eine Melodie gewesen sein ... denke ich.« Ekholm drehte sich ab und ging zurück zum Haus.

»Herr Ekholm«, rief Peltonens Kollege, und Joentaa sagte:

»Morgen. Alles Weitere morgen.«

»Ja«, sagte Peltonen.

»Ich gehe noch mal rein«, sagte Joentaa.

»Ja ... Kimmo, noch eine Sache will ich dir sagen ... die das alles noch trauriger macht ... irgendwie ...«

»Ja?«

»Das Mädchen ... nach ersten Einschätzungen des Gutachters und der Techniker war sie nicht angeschnallt.«

Joentaa nickte. Ein Licht, dachte er. Und dann ein Blitz. Und dann ein Schweben im Raum. Die beiden verabschiedeten sich und stiegen ein, und Joentaa sah dem langsam fahrenden Polizeiwagen nach, das Blaulicht war erloschen.

Ein Schweben im Raum, dachte er, ein Aufprall. Und eine Melodie, die Lasse Ekholm nie kennen würde, weil nur Anna sie gekannt hatte.

Zwei Monate früher – März

9

Der große Speisesaal des Hotels lag im Dämmerlicht, die Servietten waren so weiß wie die Teller, der Wein trug ein Prädikat, und das Menü hatte fünf Gänge.

Markus Sedin saß neben Bergenheim und De Vries. Dessen Frau saß ihm gegenüber. Das Klingen der Gläser, das Klirren der Essbestecke, das Schmatzen. Stimmengewirr, etwas ausgelassener als am Nachmittag. Die Gattin des gescheiterten belgischen Bankdirektors, Elena De Vries, war eine Spur überschminkt und hatte eine schöne Stimme, mit der sie ab und an Fragen stellte. Sedin antwortete.

Irgendwann stand De Vries auf, schlug mit einem Messer gegen ein Glas und räusperte sich. Das Gerede und Gemurmel ebbte ab, und De Vries bedankte sich bei allen für ihr Kommen und für den Zusammenhalt, den er spüre und der ihm die große Hoffnung gebe, dass die Fusion der Bankhäuser Norda und De Vries, über Ländergrenzen hinweg, gewissermaßen in Form eines Brückenschlages durch Europa, alle in diesem Saal zu neuen Ufern führen werde.

Sedin senkte den Blick und dachte an Taina, die im Wohnzimmer auf dem Sofa saß oder in der Küche am Tisch und eine neue Flasche geöffnet hatte und sich ohne jedes Pathos, ohne dass es zumindest für eine leichte Sekunde lang dekadent gewirkt hätte, mit Champagner betrank. Er hatte immer gedacht, Schaumwein sei ein Getränk für fröhliche Anlässe, aber Taina lachte nicht und wirkte auch nicht unglücklich, ein Gesicht ohne Ausdruck. Ville schlief, und in der Nacht, irgendwann, würde er im Schlafzimmer stehen und niemanden finden, weil sein Vater in Ostende war und Taina im Wohnzimmer einschlafen würde.

Das hatte Sedin vergessen, er hatte Taina darum bitten wollen, unbedingt im Schlafzimmer einzuschlafen, aber er hatte vergessen, ihr das zu sagen. Er hörte De Vries erzählen, was auch immer, und er dachte darüber nach, ob er noch mal bei Taina anrufen sollte. Vielleicht würde das Klingeln Ville wecken, während Taina weiterschlief. Er stellte sich Ville vor, der schlaftrunken und verängstigt vor dem Telefon stehen und nicht wissen würde, ob er rangehen sollte.

»Schlaf weiter«, würde Markus Sedin sagen, falls Ville tatsächlich abnehmen würde. »Schlaf weiter.«

De Vries hatte seine Rede beendet und sich wieder gesetzt, und die Kellnerinnen und Kellner brachten einen Zwischengang, ein Limonenparfait. Limone, dachte Sedin, kommt geil, und ohne es zu bemerken, hatte er offensichtlich gelacht, denn Elena De Vries fragte ihn, worüber er sich amüsiere. Er suchte ihren Blick, der ebenso verändert war wie ihre Wortwahl, die Situation hatte eine andere Farbe angenommen, die Stimmen wurden lauter und ausgelassener, die Lachsalven ohne Deckung abgefeuert, und Bergenheim legte sein Jackett ab, schenkte Rotwein nach und prostete ihm zu.

Dann kam das Hauptgericht, ein großes, gutes Stück Fleisch mit Gratin und dunkler feiner Soße, und der Nachtisch, ein Mangosorbet, was Bergenheim dazu veranlasste, über den Unterschied zwischen Sorbet und Parfait zu referieren, und dann gingen die Nüchternen schlafen, und die mindestens Angetrunkenen ließen sich nachschenken. Markkanen hatte sich ihrem Tisch genähert und schließlich den Mut gefunden, sich neben Elena De Vries niederzulassen, sie saßen in einer kleinen Gruppe, rote Weinflecken auf den weißen Tischdecken, Markkanen lachte schallend, mit hochrotem

Kopf, er wirkte glücklich, und Sedin freute sich unwillkürlich für ihn, freute sich, einen glücklichen Markkanen zu sehen und nicht den geduckten, zerzausten, dem am Vormittag die Power-Point-Daten abhandengekommen waren.

Markkanen glücklich, entspannt, Bergenheim grinste, De Vries hatte die Hand seiner Frau genommen und lächelte entrückt. Sedin sah alle an, einen nach dem anderen, und fühlte, wie sich der Rausch über seine Gedanken legte und sie endlich ganz auszufüllen begann. Er bestellte einen weiteren Espresso. Führte die Tasse zum Mund, hob den Kopf an und schlürfte ruckartig den Bodensatz, den Zucker, in sich hinein, und De Vries erzählte von dem Mann, einem Holländer angeblich, der erfroren war, hier, in Ostende, am Strand, im Frühling.

»Das gab's noch nie, noch nie«, sagte er

»Na ja, Frühling«, sagte seine Frau und deutete auf das, was hinter den Fenstern lag, im Winterdunkel.

»März ist Frühling«, beharrte De Vries.

Bergenheim schlug vor, die Lokalität zu wechseln.

»Ich wäre dabei«, sagte ein junger Kollege aus der Asienabteilung, ein schüchterner Junge, der kaum merklich zusammenzuckte, vermutlich selbst überrascht vom forschen, euphorischen Ton in seiner Stimme.

»Noch nie, noch nie«, sagte De Vries.

»Aufbruch«, sagte Bergenheim.

»Ich weiß da was«, sagte De Vries.

»Gute Nacht, die Herren«, sagte dessen Frau.

Dann traten sie durch die breite Schwingtür ins Freie, Sedin schloss sich, nach kurzem Zögern, als Letzter an und ging hinter den anderen her. Bergenheim, De Vries, der junge Kollege aus der Asienabteilung, Markkanen. Sie gingen gebückt über die Uferpromenade, frostiger Wind wehte.

»Oh Mann, was für eine Scheißkälte«, sagte Markkanen und lächelte.

10

Ein Meer aus zuckenden Körpern. De Vries musste schreien, um die Musik zu übertönen, er schrie, das sei einer der ganz angesagten Clubs in Ostende. Ein von Wasser umgebener Glasbau. Das Rauschen der Wellen, wenn die Musik Pause machte. Aber vielleicht bildete sich Sedin das Meeresrauschen nur ein. Die Musik sendete dumpfe, monotone Schläge aus, die ins Innere fuhren, ohne wehzutun. Auf Podesten und in Käfigen tanzten Frauen.

»Hol mal einer was zu trinken«, rief Bergenheim.

»Mache ich«, sagte Sedin.

»Flasche Schampus«, rief Bergenheim.

Sedin nickte und lief. Er war erleichtert, laufen zu können, er hatte den Eindruck, dass die Bewegung den Brechreiz linderte oder ihn zumindest davon ablenkte. Eine Sekunde noch oder zwei, dann hätte er sich auf die frisch gewienerten Schuhe des Jungen aus der Asienabteilung übergeben müssen.

Er stand in einer Traube von Menschen an der Bar. Der Barkeeper verstand nicht, was er bestellen wollte. Neben ihm stritten zwei junge Frauen. Eine schlug der anderen ins Gesicht. Er verstand die Sprache nicht, aber er hatte den Eindruck zu verstehen. Eine fremde, vertraute Sprache.

»Pussybitch«, rief eine der beiden, das war das erste Wort, das er wirklich verstand. Ihr Blick fiel auf ihn, und sie lachte, als sie sein vermutlich irritiertes Gesicht sah.

»Nicht du«, sagte sie in einem Englisch, das irgendeinen schweren Akzent mit sich herumtrug.

»Äh, nein. Ich bin ja …. ein Mann«, sagte er.

Der Barkeeper reichte ihm ein Tablett mit einer Flasche und Gläsern, und die Frau begann wieder zu lachen. Ein hysterischer Anfall, es dauerte, bis sie sich beruhigte.

»Wer bist du denn?!«, fragte sie.

»Ich?«

»Du ... mal ... hierhersetzen ...«, sagte sie.

Er sah sie an.

»Hier. Mal setzen. Zu mir.«

»Ich muss die Flasche rüberbringen. Zu meinen Kollegen.«

»Aha?«, sagte sie.

»Dahinten«, sagte er und deutete auf Bergenheim, Markkanen, De Vries und den Jungen aus der Asienabteilung.

»Aha«, sagte sie noch einmal.

»Ja«, sagte er.

»Dann ... du komm ... noch mal zurück, wenn du ... damit fertig bist?«, fragte sie, und er spürte ihre Blicke im Rücken, während er lief, um die Champagnerflasche und das Tablett mit den Gläsern zu den anderen zu bringen. Bergenheim erwartete ihn jubelnd, mit offenen Armen, stieß einen Toast aus und schenkte ein. Sedin leerte das Glas in einem Zug und torkelte zurück zur Bar. Stimmen in seinem Rücken, aber er hörte nicht, was sie sagten. Sie war tatsächlich noch da. Sie saß auf dem Barhocker, auf dem sie gesessen hatte.

»Da bist du ja ... wirklich!«, rief sie.

»Klar«, sagte er. Setzte sich.

»Gibst du mir was aus?«, fragte sie.

»Ja«, sagte er. »Was denn?«

Sie bestellte zwei Schnaps mit Cola, sie tranken aus Strohhalmen, und er fühlte eine vage Erinnerung, einen Gedanken, der nah war, ohne näher zu kommen. Sie lächelte ihn an, während sie trank, und er dachte eine Weile darüber nach, was er sagen könnte. Er fragte sie schließlich, woher sie komme, und verstand die Antwort nicht.

»Hungary«, schrie sie noch einmal.

»Ah. Ok.« Trifft ein Finne eine Ungarin in Belgien, dachte er vage. Sie roch nach Erdbeeren. Er fragte, ob sie in Ostende Urlaub mache.

»Nein, ich mache das hier.«

Er sah sie fragend an.

»Ich … hier«, rief sie und deutete auf die Käfige.

»Ah«, sagte er. »Du … tanzt hier? In diesem … Club?«

Sie nickte, offensichtlich erleichtert, dass die Verständigung so gut gelang. »Ist ganz ok.«

»Verstehe«, sagte er.

»Aber jetzt habe ich … Schluss machen. Verstehst du? So … Feierabend.«

Er betrachtete die Frauen in den Käfigen, und nach einer Weile blieb sein Blick auf einer von ihnen haften, sie umschloss mit beiden Händen fest die Gitterstäbe, und für einige Momente hatte er das sichere Gefühl, dass sie rauswollte, raus aus dem Käfig, sie sah ihn an, um Hilfe flehend, aber dann bewegte sie sich wieder im Rhythmus der Bässe und im Fluss der Musik. Sedin wendete sich ab und wieder der Frau zu, die auch irgendwann an diesem Abend in einem der Käfige gestanden hatte und die ihm jetzt gegenübersaß.

»Wie heißt du?«, fragte sie.

»Markus«, sagte er.

»Réka«, sagte sie.

Ein Kind, dachte er plötzlich. Sie lachte ihn an, wie Ville manchmal lachte, wenn er frech sein wollte.

»Ja«, sagte er.

»Mit einem Strich über dem e. Capito?«

»Äh … was?«

»Über dem e von Réka ist ein Strich. Von links unten … so nach … oben.« Sie zog mit einer Hand eine imaginäre Linie in die Luft. »Hier links, da rechts. Capito?«

»Ja, verstehe.«

»Das ist ungarisch. Réka. Ich bin so … ungarisch-rumänisch. Also … beides, eine Ungarin aus Rumänien. Capito? Und ich kann nicht lesen und nicht schreiben. Nur meinen Namen.«

»Aha«, sagte er und fragte sich, ob sie ihn veralbern wollte. Vermutlich.

»Réka«, sagte sie noch einmal.

»Schöner Name«, sagte er und fand ihn tatsächlich schön, der Barkeeper schob ihnen zwei Gläser entgegen, und als er gerade sein Glas gegen ihres stieß, stand Bergenheim neben ihm und sah ihn von der Seite an. »Wir hauen ab«, sagte er.

»Äh … schon?«, fragte Sedin.

»Bald halb drei«, sagte Bergenheim.

»Oh«, sagte Sedin und imitierte instinktiv einen Blick auf die Uhr, obwohl er keine trug. Die Uhr war auf dem Display des Smartphones, das schwer in seiner Tasche wog. Bergenheim grinste, beugte sich zu ihm hinunter und fragte: »Was machst du hier eigentlich?«

»Was?«

»Die Kleine ist keine zwanzig, mein Lieber«, sagte Bergenheim, in unmittelbarer Nähe seines Ohres.

Sedin hob den Blick und betrachtete Bergenheims Gesicht. Die scharfen, markanten Züge, denen weder ungebremster Alkoholkonsum noch der Konsum welcher Drogen auch immer das Geringste anhaben konnte. Die hochgezogenen Brauen, das süffisante, überlegene Lächeln.

»Egal, wir gehen jetzt jedenfalls«, sagte Bergenheim und klopfte ihm auf die Schulter. Sedin sah ihm nach und hob den Arm, um den Abschiedsgruß von De Vries, Markkanen und dem Jungen aus der Asienabteilung zu erwidern, die in einiger Entfernung standen, bereit zum Aufbruch.

»Komischer Grinser«, sagte Réka.

»Hm?«

»Dein Freund da. Komischer … Grinser.«

Sedin lachte, und sie stimmte ein. Als er sich aufrichtete, fuhr ihm ein Stich in den Magen und ein Schwindel ins Hirn, aber er konnte sich abfangen und fing im selben Bewegungsablauf auch Réka auf, die schon halb auf dem Boden lag. Wenig später wankten sie, Arm in Arm, durch die Nacht, und Réka sagte dauernd: »Das ist ungarisch, weißt du, der Strich über dem e.«

Die Lobby war gedämpft beleuchtet und warm, der Nachtportier nickte ihnen zu und senkte den Blick, als sie den Aufzug betraten. Sedin drückte die Acht und spürte einen nicht unangenehmen Brechreiz, als sie nach oben gehoben wurden. Sie liefen den schmalen weinroten, in sanftes Licht getauchten Korridor entlang zu seinem Zimmer.

»Hier wohnst du?«, nuschelte sie.

»Nur diese Nacht«, sagte er.

»Schön ... schön rausblicken ... schöne Aussicht ...«, sagte sie und trat an die Fenster heran, hinter denen das Meer im Dunkel lag. Dann saßen sie auf dem Bett, und er öffnete eine Sektflasche aus der Minibar. Füllte zwei Gläser und reichte ihr eines. Drehte am Dimmer der Deckenbeleuchtung, bis es ihm hell genug erschien. Und dunkel genug.

»Auf uns«, sagte sie.

Er nickte.

»Machst du das öfter?«, fragte er.

»Was denn?«, fragte sie.

Er sah sie durch einen Schleier und ging ins Bad, weil er das Gefühl hatte, sich übergeben zu müssen. Aber es kam nichts. Er stand einige Minuten lang und wartete. Als er zurückkam, hatte sie nur noch Unterwäsche an. Rosa.

Er setzte sich an den Rand des Bettes und erwiderte ihren Blick. Sie sah traurig aus und sah ihm direkt in die Augen. Sie schien sich auf etwas Bestimmtes zu konzentrieren, und plötzlich schnellte sie nach vorn und warf sich über ihn. Ihre Küsse waren wütend und schienen nichts zu tun zu haben mit dem Lächeln, das sie ihm schenkte, als sie die Arme um ihn schlang und sich auf ihn setzte. Er wusste nicht, wie lange es dauerte, aber sie lächelte die ganze Zeit, und als es zu Ende war, hatte er das Gefühl, hinter den Fenstern würde ein Morgen dämmern.

Als er einschlief, lächelte sie immer noch, ohne ihn anzusehen, und als er erwachte, schlief sie.

Er ging ins Bad. Stützte sich am Waschbecken ab und betrachtete den Whirlpool, der ihm zum ersten Mal auffiel, obwohl er das Bad diverse Male betreten hatte. Er würde noch bleiben. Noch einen Tag dranhängen. Bergenheim Bescheid geben. Er hörte ihre Stimme, leise und klar, und sah sie auf dem Bett sitzen, mit zerzausten Haaren, und er dachte wieder, dass sie irgendwie aussah wie ein Lausbub. Wie Ville, wenn er ins Bad wankte, um die Zähne zu putzen, morgens vor der Schule, und Taina rief, dass er noch fünf Minuten Zeit habe und verdammt noch mal nicht so rumtrödeln solle.

»Wie alt bist du eigentlich?«, fragte er.

»Was sagst du?«, fragte sie und ließ sich wieder auf das Kissen sinken und legte die Decke um sich.

»Wie alt ...«

»Ach so. Neunzehn«, sagte sie.

Er nickte. Wie recht Bergenheim manchmal hatte.

»Und du?«

»Zweiundvierzig«, sagte er.

»Na. Siehst jünger aus. Also ... ein bisschen ...«

Er lachte und dachte an Ville, der im Bad stand, vielleicht gerade jetzt, Zähne putzend. Er fragte sich, ob Ville in der Nacht aufgewacht war und ihn vermisst hatte.

»Ich ... muss mal runter«, sagte er. »Frühstücken, mit ... meinen Kollegen.«

»Guten ... wie sagt man ... Appetit ...«, sagte sie.

»Willst du ... mitkommen?«, fragte er und stellte sich die Szene vor. Wie er sich mit Réka am Tisch von Bergenheim und Markkanen niederließ, einen schönen guten Morgen wünschend.

»Nee, nee«, sagte sie. »Erst mal schlafen.« Sie drehte sich auf die Seite und schien schon wieder eingeschlafen zu sein, während Sedin sich die Kleider anzog. Er trat noch einmal vorsichtig ans Bett heran, bevor er ging. Réka lag auf der Decke statt darunter, atmete regelmäßig und schnurrte wie eine Katze.

»Bis bald«, flüsterte er und fuhr mit der Hand leicht über ihren Rücken. Dann hing er das *Bitte-nicht-stören*-Schild an die Tür, ging durch den Flur zum Aufzug und fuhr hinunter. Bevor er den Frühstücksraum betrat, hörte er schon das aufgeräumte, gemäßigte Gemurmel von Menschen, die wieder auf den Modus des Alltags umgeschaltet hatten. Er kannte die Gesichter, nur die fremde Umgebung schien alle in eine schiefe Ebene hineinversetzt zu haben.

Treffen sich finnische Banker in Belgien am Meer, dachte er, und dann fiel ihm auf, dass Réka gar nicht gefragt hatte, woher er komme. Was er mache. Wer er sei.

Er lächelte, der Gedanke gefiel ihm, er wusste nicht genau, warum, und er nahm eine Schüssel, um sie mit Cornflakes und Milch zu füllen. Erst als er auf Bergenheim, Markkanen und den Jungen aus der Asienabteilung zuging, die an einem Tisch am Fenster saßen, fragte er sich, was er mit Cornflakes wollte. Er aß nie Cornflakes. Ville aß Cornflakes zum Frühstück, aber er nicht.

»Wohl bekomm's, mein Lieber«, sagte Bergenheim, offenbar bestens gelaunt und ausgeschlafen. Sedin setzte sich und betrachtete seine Flakes. Der schlanke Bergenheim aß Rührei mit Bacon, der korpulente Markkanen einen Obstquark, und der schmale Junge aus der Asienabteilung hatte entweder nichts gegessen oder sein Frühstück bereits beendet. Er saß neben Markkanen und blickte durchs Fenster auf die verschneite Promenade und auf das Meer, das still tosend im Nebel lag.

»Ziemlich windig heute«, sagte Bergenheim.

Sedin nickte.

»Gut geschlafen?«, fragte Bergenheim

»Passt schon«, sagte er.

»Ging da was?«, fragte Bergenheim.

Sedin hob den Blick.

»Mit der Discotussi«, präzisierte Bergenheim.

Eine Kellnerin brachte Kaffee.

»Ach so ...«, sagte Sedin. Er winkte ab und empfand die Geste im selben Moment als unangenehm und unangemessen, als Verrat. Er goss Kaffee ein, gab Milch und Zucker dazu und führte die Tasse zum Mund. Er spürte den Bodensatz, die Süße, an den Lippen und auf der Zunge und folgte dem Blick des Jungen aus der Asienabteilung nach draußen, auf den Schneestrand, an dem, wenn man De Vries glauben durfte, vor wenigen Tagen erst ein Mann erfroren war.

Was es noch nie gegeben hatte, noch nie.

Als er ins Zimmer zurückkehrte, war Réka schon gegangen. Das Fenster war geöffnet, und Sedin stellte sich vor, dass sie sich federleicht abgestoßen hatte und weggeflogen war, und der Zettel, der auf dem Nachttisch lag, flatterte ein wenig im Wind, der ins Zimmer hereinwehte.

Er betrachtete die Zahl, die auf dem Zettel stand, eine lange Zahl, die durchaus eine Wertpapierkennnummer hätte sein können oder auch ein Bruchteil des Verlusts, den Sedin im vergangenen Jahr mit seinem Fond erwirtschaftet hatte, trotz gegenteiliger Schönrechnungen und Schutzbehauptungen von Bergenheim und De Vries und anderen Verrückten, die glaubten, eine Welt gehe erst unter, wenn sie ihren Segen dazu gaben. Aber das war nicht wichtig, denn die Zahl auf dem Zettel war nichts dergleichen, sondern, aller Wahrscheinlichkeit nach, eine Telefonnummer. Eine Telefonnummer, die zu dem Namen passte, der neben der Nummer stand, geschrieben in einer auffällig asymmetrischen, unbeholfenen Schrift.

Réka.

Das einzige Wort, das sie schreiben und lesen konnte. Wenn man ihr glauben durfte.

Mit einem Strich über dem e.

In einer anderen Zeit, an einem anderen Ort

11

Am Abend kommt Mari. Schwesterherz. Steht in der Tür, uneingeladen. Uninvited guest. Ich bin zu verwirrt, um reagieren zu können. Stehe nur so da, bis sie fragt, ob ich sie nicht hereinbitten möchte. Möchte ich nicht, aber dann sitzt sie trotzdem auf meinem Bett und schaut sich die fucking Nähmaschine an.
Dann lächelt sie und fragt, was ich da mache.
»Hm? Ach so«, sage ich.
»Mit der Nähmaschine«, sagt sie.
»Was basteln«, sage ich.
»Ok«, sagt sie.
»Also ... was nähen. Deshalb nennt sich das Ding auch Nähmaschine.«
Sie sieht mich an. Und dann den Stoff, der in die Maschine eingespannt ist.
»Ich wusste gar nicht, dass du das kannst«, sagt sie.
»Tja ... was weiß man schon.«
»Was wird das denn?«, fragt sie und deutet auf das Stück Stoff.
»Weiß ich noch nicht«, sage ich und mache Kaffee, heißes Wasser, Pulver rein, und serviere ihr das letzte von meinen Käse-Schinken-Sandwiches, man will ja guter Gastgeber sein, muss ja alles seine Ordnung haben. Mari hat sich inzwischen vom Bett zwei Meter weiterbewegt und sitzt auf dem Stuhl vor dem Computer und betrachtet den Bildschirm, in Gedanken versunken, wie mir scheint.

»Was ist eigentlich mit dem Fernseher passiert?«, fragt sie, und ich folge ihrem Blick in die Ecke, in den hintersten Winkel des verdammten Zimmers, in dem der Fernseher steht. Dunkel. Tot. Eine Fernseher-Ruine, denke ich und lächle offensichtlich, denn Mari fragt, warum ich lächle.
»Kaputt«, sage ich.
Sie nickt.
»Deaktiviert«, sage ich.
»Aha«, sagt sie. Wird sie nicht verstehen, kann sie nicht, muss sie nicht. Holt man ein Sandwich aus dem Kühlschrank, und schon hat Schwesterherz mit Blicken das Zimmer durchmessen. Fucking NÄHMASCHINE, den Fernseher, den Computer. Ist aber nichts drauf, was dich interessieren müsste. Schwesterherz.
»Fernsehen ist out«, sage ich. »Leute von heute schauen live im Internet. Da laufen die Nachrichten schon, bevor sie passieren. Musst du mal drauf achten. Musst du mal machen. Nachrichten werden nicht mehr vermeldet, es wird nur noch auf den Ort verwiesen, an dem die Nachricht in Kürze schon Geschichte sein wird, alles vernetzt, kurze Wege, die Welt ein Dorf, wird nur noch auf www.geilenachricht.com verwiesen, und das war's.«
Mari nickt, lächelt. Der kleine Monolog hat Kraft gekostet, erst mal Atem holen. Mari läuft zurück zum Bett, setzt sich und nimmt etwas aus ihrer Tasche. Himbeerbonbons. Mit Schokolade überzogen, von Fazer. Lange nicht gegessen.
»Kleines Geschenk«, sagt sie und reicht mir die Tüte. Meine Lieblingsbonbons, eine Erinnerung wird wach, die ich nicht greifen kann, eine lange vergangene Zeit, Kindheit genannt, meine Schwester schenkt mir Bonbons, die ich gemocht und lange nicht gegessen habe.
Die Tüte in meiner Hand wiegt bleischwer. Ich suche Maris Blick, aber nur, um sofort auszuweichen. Jetzt kommt die

Erinnerung näher, aber Mari ist gar nicht darin ... schöner Tag, sonnig und warm, nach der Schule. Esko Nurminen aus der Oberstufe nimmt mir die Tüte aus der Hand. Beginnt, die Bonbons zu essen, eines nach dem anderen, zelebriert das Öffnen jeder einzelnen Verpackung, lässt es sich auf der Zunge zergehen, und als ich nach der Tüte greife, packt er meinen Arm, zerrt mich auf den Boden und drückt auf meiner Hand eine Zigarette aus. Im Hintergrund kichern die Fotzen aus meiner Klasse.

Davon weiß Mari nichts. Kann nichts davon wissen, weil ich es nie erzählt habe. Aber sie sieht mich prüfend an.

»Danke«, sage ich und lege die Tüte mit den Bonbons auf dem Tisch ab. Der Schmerz ist zurück, ein brennender, unvergleichlicher Schmerz. Ein Schmerz, der von der Hand in den Körper und unter die Stirn fährt, in Lichtgeschwindigkeit.

Wir sitzen uns gegenüber, lange. Mari scheint keine Fragen mehr zu haben. Sie isst das Sandwich und schweigt. Die Distanz zwischen uns wird größer, und als sie geht, trennen uns endlich wieder Welten.

Das Bett habe ich schon gesaugt und gesäubert, die Bonbons in den Kühlschrank gelegt, ins Gefrierfach, der Schmerz kühlt ab.

März

12

Als sie wieder im Speisewagen saßen, glitt die gleiche Landschaft vorüber, nur die Richtung war eine andere. Der Nebel wich klaren Konturen, durch die Wolken brach die Sonne, und Bergenheim erhielt einen Anruf, der ihn zu beunruhigen schien.

Markkanen hob die Augenbrauen, schien aber wesentlich entspannter zu sein als am Tag zuvor, und Markus Sedin musste einige Sekunden lang nachdenken, bevor ihm bewusst wurde, was anders war. Markkanens Laptop fehlte, mit den minütlich abstürzenden Präsentationen.

»Ja«, sagte Bergenheim zu seinem Gesprächspartner am anderen Ende der Leitung. »Wir bleiben cool und warten. Ich rede mit Markus Sedin. Ja, der sitzt mir genau gegenüber und schlürft Kaffee. Ja. Am späten Nachmittag sind wir zurück, und dann lösen wir das.« Er unterbrach die Verbindung und lehnte sich zurück.

»Was Wichtiges?«, fragte Markkanen.

»Kesken OY. Die Fusion scheint zu platzen«, sagte Bergenheim, und Sedin dachte an das geöffnete Fenster, an den lauen Wind, der hereingeweht war, an den Zettel, der ein wenig über dem Nachttisch zu schweben begonnen hatte und der jetzt, sicher verwahrt, in seiner Brieftasche lag.

»Kesken OY? Die mit den Solarzellen? Das war doch schon alles ... diese Papiere haben wir doch gerade für den *OptiRent* akkumuliert«, sagte Markkanen.

OptiRent, dachte Sedin. *Tausendsassa. Unser erfolgreich-*

ster Fondsmanager. Vielleicht musste Bergenheim, wenn die Fusionspläne von Kesken OY platzten, an seiner Rede noch ein wenig feilen und De Vries und den Kollegen in Belgien eine aktualisierte Fassung zukommen lassen … *Markus Sedin, unser erfolgreichster Fondsmanager, den wir heute im gegenseitigen Einvernehmen und im besten Einverständnis von seinen Aufgaben entbunden haben …*

»Wie sicher ist die Information denn?«, fragte Markkanen.

Bergenheim schwieg, und Sedin dachte: Was ist schon sicher. Er zuckte zusammen, als sein Handy klingelte. Er zog es aus der Hosentasche und betrachtete das Bild auf dem Display, das die Anruferin zeigte, eine lächelnde, fremde Taina. Ein Schnappschuss aus einer vergangenen Zeit, an einem Sonnentag, er hatte vergessen, wo sie das Foto gemacht hatten. Der Klingelton wurde drängender, und Bergenheim fragte, ob er nicht mal rangehen wolle.

»Hallo?«, sagte Sedin.

»Taina hier«, sagte sie.

»Ja.«

»Seid ihr unterwegs?« Ihre Stimme weicher, leiser als zuletzt. Erschöpft und entspannt.

»Ja, im Zug nach Brüssel«, sagte er. »Der Flug geht am Nachmittag. Habt ihr … gut geschlafen?«

»Ville wurde wach und war ziemlich unruhig.«

»Ja«, sagte Sedin.

»Du hast ihm gefehlt«, sagte sie.

»Ich bin ja am Abend wieder da.«

»Wir freuen uns«, sagte sie, und er fragte sich, ob sie ihn quälen wollte, mit diesen lieben Worten und der liebevollen Stimme.

»Ich auch.«

»Bis dann.«

»Ja, bis dann«, sagte er.

Er legte das Handy vor sich auf den Tisch, drehte es um, und Stille füllte den Raum. Bergenheim hatte die Augen geschlossen, vermutlich, um über die platzende Fusion und die Konsequenzen für diverse Anlagefonds der Norda-Bank nachzudenken, und Markkanen schien auf irgendeinem Satz herumzukauen, den auszusprechen ihm schwerfiel.

»War das Taina?«, fragte er schließlich, einen kurzen Seitenblick auf Bergenheim werfend, der weiterhin die Augen geschlossen hielt.

»Ja«, sagte Sedin.

»Wie geht es ihr denn?«, fragte Markkanen.

Gute Frage, dachte Sedin. Keine Ahnung. »Ganz gut«, sagte er.

»Ist sie ... hat sie wieder angefangen ... zu arbeiten ...?«

»Noch nicht«, sagte Sedin.

»Ah ...«, sagte Markkanen. »Ja.«

Wieder setzte Stille ein, der Zug fuhr mit hoher Geschwindigkeit in eine Kurve, ein wenig Kaffee lief über die Teller und die Tischdecke. Markkanen griff nach einem Taschentuch, um aufzuwischen, und Bergenheim sagte, ohne die Augen zu öffnen: »Ich denke oft über Taina nach. Mir ist die Sache damals nicht leichtgefallen, und ich hoffe, Markus, du weißt, dass ich versucht habe, ein Wort für sie einzulegen.«

Das weiß ich keineswegs, dachte Markus Sedin, aber er nickte.

»Es war einfach ... am Ende ging es einfach nicht mehr«, sagte Bergenheim.

Sedin nickte noch einmal, dieses Mal ehrlich zustimmend. Es war tatsächlich nicht mehr gegangen, im Herbst vor einem Jahr, als Taina etwas heimgesucht hatte, das der Arzt bis heute Migräne nannte, eine schwere, wiederkehrende Migräne, mit zeitweiliger Aura, was immer das heißen mochte, in jedem Fall ein Zustand, in dem Taina Sedin nicht mehr hatte arbeiten können. Vorbei die Zeit, in der Bergenheim von Taina Sedin, *unserer erfolgreichsten Fondsmanagerin,* hätte sprechen wollen, obwohl Taina genau das gewesen war. Die beste Fondsmanagerin der Norda-Bank, eine feste Größe, als Markus Sedin vor acht Jahren dazugestoßen war. Und ironischerweise war es Taina gewesen, die den *OptiRent* begründet hatte, jenen Fonds, der ihm, ihrem Mann, gestern so hohes Lob von Bergenheim eingebracht hatte – und Bewunderung seitens der belgischen Banker. Die Verantwortlichen in der Chefetage hatten im vergangenen Jahr vermutlich allen Ernstes geglaubt, sie würden der Familie Sedin bei all dem Unglück einen kleinen Gefallen tun, gewissermaßen eine Art Ausgleich schaffen, wenn sie die Gattin feuerten, im Gegenzug aber dem Ehemann deren Job anboten.

Sedin sah das Handy an, das auf dem Tisch lag, und spielte mit dem Gedanken, Taina anzurufen und ihr zu sagen, dass der *OptiRent* soeben geschätzte zehn Prozent an Wert verloren hatte. Wohlwollend kalkuliert. Und dass Taina nicht das Geringste damit zu tun hatte, dass vielmehr er, Markus, verantwortlich sei. Er fragte sich, ob nur ihn dieser Gedanke erleichterte oder ob sich tatsächlich auch Tainas Laune angesichts einer nahenden Krise hätte bessern können.

»Also … ein wenig macht mir diese Sache mit Kesken OY Sorgen«, sagte Markkanen. »Wie ist denn da jetzt die Strategie?«

Bergenheim öffnete die Augen und sah Sedin an, und Sedin wich zu spät aus. Er spürte den Aufprall hinter der Stirn, und sein Blick glitt zur Seite, in Richtung der Fenster, in die sonnige Winterwelt, die wie die Ahnung einer Sehnsucht vorüberflog.

13

Während sie am Gate auf den Abflug warteten, ging Bergenheim ganz im Krisenmanagement auf, und Markkanen saß gebückt auf einem Stuhl und sah so niedergeschlagen aus, wie Sedin als Hauptverantwortlicher für den in Schieflage geratenen Fonds hätte aussehen müssen.

Aber Sedin hörte die Anweisungen und Erwägungen und Problemlösungsideen, die Bergenheim in sein Smartphone diktierte, aus der Ferne und betrachtete sein dynamisches, zielorientiertes Auf- und Abgehen in der Abflughalle wie durch eine Milchglasscheibe.

Der Flieger startete verspätet, aber nur ein wenig, und hatte, als der Landeanflug eingeleitet wurde, die verlorene Zeit wieder aufgeholt. Der Kopilot war so begeistert darüber, dass er die Mitteilung drei Mal wiederholte, in diversen Sprachen, und auch in Helsinki schien die Wintersonne, als sie in die geräumige Limousine stiegen, in der sie über eine leere Autobahn fuhren. Bergenheim telefonierte unermüdlich in Sachen *OptiRent*, Markkanen telefonierte zwischenzeitlich mit seiner Frau, die sich, wenn Sedin das richtig mitbekam, beim Tennisspielen verletzt hatte.

»Knöchel verstaucht«, sagte Markkanen. »Oh Mann. Ich muss dann wahrscheinlich noch ins Krankenhaus.«

»So schlimm?«, fragte Bergenheim zwischen zwei Krisengesprächen, die er zunehmend gelassen abwickelte.

»Wird schon«, sagte Markkanen.

»Hm?«

»Meine Frau. Im Krankenhaus. Aber es wird schon, sie kann wohl am Abend nach Hause gehen.«

Nach Hause, dachte Sedin.

»Ach so. Gleiches gilt übrigens für Kesken OY«, sagte Bergenheim. »Leno hat das Portfolio jetzt austariert, und die

Einschätzungen zur Fusion sind noch widersprüchlich. Also alles im Fluss …« Bergenheims Augen glänzten.

Alles im Fluss …, dachte Sedin, und dann parkte der Fahrer die Limousine vor dem Hauptgebäude, und Sedin dachte an den weinroten Aufzug in Ostende, während sie im gläsernen Aufzug der Norda-Bank in den zwölften Stock gehoben wurden.

Leno, einer der jüngeren Fondsmanager, erwartete sie, und seine Augen glänzten, wie die von Bergenheim geglänzt hatten. Alles im Fluss …, dachte Sedin, und Leno erläuterte, auf welche Weise es ihm gelungen war, den Schaden zu begrenzen und den Ausblick stabil zu halten. »Morgen direkt nach Börseneröffnung machen die eine Pressekonferenz, deren Inhalt mir in groben Zügen vorliegt. Wenn das so läuft wie geplant, schnellen Kesken OY nach oben.«

Was läuft schon wie geplant, dachte Sedin, und Bergenheim aß einen Mürbekeks mit Schokoladenüberzug, trank eine Cola und betrachtete für eine Weile die einsetzende Dunkelheit hinter den Glasfenstern, bevor er aufstand und erst Leno und dann Sedin auf die Schulter klopfte, und selbst Markkanen bekam einen sanften Klaps ab.

»Dann lasst uns nach Hause gehen«, sagte Bergenheim, atmete durch, wendete sich ab und ging, ohne noch mal zurückzusehen, mit strammen, zielgerichteten Schritten.

»Ja … dann bis morgen«, sagte Leno und ging, gefolgt von Markkanen, der Sedin zum Abschied lächelnd zunickte, und Sedin fragte sich, als er allein in dem von Glaswänden umgebenen Tagungssaal stand, ob diesem Lächeln eine Bedeutung hätte zugeordnet werden können. Vielleicht Erleichterung, weil der Kurssturz aufgefangen worden war. Oder Belustigung in Erinnerung an den netten Abend, den man gemeinsam verbracht hatte? In Ostende, mit belgischen Bankern, im Schneetreiben auf der Sonnenpromenade, vor der Kulisse des grauen Wassers, an irgendeinem anderen Ende der Welt, das Sedin schon entglitten war, obwohl er noch am Morgen dort gewesen sein musste. Er fuhr mit dem Aufzug nach unten und nach Hause.

Hinter den Fenstern brannte Licht, als er den Wagen in die Einfahrt steuerte. Er sah schon, als er auf das Haus zuging, Taina, die in der Küche stand. Ville kam auf ihn zugestürzt, Sekunden nachdem er die Tür geöffnet hatte, und rief: »Papa ist da!«

Markus Sedin lachte und beugte sich hinunter, um seinen Sohn fest an sich zu drücken.

»Morgen war schön!«, rief Ville.

Sedin richtete sich wieder auf und dachte über die Worte nach, die Ville gesprochen hatte, ohne den Widersinn ganz greifen zu können.

»Das geht schon seit Stunden so«, sagte Taina, die auf der Schwelle zur Küche stand, gegen die Tür gelehnt. Abwartend, dachte Sedin. Oder gar nichts erwartend. Auf jeden Fall nicht näher kommend.

»Hm?«, fragte er.

»Villes neuester Spaß am Unsinn. Morgen war schön. Letztes Jahr wird noch besser.«

»Ach so«, sagte Sedin, obwohl ihm erst allmählich der Witz dämmerte. Vergangenes ist … und Zukunft war …

»Ach so«, sagte er noch mal.

»Vor hundert Jahren ist super«, sagte Ville. »Und übermorgen war ganz, ganz schlecht.« Er hob den Zeigefinger, um die Bedeutung seiner Worte zu unterstreichen.

»Ist es möglich, dass der Sohn zweier Banker ein Philosoph oder so was wird?«, fragte Sedin, und Taina lächelte, aber still und freudlos.

»Mit Philosophie hat das wenig zu tun«, sagte sie.

»Ach ja? Und womit dann?«

Sie winkte ab. Schien über etwas nachzudenken, etwas, das sie sagen wollte, aber dann drehte sie sich wortlos um und ging ins Wohnzimmer. Sedin folgte ihr und sah ihr dabei zu, wie sie sich aufs Sofa sinken ließ.

»Wie … geht's dir denn?«, fragte er.

»Besser«, sagte sie. »Stabil.«

Er nickte und sah sie einige Sekunden lang an, betrachtete ihre geschlossenen Augen, bevor er sich abwendete. Ville stand in der Küche auf einem Stuhl und schien ein wenig aus dem Gleichgewicht geraten zu sein bei dem Versuch, Süßigkeiten aus einem der Regale über der Spüle zu ziehen.

»Vorsicht«, sagte Sedin.

»Geht schon«, sagte Ville.

»Jetzt ist auch langsam Zeit zu schlafen«, sagte Sedin.

»Ja, ja«, sagte Ville.

»Und Zähne putzen.«

»Habe ich schon.«

»Dann stimmt die Reihenfolge nicht.«

Ville sah ihn fragend an.

»Die Reihenfolge stimmt nicht. Erst Zähne putzen, dann Lakritz essen?«

»Oh«, sagte Ville, schmatzte aber genüsslich weiter.

»Auf geht's. Ab ins Bett«, sagte Sedin. »Und vorher noch mal Zähne putzen.«

Ville aß noch zwei Lakritzstangen, bevor er die Treppe nach unten schlurfte, in sein von Star-Wars-Plakaten dominiertes Kinderreich, und Sedin stand im Flur und hörte unten im Bad leise das Wasser rauschen, während er sich auf die Stille zu konzentrieren versuchte, die aus dem Wohnzimmer drang.

»Ich bringe dann mal Ville ins Bett«, rief er und glaubte, ein leises »ja, mach das« zu hören.

Dann saß er an Villes Bett und las eine Geschichte, die sich

Das Verhängnis der Jedi-Ritter nannte und der er nicht ganz folgen konnte. Aber Ville schien keinerlei Probleme damit zu haben und gähnte noch einmal herzhaft und zufrieden, bevor er einschlief, und als Markus Sedin wieder nach oben kam, war auch Taina im Wohnzimmer eingeschlafen.

Er stand für eine Weile unschlüssig, dann ging er leise an der schlafenden Taina vorbei, öffnete die Terrassentür und lief durch den Garten zum Pool, setzte sich an den Rand. Die Plane, die das Becken bedeckte, schimmerte im Mondlicht, und die Ziffern verschwammen vor seinen Augen, als er sie eintippte. Er wartete.

»Réka«, sagte sie.

»Markus hier«, sagte er. »Von gestern.«

Markus von gestern, dachte er, wie idiotisch, und er hörte ihr Lachen, ein helles Lachen, das durch die Leitung direkt in seine Ohren drang.

»Ich ... wollte mich nur mal melden«, sagte er.

»Gut«, sagte sie.

»Mal hören ...«

»Sehr gut«, sagte sie.

»Ja. Ich wollte ... dir einfach gute Nacht wünschen.«

»Ja«, sagte sie. »Dann schlaf schön.«

»Du auch.«

Dann saß er allein vor dem Pool, in dem kein Wasser war, aber der Sommer würde schon noch kommen. Das erschien ihm plötzlich recht sicher.

Ähnlich sicher wie Villes Prognose, dass gestern besser werden würde als morgen je gewesen war.

Mai

14

Kimmo Joentaa und Lasse Ekholm saßen lange im Wohnzimmer, auf dem Sofa, ohne zu sprechen, und irgendwann nahm Ekholm eine der Tassen, die auf dem Tablett standen, und trank.

»Kalt«, sagte er, als er die Tasse wieder auf dem Tisch abstellte. »Der Kaffee ist kalt geworden. Vielleicht ... sollte ich doch eine der Tabletten nehmen ...«

»Ich hole sie«, sagte Joentaa und ging in die Küche, erleichtert, für Momente das Gefühl zu haben, etwas tun zu können. Er nahm die Tabletten, aber als er zurückkehrte, stand Ekholm schon am Fuß der Treppe, bereit, nach oben zu gehen. »Schon bald vier Uhr. Ich lege mich schlafen ... dieses Mal wirklich ...«, sagte er.

Joentaa nickte. Er blieb noch einige Minuten, wartete, ob Lasse Ekholm zurückkommen würde, dann legte er die Tabletten auf den Wohnzimmertisch, löschte das Licht und fuhr nach Hause. Auf derselben Straße, auf der vor wenigen Stunden Ekholm mit Anna vom Weg abgekommen und gegen einen Baum geprallt war.

Er passierte die Unfallstelle, die im Dunkel lag. Die Scheinwerfer, die das Autowrack angestrahlt hatten, waren ausgeschaltet worden, die Techniker waren nach Hause gegangen, aber das Auto war noch da, und einige Streifenpolizisten sicherten die Umgebung, die am kommenden Tag noch einmal unter besseren Bedingungen begutachtet werden würde. Er dachte kurz darüber nach, anzuhalten und auszusteigen, aber er fuhr weiter, vorbei an der Eishalle, an deren Wänden in neongelben Farben Werbung für eine Fast-Food-Kette, einen Schuhladen und einen Online-Versand prangte.

Als er zu Hause ankam, lag das Haus im Dunkel. Er blieb im Wagen sitzen und erinnerte sich an eine andere Nacht, die einige Monate zurücklag. Auch in dieser Nacht hatte er im Wagen gesessen und das unbeleuchtete Haus im Dunkel angesehen und gewusst, dass Larissa zurückgekommen war, endlich. Wenn alle Lichter im Haus gelöscht waren, war sie da.

Er hatte aufgehört, sie danach zu fragen, warum sie das Licht einschaltete, wenn sie ging, und warum sie es löschte, wenn sie nach Hause kam, denn er hatte begriffen, dass sie ihm diese Frage ebenso wenig beantworten würde wie die anderen, die er stellte.

Er ging die Anhöhe hinauf zur Eingangstür, öffnete und schaltete das Licht an. Larissa saß im Wohnzimmer, auf dem Sofa, mit angewinkelten Beinen, der Fernseher lief ohne Ton.

»Da bist du ja«, sagte Kimmo Joentaa.

»Natürlich«, sagte sie.

Joentaa ging auf sie zu und spürte die Erleichterung, die er häufig spürte, wenn sie wieder da war, nach Tagen oder Wochen, eine Erleichterung, die gleichzeitig eine Beklemmung war, weil in der Erleichterung auch schon das Wissen um ihr nächstes Verschwinden enthalten war.

Er setzte sich neben sie.

»Natürlich bin ich da«, sagte sie, ohne den Blick vom Fernseher abzuwenden.

»Hm«, sagte Joentaa.

»Was ... hm?«

»Nichts«, sagte Joentaa. »Aber ... du hattest gesagt, dass du einige Tage lang weg sein würdest ...«

»Doch nicht. Nicht heute. Morgen vielleicht.«

Joentaa schwieg. Dachte über die nächsten Worte nach, die Worte, die sich als richtig hätten erweisen können und die er so oft suchte in Gesprächen mit Larissa.

»Es ist … spät«, sagte er.

Larissa lachte. »Stimmt.«

»Vier Uhr. Nachts.«

Larissa nickte.

»Du sitzt hier und denkst nach.«

Sie schaltete um. Auf dem Fernsehbildschirm lief ein Cartoon. Drei kleine Mädchen bekämpften einen überdimensionalen Roboter.

»Möchtest du mir sagen … worüber?«, fragte er.

Sie nahm den Blick nicht vom Fernseher. Schien zu warten. Auf die Worte, die er nicht kannte.

»Worüber denkst du nach?«, fragte er.

»Über nichts, Kimmo«, sagte sie.

Er schwieg.

»Über nichts und über alles Mögliche. Worüber wollen wir zuerst reden?«

»Über … alles Mögliche?«, sagte er.

»Lieber über nichts«, sagte sie.

Auf dem Bildschirm hatten die Mädchen den Roboter verknotet und niedergerungen und allem Anschein nach die Welt gerettet, die Menschen jubelten.

»Ich habe einfach auf dich gewartet«, sagte Larissa.

Joentaa nickte.

»Und, Kimmo …?«

Sie wendete den Blick vom Fernseher ab und sah ihm in die Augen.

»Ja?«, sagte er.

»Schön, dass du da bist.«

Einen Monat früher – April

15

Der Abflug war pünktlich, die Ankunft auch, und niemand außer Markus Sedin schien zu bemerken, dass die Welt auf dem Kopf stand und die Zeit die falsche Richtung eingeschlagen hatte.

Er bemerkte es ja selbst kaum.

Das Flugzeug schwebte auf einer geraden Linie in einem avisierten Zeitraum. Der Kopilot kündigte Temperaturen an, die im Normbereich lagen. Die Stewardess brachte ein Sandwich, eine Cola und ein heißes Tuch, das einen Moment lang Gänsehaut verursachte, als er es auf seine Hände legte.

Die Sonne beschien die Wolken.

In seinen Ohren und hinter der Stirn breitete sich der vertraute Schmerz aus, als der Landeanflug begann. Gähnen, hatte sein Arzt gesagt. Breit gähnen, ob man nun müde sei oder nicht, das helfe gegen den Druck auf den Ohren.

Das machte er. Gähnen, hellwach, mit geschärften Sinnen.

Abreisen, ankommen.

Nichts war passiert. Alles normal. Keine Ratlosigkeit, kein fassungsloses Entsetzen bei Taina und Ville, in der Verwandtschaft, bei den Freunden. Das Flugzeug, das er nie betreten hatte, war nicht abgestürzt.

Die Dame am Schalter für die Mietwagen lächelte, ohne freundlich zu sein, und händigte ihm einen Schlüssel aus. Der Schlüssel passte ins Schloss eines Kleinwagens, der draußen unter einer kühlen Sonne auf einem weiten Parkplatz stand.

Er stieg ein, legte die Reisetasche auf den Beifahrersitz. Betrachtete den penibel aufgeräumten Innenraum des Fahrzeugs, beugte sich nach vorn, betastete das Lenkrad. Blieb einige Minuten lang so sitzen. Dann richtete er sich auf und fuhr los.

Ankommen, abreisen.

Zweihundertfünfzig Kilometer hatte das Internet versprochen. Zweihundertfünfzig Kilometer oder fünf Zentimeter, eine blaue, ein wenig gebogene Linie von fünf Zentimetern, er hatte sie nachgezeichnet, mit dem Zeigefinger den Bildschirm berührend. An einer Tankstelle versuchte er, den Mann an der Kasse nach dem Weg zu fragen. Er verstand ihn nicht, und die Autobahn mündete in einen Schotterweg, der nicht zu enden schien. Réka rief an.

»Wo bist du?«, fragte sie.

»Unterwegs«, sagte er. »Auf dem Schotterweg, der sich Autobahn nennt.«

»Was sagst du?«

»Schotterweg. Die Straße ist … schlecht, ich komme kaum voran.«

»Ah … das ist mein Land. Nicht dein Land.«

Er lachte.

»Wann kommst du?«

»In ein, zwei Ewigkeiten, jetzt bin ich hinter einem Traktor gelandet.«

»Hm?«

»Bald«, sagte er. »Bald bin ich bei dir.«

Die Straße wurde schmaler, die Felder rauer, die Häuser auf beiden Seiten schienen in schiefen Ebenen erbaut worden zu sein, und das Ziel seiner Reise war nicht ausgeschildert. Die schiefen Häuser hatten keine Nummern, die Straßen keine Namen. Er rief Réka an.

»Wo bist du?«, fragte sie.

»Nicht weit. Denke ich. Hier ist ein Straßenschild ... warte kurz ... Tamesa ...«

»Was?«

»Tamesa ... ich kann das nicht genau ... ich glaube, so heißt das Dorf hier ...«

»Ah, falsch.«

»Wie muss ich denn von hier aus ...«

»Zurück. Und rechts an dieser ... wie heißt das ...«

»Hallo?«

»So ... gelb ... gelbes Haus ... Politiker ...«

»Rathaus?«, fragte er.

»Ja. Genau.« Sie lachte. »Du verstehst mich, egal, was ich rede. Da dann rechts.«

»Ok.«

Er wendete und spürte ein Stechen im Magen, als tatsächlich nach einer Weile das kleine Haus vor ihm auftauchte, das wenig Ähnlichkeit mit einem Rathaus hatte, aber die gelbe Farbe machte Hoffnung. Er bog nach rechts ab, auf einen Weg, der noch schmaler war als die anderen, und nach wenigen hundert Metern blockierte eine Schafherde die Weiterfahrt.

Er stand, mit laufendem Motor, im Nichts. Die Sonne schien hell, aber kühl, und der Hirte oder wie auch immer man den Mann nennen sollte, machte keine Versuche, seine Schafe in eine andere Richtung zu lenken.

»Äh ... hallo?«, rief Markus Sedin, aber der Mann reagierte nicht. Sedin wollte noch einmal neu ansetzen, aber dann lehnte er sich zurück, schaltete den Motor aus und wartete.

Nach einigen Minuten hatte er das Gefühl, aus den kaum merklichen Bewegungen der Schafe ein Muster herauslesen zu können. Eigentlich könnte er auch hierbleiben und seinen Tätigkeiten nachgehen, dachte er und spürte ein Lächeln auf seinem Gesicht. Einfach hierbleiben, auf diesem Schotterweg zwischen den Welten, denn die Bewegungslinien, die die Schafe hinterließen, schienen eine gewisse Ähnlichkeit mit den Charts und Kurven zu offenbaren, die er an den anderen Tagen des Jahres anstarrte, vor seinem kleinen Bildschirm im neunten Stock des Glasturms sitzend.

Er schloss die Augen. Bergenheim hatte drei Nachrichten hinterlassen, die er nur kurz überflogen hatte, alle hatten den *OptiRent* und die Idioten von Kesken OY zum Thema gehabt, die nach Wochen der Erholung dabei waren, ihre Firma und damit auch den schönen Fonds seiner Bank gegen die Wand zu fahren. Aber Leno, der aufstrebende Kollege, würde das schon richten, und er, Sedin, hatte Urlaub. Zwei Tage, von geschätzten zweihundert, die er in den vergangenen Jahren angespart hatte.

Als er die Augen wieder öffnete, waren die Schafe verschwunden, und er fragte sich, ob sie je da gewesen waren. Er startete den Wagen und fuhr auf dem schmalen, von Schlaglöchern durchzogenen Weg nach Krisztina. Das Schild war von getrocknetem Schlamm bedeckt, kaum lesbar, aber es stand tatsächlich da. Er spürte ein Brennen hinter den Augen, während er sie anrief.

»Ich bin da«, sagte er. »Stehe hier … an dem Schild hier, von deinem Dorf. Krisztina.«

»Bin gleich da«, sagte sie.

Er schaltete wieder den Motor aus, wartete. Immer so weiter warten, dachte er, auf Dinge, die passieren würden. Gestern oder morgen, Hauptsache irgendwann. Er saß in einem leeren, abgeschlossenen Raum, umgeben von kleinen, windschiefen Häusern unter einer Sonne, die nicht wärmte, aber ein warmes Licht aussendete. Er sah sie, beschwingt laufend, lächelnd, sie kam auf ihn zu. Dann stand sie vor ihm, und er fand die Kraft, die Tür zu öffnen.

»Da bist du also. Wirklich«, sagte sie.

Er stieg aus dem Wagen und legte seine Arme um sie. Hielt sie fest, lange, bis sie auflachte und sagte, sie wolle ihm ihr Zuhause zeigen. Sie fuhren im Schritttempo den Weg entlang, und Réka deutete auf ein Haus, das eher eine Hütte war, mit einem kleinen Garten, der in merkwürdigem Kontrast zum Rest stand. Der Garten war penibel gepflegt, die Beete akkurat voneinander getrennt, die Hütte schien in wenigen Augenblicken in sich zusammenzufallen. Er stand davor, schweigend, und versuchte, das, was er sah, mit dem abzugleichen, was er erwartet hatte.

»Ich habe dir ja gesagt … wie es hier aussieht … in meinem Dorf …«, sagte Réka.

Er nickte, ohne den Blick von der Hütte zu nehmen. Der Putz war abgeblättert, das provisorisch abgedeckte Dach würde noch einigen Regenfällen standhalten, aber nicht allzu vielen. Die große Satellitenschüssel, die neben dem Schornstein hing, wirkte wie ein Fremdkörper, ein absurdes Element aus der Welt, die er kannte.

»Gehen wir rein?«, fragte sie, und er löste sich aus der Erstarrung. Ein kleiner Junge kam ihnen entgegen, in einem Tarnanzug, misstrauisch lächelnd. Er dachte an Ville und strich dem Jungen, einem Impuls folgend, leicht über die Haare.

»Hei«, sagte er, und der Junge lächelte wieder, fragend, aber jetzt etwas offener.

»Das ist der Sohn von … wie sagt man … von meiner … Cousine.«

»Ah«, sagte er.

»Und dadrin ist meine Mama. Komm.«

Er folgte ihr ins Innere der Hütte und sah eine Frau in einer Tracht, die ihn ein wenig an die traditionellen Kostümierungen der Lappen im Norden Finnlands erinnerte, auf einem Sofa liegen. Das Sofa war schmal, die Frau korpulent, der

Fernseher lief ohne Ton, auf dem Bildschirm eine Frau und ein Mann, in pathetischen Gesten erstarrt.

»Hei«, sagte Sedin und gab der Frau die Hand.

»Und das sind meine Brüder«, sagte Réka, und Sedin sah einen jungen Mann und einen Teenager im Schatten stehen, die Blicke ähnlich fragend, neugierig, misstrauisch wie die des kleinen Jungen draußen.

»Ja. Hei«, sagte er. »Ich bin Markus.«

»Das haben sie sicher verstanden«, sagte Réka und lächelte. »Aber mehr Englisch können sie alle nicht. Leider.«

»Kein Problem«, sagte Sedin.

»Komm, ich zeige dir, wo wir schlafen.«

Sie führte ihn durch den Gang in ein kleines, mit Betten zugestelltes Zimmer.

»Also … meine Mama schläft mit dem Kleinen im Wohnzimmer, und hier schlafe ich eigentlich mit meinen Brüdern und meiner Schwester, aber die ist heute unterwegs. Und meine Brüder schlafen bei Freunden heute, also hier heute … nur wir.«

Er nickte.

»Gut?«

»Ja. Natürlich. Ich … will … aber keine Umstände machen. Wenn du magst, könnten wir … ein Hotel …«

»Quatsch«, sagte sie. »Hier gibt's kein Hotel.«

»Ja«, sagte er.

Während sie zu Abend aßen, Kartoffeln mit Käse und Tomaten, spürte er einen Schwindel hinter der Stirn, der weder stärker noch schwächer wurde und noch nicht vergangen war, als sie nebeneinander auf dem Bett im Dunkel lagen.

Er dachte an Taina und Ville und daran, dass er vergessen hatte, sie anzurufen und zu sagen, dass er gut angekommen war, wo auch immer. Dass alles seinen geregelten Gang ging und dass er bald zurück sein werde. Réka hatte sich aufgerichtet und über seine Hose gebeugt und fingerte am Reißverschluss herum.

»Lass mal«, sagte er.

Sie sah ihn fragend an, er erahnte ihre Augen im Dunkel.

»Lass gut sein. Es sei denn, du hast gerade jetzt riesige Lust, mit einem relativ alten Mann …«

Sie lachte.

»Wusste ich doch«, sagte er. »Leg dich einfach hier hin. Zeit, zu schlafen.«

Sie legte den Kopf an seine Schulter.

»Markus …?«

»Hm?«

»Als ich dich gefragt habe, ob du mich mal … besuchen kommst … bei mir zu Hause, in meinem Dorf …«

»Ja?«

»Ich habe nie gedacht, dass du das machst. Aber du hast es gemacht. Hast es … wirklich … gemacht.«

Wirklich, dachte er. Was ist schon wirklich.

»Also … danke«, sagte sie.

Er schloss die Augen und hörte sie atmen, leise und leicht, während sie einschlief, und er spürte, dass er in dieser Nacht nicht würde schlafen können.

In einer anderen Zeit, an einem anderen Ort

16

In der Nacht ging Mari Beck ins Internet und gab die Adresse ein, die sie notiert hatte. Ein Forum, in dem Unto sich offensichtlich aufgehalten hatte, kurz bevor sie gekommen war, und wenn sie die Sache in der Eile, als Unto das Sandwich aus dem Kühlschrank geholt hatte, richtig begriffen hatte, firmierte ihr Bruder unter dem Usernamen *friend-of-fire-1000.*

Es dauerte eine Weile, bis sie die Anmeldemodalitäten durchschaut hatte, aber dann wurde sie als siebenhundertelfte Userin des Forums begrüßt und ihre Anmeldung als *angel-in-darkness* bestätigt. Der Thread, in dem Unto zuletzt gechattet hatte, ruhte, der letzte Beitrag war vor etwa einer Stunde gepostet worden. Mari Beck überflog die Texte, die eine Sprache zu sprechen schienen, die sie nicht verstand.

–

REB2@friend-of-fire1000

Geduld, Fokussierung, Identifikation mit der Sache. In der Hinsicht war er einzigartig. Das ist ein großer Mensch, aber die Leute wollen oder können es nicht sehen.

Friend-of-fire1000@REB2

Zustimmung meinerseits, REB2. Was ABB betrifft, kann es sowieso keine zwei Meinungen geben. Der Mann ist GOTT.

REB2@friend-of-fire1000

Lol. Long live ABB. Ist mal wieder spät geworden. Geisterstunde vorbei. Schlaft schön, Mitstreiter.

–

Noch nicht ganz, dachte Mari Beck und tippte ihren ersten Beitrag ein.

–

Angel-in-darkness@REB2

Hei REB2, ich bin neu hier und oute mich gleich mit blöden Fragen als Banause. Wer ist eigentlich dieser ABB, von dem ihr redet?

–

Sie tippte auf »senden« und wartete. Als nach zehn Minuten noch immer keine Antwort gekommen war, ging sie ins Bad, putzte sich die Zähne und zog sich aus, um schlafen zu gehen. Als sie den Laptop ausschalten wollte, flimmerte auf dem Bildschirm eine Antwort, von REB2, wer immer das war, in jedem Fall einer der wenigen Menschen, mit denen ihr Bruder in diesen Tagen noch kommunizierte. Sie kniff die Augen zusammen und las.

Hi angel-in-darkness. Das kannst du laut sagen, dass du ein Banause bist, wenn du nicht mal die ganz Großen kennst. Sei dir verziehen. ABB ist Anders Behring Breivik.

17

Mitten in der Nacht. Telefon an, Mari ist dran. Warum gehst du nicht ran, Unto?, spricht sie, auf die Mailbox.
Ich denke eine Weile darüber nach und könnte tatsächlich eine Antwort geben. Da wo du bist, bin ich nicht. Schwesterherz. Verstehst du?

Nein?

Gut, pass auf, ja???

Ich bin jenseits der Zeit, wie du sie kennst. Ich bin an einem ANDEREN Ort.

Nein, aha ...

Ok, hör zu: Du willst Pizza, aber ich hätte viel lieber einen gottverdammten

– Frühstart

einen schönen neuen

– Weltkrieg

Unto gegen alle heißt das Spiel, das du nicht mitspielen wirst, am Tag der ultimativen

– Apokalypse

Mai

18

Als Kimmo Joentaa am Morgen erwachte, war Larissa schon aufgestanden. Er hörte das Rauschen und Prasseln der Dusche, und nach einigen Minuten kam sie ins Zimmer, bekleidet nur mit einem riesigen Handtuchturban, den sie abnahm, als sie sich aufs Bett setzte.

»Gut geschlafen?«, fragte er.

Sie antwortete nicht. Er setzte sich aufrecht, positionierte sein Kissen so, dass er sich bequem dagegenlehnen konnte, und sah ihr dabei zu, wie sie sich anzog.

»Du gehst ... arbeiten?«, fragte er.

Sie drehte sich langsam in seine Richtung, sah ihn an. »Natürlich gehe ich arbeiten.«

»Nicht zum Eiskiosk am Marktplatz, vermute ich.«

Sie lachte, verärgert. »Nein, Kimmo, denn die Eiskiosks am Marktplatz machen erst im Sommer auf, richtig?«

Er nickte.

»Ist es ok, wenn wir jetzt nicht über meine Arbeit reden? Jetzt nicht, und wenn möglich auch sonst nicht, also mit anderen Worten – gar nicht. Ist das ok für dich?«

Er schwieg.

»Ich weiß, dass du es nicht verstehst«, sagte sie. »Und ich verstehe es selbst nicht. Es ist einfach die Arbeit, die ich mache. Seit einer Reihe von Jahren. Ich lebe noch. Gut? Ok.«

»Ok«, sagte er.

Sie nickte und fuhr damit fort, sich anzuziehen. Das Outfit fürs Bordell hatte sie schon übergestreift, einen weißen, mit glitzernden Sternen verzierten Stringtanga mit dazu passendem Oberteil. Darüber eine Jeans und einen Hello-Kitty-Pullover, beides würde sie ablegen, bevor die ersten Kunden kamen.

»Ok«, sagte er noch einmal, mehr zu sich selbst als zu ihr, und sie ging in die Küche, vermutlich um, wie jeden Morgen, einen Haferbrei zu kochen und zu essen, bevor sie losfuhr. Er hörte, wie sie in der Küche hantierte, und dachte darüber nach, zu ihr zu gehen, noch eine Weile mit ihr zu verbringen, aber er fand nicht die Kraft, aufzustehen.

Irgendwann war es still, und er dachte, dass sie gegangen war, ohne sich zu verabschieden, aber dann stand sie doch wieder in der Tür und lächelte.

»Und keine Angst, Kimmo, sobald der Sommer kommt, werde ich auch wieder Eis verkaufen. Halbtags«, sagte sie und warf ihm eine Kusshand zu, bevor sie ging.

19

Kimmo Joentaa fuhr nicht sofort ins Morddezernat, sondern zunächst zum Haus der Ekholms, das still unter einer zaghaften Sonne stand, mit dem blauen Himmel verschmolz und unbewohnt wirkte.

Er nahm sich vor, nur einmal zu klingeln und dann zu gehen, für den Fall, dass sie schliefen, aber die Tür wurde sofort geöffnet, von Kirsti Ekholm, als hätte sie dahintergestanden und gewartet. Auf Anna …, dachte Joentaa und ging langsam über die Einfahrt auf die Frau zu, die regungslos im Türrahmen stand.

»Schön, dass Sie nach uns sehen«, sagte sie.

»Hallo«, sagte Joentaa.

»Kommen Sie doch rein. Lasse schläft noch.«

Joentaa folgte ihr in die Küche und in das angrenzende

Esszimmer, das in den Wohnbereich überging. Im Garten schwankte die Schaukel in leichtem Wind, und der Tisch war gedeckt. Brötchen, karelische Piroggen, Kaffee, Schinken, Käse, Marmelade, Eier. Nichts davon war berührt worden. Drei Teller.

»Ich hatte schon mal den Tisch gedeckt. Mögen Sie etwas?«

Joentaa lag eine Ablehnung auf den Lippen, aber dann betrachtete er den unberührten Frühstückstisch, die drei Teller, einer für Lasse Ekholm, der nichts essen würde, einer für Kirsti ... einer für Anna. Er sagte:

»Ja ... doch, gerne. Und ... einen ... Kaffee vielleicht.«

»Gerne. Setzen Sie sich doch.«

Joentaa setzte sich, und Kirsti Ekholm schenkte Kaffee ein. Wie am Abend zuvor, der lange zurückzuliegen schien, aber erst vor Stunden vergangen war.

»Ich habe wenig geschlafen«, sagte sie und setzte sich Joentaa gegenüber.

Er nickte.

»Es ist schön, dass Sie kommen ... es ist ... vermutlich ungewöhnlich ... und nett ...«, sagte sie.

Joentaa hob den Blick und suchte ihre Augen, aber sie sah an ihm vorbei.

»Ich habe Sie schon damals gemocht, als Sie mit Ihrer Frau mal bei uns zu Besuch waren. Das war ... ein schöner Tag damals.«

Joentaa nickte und führte langsam die Tasse zum Mund.

»Lasse ... hat gesagt, dass ein Licht da war. Und ein Blitz. Er ist von der Straße abgekommen und ... geschwebt, so hat er es beschrieben. Dann gab es einen Aufprall ...«

Joentaa suchte wieder ihre Augen, und dieses Mal fand er ihren Blick, aber obwohl ihre Augen sich trafen, schien ihr Blick ins Leere zu zielen.

»… einen Aufprall, und dann war es vorbei. Alles«, sagte sie.

Sie schwieg. Irgendwann klingelte das Telefon, aber Kirsti Ekholm reagierte nicht. Ein Anrufbeantworter sprang an, eine Nachricht wurde aufgesprochen. Die Stimme eines jungen Mannes. *Hallo, Lasse, Sven hier. Ich wollte nur mal fragen, ob du … vielleicht den Ortstermin in Merenkylä vergessen hast. Also … ich hatte dir auch schon mal aufs Handy gesprochen, wir sind hier und fangen schon mal mit der Begehung an. Lass dich nicht hetzen. Bis später.*

Dann füllte wieder Stille den Raum. Joentaa erinnerte sich vage an den Namen. Sven. Sven Lövgren war schon vor einigen Jahren, als Sanna noch dort gearbeitet hatte, Kompagnon und leitender Zeichner im Architekturbüro gewesen.

»Lasse ist erst am Morgen eingeschlafen, denke ich«, sagte Kirsti Ekholm nach einer Weile. »Er hat lange geweint und nicht gemerkt, dass ich wach bin. Irgendwann hatte ich das Gefühl, dass er eingeschlafen ist, aber vielleicht habe ich mich getäuscht, vielleicht schläft er gar nicht.«

»Doch, doch. Ich habe geschlafen. Ein bisschen«, sagte Lasse Ekholm. Joentaa drehte sich um und sah ihn im Zentrum des Wohnzimmers stehen. Als sei er stehen geblieben, unschlüssig, ob er näher kommen sollte. »Ich … habe jetzt doch Schmerzen … hier rechts unten.« Er deutete auf die Stelle, und Joentaa bemerkte, dass er leicht gekrümmt stand.

»Ich kann Sie ins Krankenhaus fahren«, sagte er. »Es ist wichtig, dass Sie sich untersuchen lassen.«

Ekholm nickte, und Kirsti Ekholm goss Kaffee in eine Tasse.

»Setz dich erst mal«, sagte sie.

»Ja …«, sagte Ekholm und starrte den gedeckten Tisch an, der ihm erst jetzt bewusst zu werden schien. »Natürlich …«, sagte er und setzte sich neben seine Frau.

»Ich muss dann bald los«, sagte sie. »Wir haben mittags

den Termin bei YLE, wegen des Corporate-Identity-Designs für die TV-Talkshow.«

»Ja …«, sagte Ekholm.

»Und Sven hat angerufen, Sven Lövgren, er fragt, ob du den Termin in Merenkylä vergessen hast«, sagte sie.

»Was …«, sagte Ekholm.

»Sven. Er hat auf den AB gesprochen. Ihr habt wohl heute früh eine Grundstücksbesichtigung in Merenkylä.«

»Ach so. Ja. Ja, stimmt … ich muss … ihn anrufen …«

»Und Anna …« Sie brach ab.

»Was?«, fragte Ekholm.

»Nichts«, sagte sie.

»Was wolltest du sagen, Kirsti?«

»Nichts. Etwas Unsinniges. Über Anna.«

»Kirsti …«

»Über eine Schulprüfung, die sie hat. Heute.«

Sie sahen sich schweigend an. Nach einer Weile wendete sich Kirsti Ekholm ab, stand auf und ging zum Telefon. Sie wählte eine Nummer, wartete, dann begann sie zu sprechen. »Mariella, hallo, Kirsti hier. Ich werde heute nicht kommen können. Ja. Nein. Heute nicht, morgen nicht … ich weiß nicht, wann.«

Offensichtlich sprach am anderen Ende der Leitung für einige Sekunden die Kollegin, aber Kirsti Ekholm unterbrach sie. »Mariella … es ist etwas passiert, gestern Abend … Anna … also, unsere Anna, die du ja kennst …«

Wieder trat eine Pause ein, aber Joentaa spürte, dass niemand sprach, auch die Kollegin am anderen Ende der Leitung nicht. Kirsti Ekholm ließ das Telefon sinken und sah durch das Fenster in den sonnigen Garten. Nach einer Weile unterbrach sie wortlos die Verbindung, legte das Telefon zurück in die Ladestation und kehrte zum Tisch zurück.

»Das geht nicht«, sagte sie leise.

Sie begann abzuräumen, zuerst den unberührten Teller, der vor einem unbesetzten Stuhl stand. Dann alles andere. Lasse Ekholm saß wie erstarrt, und Joentaa stand auf und begann, beim Abräumen zu helfen. Er erinnerte sich an den Tag nach Sannas Tod. Er hatte ähnlich gehandelt und vermutlich ähnlich empfunden.

Er hatte Sanna sterben sehen, in der Nacht, aber nicht begriffen, dass es wirklich passiert war. Am Morgen danach hatte er auf dem Steg am See gelegen und war eingeschlafen, in einem Moment, in dem er geglaubt hatte, nie mehr schlafen zu können. Und dann war er zur Arbeit gegangen, hatte normale Dinge getan, normale Worte gewechselt, obwohl nichts mehr normal gewesen war, und dann war er in eine Ermittlung abgeglitten, die eine Art Linderung gebracht hatte, weil sie sich ebenso surreal angefühlt hatte wie der Gedanke an Sannas Tod.

»Ich denke …«, sagte Lasse Ekholm. »Ich denke … ich sollte mal Sven anrufen …«

»Ich kann das machen, wenn Sie wollen«, sagte Joentaa.

»Ja? Ja … das wäre gut … ich gebe Ihnen die Nummer … sagen Sie einfach, was passiert ist … und dass ich heute nicht kommen werde und wir alles Weitere … bei Gelegenheit …«

Joentaa nickte und nahm sein Telefon aus der Tasche, tippte die Nummer ein, die Ekholm ihm diktierte, und ging ein paar Schritte durch die angelehnte Terrassentür in den Garten, in dem der Schnee zu schmelzen begonnen hatte. Er hörte wieder die junge, wache, bereits am Morgen schwungvolle Stimme des Mannes, der vor einiger Zeit auf den Anrufbeantworter gesprochen hatte.

»Ja, hallo, hier Sven Lövgren. Wer da?«

»Hallo, mein Name ist Kimmo Joentaa. Ich arbeite bei der Polizei in Turku und bin hier bei Kirsti und Lasse Ekholm …«

»Äh … ja …«, sagte Sven Lövgren.

»Sie hatten angerufen und nach Lasse Ekholm gefragt, und ich möchte Ihnen sagen, dass er nicht kommen wird. Es hat einen schlimmen Unfall gegeben. Die Tochter der Ekholms, Anna, ist dabei ums Leben gekommen.«

»... ja ...«, sagte Lövgren.

»Herr Ekholm hat mich gebeten, Ihnen Bescheid zu geben ...«

»Ja ... natürlich«, sagte Lövgren, und Joentaa erinnerte sich an das erste Telefonat, das er geführt hatte, nach Sannas Tod, mit Sannas Eltern. Die Stimme von Sannas Vater, Jussi, hatte ähnlich geklungen wie die von Sven Lövgren jetzt. Weit entfernt, aus einer fernen Leere kommend.

Er verabschiedete sich, ließ Sven Lövgren mit seiner Verwirrung und beginnenden Traurigkeit allein und hoffte, dass er sich bald wieder bei Kirsti und Lasse Ekholm melden und vielleicht die richtigen Worte finden würde, die Worte, die ihm selbst nicht einfielen.

Er kehrte ins Wohnzimmer zurück, in dem sich Kirsti und Lasse Ekholm schweigend gegenübersaßen, aneinander vorbeisehend. Lasse Ekholm saß gebückt, in einer Schonhaltung, und schien keinen Zugang zu den körperlichen Schmerzen zu finden, die vermutlich viel stärker waren, als er wahrhaben konnte.

»Chemie, genau«, sagte Kirsti Ekholm.

»Was?«, fragte ihr Mann.

»Chemie. Heute. Annas Prüfung. Beim Gockel.«

Lasse Ekholm schwieg.

»So nennen sie den Chemielehrer, weil er sich immer so aufplustert«, sagte sie.

Lasse Ekholm sah seine Frau an, lange. Dann lehnte er sich ein wenig zurück, schüttelte den Kopf und begann, lautlos zu weinen.

April

20

Am nächsten Morgen erwachte Markus Sedin aus dem vagen Halbschlaf, der am Ende der Nacht doch noch gekommen war, mit dem Gedanken, nur einen Tag Zeit zu haben. Er erklärte Réka, was er vorhatte, während sie im kleinen Wohnraum vor dem laufenden Fernseher saßen und Kaffee tranken. Das Dach musste abgedeckt werden, dringend.

»Sonst fällt euch die Decke auf den Kopf«, sagte er.

»Ja?«, sagte sie, noch ein wenig schlaftrunken. Sie führte mit beiden Händen die Tasse zum Mund.

»Spätestens beim nächsten Unwetter«, sagte er.

Sie nickte.

»Und die ganze Außenseite sollte gestrichen werden«, sagte er. »Und deine Mutter und der kleine Junge … von deiner Cousine …«

»Dávid?«

»Ja, genau … die brauchen Betten. Das Kinderbett passt hier in die Ecke, wenn ihr diese … Kommode da wegstellt …«

Sie folgte seinem Blick, und Sedin fragte sich, wie man auf die Idee kommen konnte, eine derart klotzige Kommode in ein Zimmer zu stellen, das ohnehin höchstens zehn Quadratmeter groß war.

»Ja …«, sagte sie.

»Du musst das alles machen, weil ich heute zurückfliege, aber … den Rest besorge ich, ok?«

Sie sah ihn fragend an.

»Gibt es hier irgendwo eine Bank? Geldautomat?«

»Nein«, sagte sie. »Nicht in Krisztina. Aber in anderer … Stadt. Du bist durchgefahren, glaube ich …«

Er nickte, erinnerte sich. Was Réka Stadt nannte, war ebenfalls ein Dorf gewesen, ein etwas größeres, er erinnerte sich an einen Supermarkt und eine Leuchtreklame, die nicht geleuchtet hatte.

»Ja«, sagte er. »Da fahren wir gleich hin. Kannst du mir deine Bankdaten geben?«

Sie verstand nicht.

»Kontonummer … IBAN und so weiter, das brauchen wir für die innereuropäische Abwicklung …«

»Was?«, sagte sie.

»Entschuldige … also, wenn du Geld holst, gehst du ja zur Bank …«

»Nein«, sagte sie.

»Äh … nein?«

»Nein, ich schicke immer Geld nach Hause. Wenn ich genug gearbeitet habe … also … wir alle machen das so, auch meine Schwestern …«

»Du hast noch mehr Schwestern?«

»Ja, vier. Arbeiten alle woanders, eine in … wie heißt das … Schweiz, zwei in Deutschland, und eine auch da in Belgien, wie ich, aber in Brüssel.«

»Aha.«

»Ja … so … wir schicken immer Geld … wie heißt das … direkt nach Hause«, sagte sie.

Er nickte. Bargeldversand. Ihm lag auf den Lippen, ihr zu sagen, dass das Unmengen an Gebühren kostete, aber er verschluckte den Satz. Vermutlich hätte sie nicht begriffen, wovon er redete.

»Ok … also, ich muss am Nachmittag los, deshalb lass uns in diese … Stadt fahren. Die Stadt mit dem Geldautomaten.«

Sie nickte und stand wenig später zur Abfahrt bereit, in kurzen Hosen und einem orangen T-Shirt, eine Spur zu sommerlich gekleidet.

»Ja ... ist dir warm genug?«, fragte er.

»Die Sonne scheint doch.«

»Äh, ja. Aber ... egal.«

Sie fuhren auf dem Weg, auf dem er am Vortag gefahren war. Von den Schafen fehlte jede Spur, dafür war der Traktor wieder unterwegs. Nach einiger Zeit kamen sie dennoch an. Er stieg aus und ging unter einer gleißenden, aber kühlen Sonne zu dem Geldautomaten, der verloren und ein wenig aus der Verankerung geraten an einer weißen Wand hing. Aber er funktionierte tadellos. Markus Sedin stand einige Sekunden lang unschlüssig mit den Scheinen in der Hand da, bevor er zurück zum Wagen ging.

»Hat's geklappt?«, fragte Réka.

Er nickte.

»Und ... jetzt?«, fragte sie.

Er betrachtete das Geld in seinen Händen. »Hier«, sagte er. »Für dich. Für deine Familie.«

Sie sah ihn an, lange, fast traurig, nachdenklich, und Sedin hatte den Eindruck, dass sie etwas sagen wollte. Aber sie schwieg, nahm nach einer Weile das Geld und verstaute es sorgfältig in ihrer kleinen Handtasche.

21

Während des Rückflugs hatte er das Gefühl, wieder in die Zeit zurückzukehren, zurück zu dem Punkt, an dem er gestartet war. Nichts war passiert. Nichts und alles.

Am Abflug-Gate hatte er Bergenheims Nachrichten durchgesehen und Taina seine Ankunft am Abend angekündigt. *Ich freue mich* hatte er geschrieben und es ehrlich gemeint.

Er freute sich darauf, Taina und Ville wiederzusehen, und während er auf einem komfortablen Sitz, in klarem blauem Himmel, auf Höhe der Wolken schwebte, dachte er an Réka, an die kleine Hütte und daran, dass er begonnen hatte, in zwei Welten zu leben.

Zwei Welten, die sich nicht berührten, weil sie in verschiedenen Zeiten abliefen, in der einen, die er kannte und immer gekannt hatte, und in der anderen, die der entgegengesetzten Richtung und dem Tempo der Schafe folgte.

Die Ankunft war pünktlich, und auf den breiten Fernsehbildschirmen in der Ankunftshalle flimmerten die Börsenkurse und die eine oder andere Meldung, Kesken OY stand im Fokus von Insolvenzgerüchten, aber Bergenheim und Leno würden das schon richten. Er setzte sich in eine Lounge mit WLAN-Anbindung, nahm das iPad und begann, nach Wohnungen zu suchen.

Drei Zimmer, Balkon mit Meeresblick, Sonnenlichtbad. Sofort zu beziehen. Sein Blick glitt über die Fotos. Viel Weiß, das gefiel ihm. Schneeweiß, von Sonne durchflutet. Er wählte die Nummer des Maklerbüros und sprach mit einer freundlichen Frau, die zu begreifen schien, dass es eilig war, dass es schnell gehen musste. Ein Besichtigungstermin. Ja, heute noch. Kein Problem.

Er fuhr unter einer orangen Abendsonne nach Helsinki, und die Frau vom Maklerbüro stand schon vor dem Haus, als er ankam, einem von breiten Fenstern dominierten Gebäude, das von einem großen, akkurat gepflegten Park umgeben war und aussah wie gerade erst hingestellt, als sei die Farbe an den Wänden noch nicht getrocknet. Alles neu, dachte er, alles auf Anfang. Die Dame lächelte freundlich, während sie mit dem Aufzug nach oben fuhren, und die Wohnung sah den ansprechenden Bildern im Internet sehr ähnlich. Mit Blick auf das Meer und eine der großen Fähren, die am Abend von Helsinki nach Stockholm fahren würde. Schöne Aussicht, dachte er, und eine Erinnerung zuckte auf, er und Taina, in einer anderen Zeit, einem anderen Leben, eng umschlungen, im Wind, auf dem Deck eines Schiffs.

»Ich nehme die Wohnung«, sagte er.

Die Frau sah ihn an, zum ersten Mal ein wenig skeptisch, fragend.

»Ich will das so schnell wie möglich vertraglich regeln. Wann passt es Ihnen?«

»Äh … im Prinzip … wir könnten morgen …«

»Bestens. Morgen Vormittag. Um neun? Dann habe ich vorher kurz Zeit für die Abwicklung mit meiner Bank.«

Sie nickte, und während sie mit dem Aufzug nach unten fuhren, begann sie wieder zu lächeln. Markus Sedin hob noch mal den Arm zum Gruß, als sie in ihren Wagen stieg, dann setzte er sich auf eine Bank am Rand der weiten Rasenfläche, die in den Park überging, und nahm das Handy, wählte.

»Ja?«, sagte sie.

»Réka«, sagte er.

»Hallo …«

»Mit einem Strich über dem e.«

»Ich … habe schon geschlafen …«, sagte sie.

»Und ich habe eine Wohnung gekauft.«

»… hm?«

»Eine Wohnung. Für dich. Du gehst nicht zurück nach Belgien oder sonst wohin und tanzt auch nicht mehr in Käfigen. Du kommst hierher, zu mir, nach Finnland. Schönes Land. Schöne Wohnung.«

»Markus …«

»Mit Blick auf das Meer. Viel Wasser. Ich kaufe dir ein Flugticket. Sag mir einfach nur, wann du fliegen möchtest. Und jetzt schlaf erst mal schön.«

Er unterbrach die Verbindung, bevor sie noch etwas sagen

konnte, und ging zu seinem Wagen. Er blieb für eine Weile zurückgelehnt sitzen, mit geschlossenen Augen, bevor er nach Hause fuhr.

In einer anderen Zeit, an einem anderen Ort

22

Hei, friend-of-fire, bist du wach?

–

Klar doch. Never sleeping. Und wer bist du?

–

Angel-in-darkness. Bin neu im Forum und eher zufällig hier gelandet. Habe noch gar nicht richtig begriffen, worum es bei euch so geht …

–

Keine Sorge, begreifen wir alle nicht …

–

Ok …

–

Einfach ein bisschen labern, über Spiele, die wir spielen, Gedanken, die wir haben …

–

Ok …

–

Kannst du auch noch was anderes sagen? Oder nur – ok. ok. ok.

–

Klar … sorry. Darf ich ehrlich sein?

–

Ehrlich. Klingt gut.

–

Ich bin hier gelandet, weil ich einfach nach anderen Leuten gesucht habe, zum Reden ...

–

Aha.

–

Ich wollte einfach mal wieder reden, bin nämlich ... allein.

–

Aha. Allein.

–

War auf der Suche nach Leuten, denen es genauso ... scheiße geht wie mir.

–

Und bist natürlich gleich mal bei uns gelandet. Ha!

–

Habe schon das Gefühl, dass hier einige auf meiner Schiene sind.

–

Aha, aha. Also, mir geht's blendend.

–

Ok.

–

Das klingt, als würdest du daran zweifeln.

–

Hm.

–

Bist du Sozialarbeiterin oder was? Oder Psychotante oder so?

–

Nein. Klinge ich so?

–

Jo, jo.

–

Du wirst lachen, ich habe tatsächlich mal Sozialpädagogik studiert. Angefangen und abgebrochen, war nichts für mich.

–

Aha. Lustig, wie meine Schwester.

–

Ja?

–

Ja, ja, die hat auch so was studiert, war Soziologie oder Soziopathie oder so. Ha! Hat auch gleich aufgehört. Kein Durchhaltevermögen, die Jugend von heute.

–

Deine kleine Schwester also?

–

Ne, ne. Kleiner Scherz. Ich scherze andauernd, musst du wissen. Ne, ältere Schwester, sieben volle Jahre älter, große Schwester, ich 19, sie 26, alte Oma.

–

Ok.

–

Jo, ok. Und du so?

–

Was?

–

Und du? Wie alt?

–

Ach so. Oh je. Ehrlich?

–

Ich bitte darum.

–

29.

–

Aha.

–

Wenn 26 Oma ist, was ist dann 29?

–

Uralte Oma.

–

Hm. Klingt weniger schlimm, als ich dachte.

–

Ich muss jetzt mal weg, wird mir alles zu viel hier gerade.

–

Was denn?

–

Zu viel hier, bimmel, bammel, zu heavy, zu viel Gelaber. Aber danke dir, war nett. Tschüss.

–

Ok … dann schlaf gut.

Mari Beck schaltete den Computer aus und stellte sich vor, dass Unto das Gleiche tun würde. Auch er saß jetzt vor einem stillen Bildschirm, in einem anderen Dunkel. Aber sie spürte, dass sich für einen Moment, den Moment, in dem er gegangen war, beide Dunkelheiten berührt hatten.

April

23

Markus Sedin lebte in der Schwebe, auf einer schmalen Schiene zwischen den Welten, ohne das Gleichgewicht zu verlieren.

Réka war tatsächlich gekommen, war ohne Weiteres in ein Flugzeug gestiegen, zum ersten Mal in ihrem Leben, wenn er das richtig verstanden hatte, und nach Finnland geflogen. Am Ankunft-Gate hatten sie sich in den Armen gelegen, einige Minuten lang, und auf der Fahrt hatte sie gesagt, dass sie Hunger habe und dass sie ihre Ohren nicht mehr spüren könne, dass sie nichts hören könne und dass über den Wolken die Sonne heller gewesen sei als alles, was sie je zuvor gesehen hatte.

Ob das normal sei, hatte sie gefragt. Das mit den Ohren. Gähnen, hellwach, mit geschärften Sinnen, hatte er gedacht und gelächelt und genickt.

Sie hatte die Wohnung bezogen und sich schon nach wenigen Tagen darin bewegt, als habe sie nie irgendwo anders gelebt. Er hatte ihr ein Wörterbuch gekauft, und sie hatte ihn daran erinnert, dass das nicht viel bringen werde, weil sie nicht lesen und nicht schreiben könne, weder Finnisch noch Ungarisch noch Rumänisch noch Englisch noch sonst irgendwas.

»Warum eigentlich?«, hatte er gefragt.

»Warum was?«

»Bist du nicht ... zur Schule gegangen?«

»Doch. Also ... als ich ... bis ich so acht oder neun war ...«

»Wie bitte?«

»So … als Kind.«

»Ah«, sagte er. »Und dann?«

»Dann … nichts …«

»Aber …«

»Mann, kein Geld, keine Zeit, capito? Meine Schwestern können das auch nicht …«

»Hm?«

»Das da …« Sie deutete auf das Buch. »Den Scheiß da«, sagte sie. »Können meine Schwestern auch nicht.«

Das Buch lag seitdem auf dem Nachttisch ihres Bettes, wenn er kam, und Sedin hatte den Eindruck, dass sie immer mal wieder darin blätterte.

In der Bank agierte er in einem Zustand der entrückten Beiläufigkeit, der niemandem aufzufallen schien, von Zeit zu Zeit lobte Bergenheim sogar die neue Gelassenheit, die er in kritischen Situationen an den Tag lege. In den Pausen telefonierte er, auf der Dachterrasse in kühler, klarer Luft stehend, mit Réka, die in seiner Vorstellung am Fenster der schneeweißen Wohnung saß und auf das Meer hinaussah. Auf die Fähren, die, langsam voranschreitend, das weite Wasser durchtrennten.

Morgens, bevor er ins Büro fuhr, besuchte er sie, brachte Frühstück mit, und abends spazierten sie durch den Park, stundenlang, manchmal auch in den kalten Nächten, und Sedin stellte sich vor, wie es im Sommer werden würde.

Zu Hause war alles, wie es gewesen war. Wenn er nachts zurückkehrte, lag Taina auf dem Sofa, auf dem Glastisch stand eine zu drei Vierteln geleerte Flasche mit Schaumwein, und Ville lag, gleichmäßig und leise atmend, in seinem Bett unter den Plakaten der Jedi-Ritter. Manchmal setzte sich Sedin an den Rand des Bettes und sah seinem Sohn beim Schlafen zu, so wie er kurz zuvor Réka beim Schlafen zugesehen hatte, bevor er die weiße Wohnung verlassen hatte und nach Hause gefahren war.

Mitte April erkrankte Rékas Mutter. Es dauerte eine Weile, bis Sedin aus ihren hektischen Erklärungen den Schluss ziehen konnte, dass sie einen Infarkt oder einen Hirnschlag gehabt hatte. Sie lag in einem kleinen, provisorischen Krankenhaus und musste für die erforderliche Operation in eine größere Stadt gebracht werden. Allein der Transport war nahezu unbezahlbar, Rékas Mutter besaß keine Krankenversicherung.

Sedin ging mit Réka in die Stadt und bemühte sich, sie zu beruhigen, während er im Geiste eine finanzielle Kalkulation aufzustellen versuchte, die alle Faktoren in Betracht zog. Er schickte Geld nach Krisztina. Am Abend saß er in der Stille und betrachtete die Fähren hinter den Fenstern, aufwendig beleuchtete Kolosse im dunklen Wasser, während Réka weinend mit ihren Geschwistern telefonierte.

Die erste Operation verlief gut, aber nach etwa einer Woche stellten sich Komplikationen ein. Die Ärzte empfahlen einen zweiten Eingriff und einen anderen Operateur, der aus Cluj anreisen sollte. Réka zögerte, aber Sedin bestand darauf, dem Ratschlag der Ärzte zu folgen, und sicherte zu, die anfallenden Kosten zu decken.

Ende April rief Réka nachmittags an, als er gerade mit zwei Japanern auf der Dachterrasse stand. Die Japaner lachten, über einen Witz oder über die eisige Kälte oder über den möglicherweise anregenden Gedanken, sich kopfüber in die Tiefe zu stürzen, und Réka sagte, dass ihre Mutter angerufen hatte. Es ging ihr besser.

»Viel besser«, sagte sie, und später dachte er häufig über die Erleichterung nach, die in Rékas Stimme gelegen hatte, während sie diese Worte ausgesprochen hatte.

»Das freut mich«, sagte er. »Das freut mich sehr.«

»Sie sagt … sie möchte dir Danke sagen … danke, danke, danke … und dass du der schönste Mann bist, den sie gesehen hat.«

»Oh …«, sagte er.

»Nein, falsch. Der … wie sagt man denn … der gute … der beste.«

»Ach so.«

»Ja. Der beste Mann.«

»Der schönste wäre doch völlig ausreichend gewesen«, sagte Sedin.

Réka lachte, und Sedin begann, nachdem er die Japaner mit einem freundlichen Lächeln verabschiedet und die Tür zu seinem Büro geschlossen hatte, zum ersten Mal seit langer Zeit zu weinen.

24

Am Abend des Vappu-Festes Ende April täuschte er eine Dienstreise vor. Er nannte die Schieflage des Fonds als Grund, die akute Phase des Krisenmanagements, die auch vor Feiertagen nicht haltmache. Es reiche ja in diesen Tagen nicht mehr aus, dass die Welt untergehe, man müsse auch noch verreisen, um das Ganze aus der Nähe betrachten zu dürfen.

Taina nickte, langsam und müde, und Sedin fragte sich, ob sie etwas ahnte und ob es ihr etwas bedeuten oder ob es ihr gleichgültig sein würde. Er wusste keine Antwort auf diese Fragen, und die Fragen verschwanden, sobald er die Tür hinter sich geschlossen hatte und zum Wagen ging.

Réka empfing ihn in einem weißen Bademantel, der gut zur weißen leeren Wohnung passte, und hatte gekocht, Kartoffeln, Tomaten und Hühnchen mit Paprika, das sei rumänisch, eine rumänische Spezialität, sagte sie, und es schmeckte sehr gut. Sie aßen, tranken Wein und Wodka mit Limonade aus der Dose und gingen im dunklen Park spazieren, Hand in Hand.

Später lagen sie nebeneinander vor dem laufenden Fernseher. Réka hatte den Kopf auf seine Brust gelegt, und Sedin fielen immer wieder die Augen zu, während Rékas bevorzugte Seifenoper lief. Reiche Menschen in Los Angeles, in Vorstadtvillen, die alles hatten, aber es gelang ihnen einfach nicht, glücklich zu werden.

»Mann, Mann, Mann«, sagte er.

»Was?«, fragte Réka.

»Probleme haben die.«

»Was?«

»Die da. Im Fernsehen.«

Sie schwieg. Ihr Blick verlor sich wieder in den flimmernden Bildern, ein Mann und eine Frau ritten durch eine weite Landschaft, im Hintergrund das riesige Anwesen der adeligen Familie. Sie setzten sich auf eine Bank unter eine helle Sonne und begannen sich zu küssen.

Frau betrügt Bruder mit Schwippschwager, dachte Sedin. Oder ähnlich.

Auf dem Bildschirm begann eine Modenschau, Abendkleider wurden präsentiert, die nicht den Eindruck vermittelten, in der Realität getragen werden zu können, und niemand wusste von der Intrige, die unterhalb der Oberfläche geschmiedet wurde, niemand wusste, dass die Stieftochter des Modezaren Firmengeheimnisse ausgeplaudert hatte, weshalb die Konkurrenz zur selben Zeit dieselben Kleider präsentieren würde oder noch schönere … oder so ähnlich.

»Ui«, sagte Réka.

»Hm?«

»Die Kleider. Schau doch mal.«

»Ach so. Ja. Sehr schön«, sagte er, und sie lachte, und er dachte an die Hütte mit der Satellitenschüssel, an die kalte

Sonne, an die Pritsche, auf der sie gelegen hatten, an den kleinen Jungen mit dem Tarnanzug, an das schiefe Dach, an die korpulente Frau mit den traurigen Augen, der es besser ging.

»Hast du was von deiner Mutter gehört?«, fragte er.

»Ja, heute Mittag. Gut. Sie ist ein bisschen ... wie sagt man ... langsam, aber sonst alles gut.«

»Ich gebe dir noch mal was«, sagte er. »Für deine Mama ... und alles ... das kannst du diese Woche rüberschicken.«

Sie schwieg, streichelte mit der Hand über seinen Arm, und die Seifenoper endete mit der Großaufnahme des traurigen Gesichts einer Frau, die in den Armen des falschen Mannes lag. Der Abspann wurde von Werbung überblendet. Réka seufzte.

»Oh je«, sagte sie.

»Morgen geht's weiter, und dann wird alles gut«, sagte er.

»Sicher?«, sagte sie.

»Na ja, nicht alles vielleicht. Der Stieftochter geht's an den Kragen.«

»Was?«

»Also ... die Stieftochter ... für die wird es böse enden.«

Réka lachte. »Ach so. Na, das ist gut.«

Als sie schlafen gingen, kreiste der Alkohol in seinem Hirn, und sobald er die Augen schloss, stellte sich ein Brechreiz ein, der erst verging, sobald er die Augen wieder öffnete.

Er hörte Réka, die zu träumen schien und bei jedem Atemzug leise aufstöhnte, und er begann, die Schafe zu zählen. Er folgte ihrem lähmend langsamen, immer gleichen Tempo, bis er einschlief.

Mai

25

Am Nachmittag, als Kimmo Joentaa nach Hause kam, war Larissa gegangen, und auf dem Abstelltisch neben dem Telefon im Flur lag die Giraffe.

Daneben ein Zettel, beschrieben mit wenigen Worten, in Larissas weicher Handschrift, mit Bedacht gesetzte Buchstaben, von denen er immer dachte, dass sie nicht zu dem Menschen zu passen schienen, den er kannte. Er las.

Leg die Giraffe unter den Apfelbaum, lieber Kimmo.
Wie immer.
Bis dann,
L.

Er betrachtete die Worte, das Muster. Ein Text, der sich zu verlieren schien, bis nur noch der Punkt hinter dem L übrig blieb. Und dieses L mit dem Punkt, das Einzige, was übrig blieb, stand für einen falschen Namen. Für nichts.

Kannst mich Larissa nennen, hatte sie gesagt, an dem Tag, an dem er sie zum ersten Mal gesehen hatte. *So nennen mich die anderen auch.* Wobei sie mit *die anderen* ihre Kunden gemeint hatte.

Er nahm den Schlüssel mit dem merkwürdigen Anhänger, einer unförmigen Giraffe aus Holz, und ging ins Freie, zum Apfelbaum, der von schmelzendem Schnee bedeckt war. Die Erde unter dem Baum, in die er die Giraffe legte, war feucht und schien den Schlüssel an sich zu ziehen wie etwas, das nicht mehr losgelassen werden sollte.

Er versuchte, sich den Moment vorzustellen, der in naher oder ferner Zukunft lag, den Moment, in dem Larissa den Schlüssel aufheben, zum Haus gehen und die Tür öffnen würde, und am Abend, wenn er nach Hause kam, würde sie mit angewinkelten Beinen im Dunkel sitzen. Irgendwann. Vielleicht.

Er fuhr los und kam pünktlich an, aber er war sich nicht sicher, ob Lasse Ekholm überhaupt noch an die Vereinbarung dachte, die sie getroffen hatten. Joentaa erinnerte sich an das letzte Bild, das er gesehen hatte, Lasse Ekholm, der lautlos geweint hatte und irgendwann aufgestanden und nach oben gegangen war, um sich hinzulegen. Joentaa hatte angeboten, ihn am Nachmittag ins Krankenhaus zu fahren, und Ekholm hatte eine Zustimmung gemurmelt, ohne sich noch einmal umzudrehen.

Das Haus stand unter der Sonne und schien mit dem hellen, weichen Blau des Himmels zu verschmelzen. Kirsti Ekholm öffnete die Tür und sagte, dass Lasse gleich fertig sei, und dann kam Lasse Ekholm, mit einem kleinen Koffer, und zog seinen Mantel über.

»Ich hatte schon mal im Krankenhaus angerufen und einen Termin für halb fünf vereinbart«, sagte Joentaa.

»Bestens. Noch mal danke, dass Sie das alles so ... für uns machen ...«, sagte Ekholm. Er lief wieder ein wenig gebückt, in der Schonhaltung, die er schon am Morgen eingenommen hatte.

»Das mache ich gerne«, sagte Joentaa und winkte Kirsti Ekholm zu, die schweigend in der Tür stand. Während der Fahrt schloss Ekholm die Augen, und als sie ankamen, sagte er, dass er sich eigentlich recht gut fühle. Sie mussten nicht lange warten, der junge Arzt, der sie empfing, schien bereits auf diesen Patienten gewartet zu haben, und schon nach wenigen Minuten kam Lasse Ekholm wieder ins Wartezimmer, in dem Joentaa saß, und sagte, dass wohl doch eingehendere Untersuchungen anstünden.

»Es sind ... möglicherweise ein paar Rippen gebrochen«, sagte er. »Er hat sich ... gewundert, dass ich nicht vor Schmerzen schreie, und hatte wenig Verständnis für ...«

»Er kennt den Hintergrund nicht«, sagte Joentaa. Er hatte den Eindruck, dass Lasse Ekholm noch ein wenig gebückter lief, mit der rechten Hand hielt er seinen Rücken, aber es wirkte, als müsse diese Hand den ganzen Körper abstützen.

»Ich werde wohl eine Weile hierbleiben ... der Arzt meint, mindestens einige Tage. Sie sind gerade auf der Suche nach einem freien Zimmer.«

Joentaa nickte und verabschiedete sich. Während er durch die Korridore des Krankenhauses lief, kam die Erinnerung an Sanna, wie immer, wenn er dieses Gebäude betrat. Auf diesen Fluren war er gelaufen, in der Nacht, in der sie gestorben war, und hatte den Ausgang gesucht, den Ausgang aus diesem Krankenhaus und den Ausgang aus etwas anderem, aus einem anderen Gebäude, von dem er gewusst hatte, dass er es nie wieder würde verlassen können.

Draußen umschloss ihn eine warme Sonne, vermutlich würde der Wetterbericht recht behalten, der letzte Schnee war gefallen, der Frühling kam. Er wollte gerade den Wagen starten, als das Handy klingelte. Sundströms Nummer, sein Kollege und Vorgesetzter in der Abteilung *Delikte am Menschen* der Kriminalpolizei in Turku.

»Hallo, Paavo«, sagte Joentaa.

»Kimmo. Wo bist du denn?«

»Ich hatte gerade jemanden zum Krankenhaus gebracht ...«

»Ach so, die Sache mit deinem Bekannten ... dieser Unfall mit Todesfolge?«

Todesfolge, dachte Joentaa.

»Ja«, sagte er.

»Ok, pass auf. Wir haben da was, ich gebe dir gleich noch Näheres durch ...«

»Ok. Was denn?«

»Zwei Tote. Prostituiertenmord.«

Todesfolge, dachte Joentaa.

Prostituiertenmord.

Merkwürdige Worte. Sundström sprach weiter, aber er verstand ihn nicht.

»Kimmo? Hallo?!«

»Entschuldige ...«

»Hörst du mir zu?«

»Ja. Sicher.«

»Also, wir wissen noch nicht, ob ...«

Er dachte an die Giraffe. An den Fahrradhelm, mit dem Larissa immer Eishockey spielte. Er würde für eine Weile unberührt bleiben, denn Larissa fuhr niemals Fahrrad, und wäre sie jemals Fahrrad gefahren, hätte sie sicher keinen Helm getragen. Und der See, auf dem sie Eishockey spielte, mit den Jungen aus der Nachbarschaft, würde erst im nächsten Winter wieder zufrieren. Im Hintergrund, in der Ferne, erzählte Sundström Dinge, die nicht wichtig waren.

»Weiß man den Namen?«, fragte er.

»Äh ... wie bitte?«

»Nicht den richtigen Namen. Den Namen, unter dem die Frau, also die Tote, gearbeitet hat?«

»Äh ... bitte was?«

Joentaa betrachtete das Krankenhaus, den rechteckigen Bau mit den ungezählten Fenstern, die er einmal hatte zählen wollen, in den Tagen vor Sannas Tod, aber er hatte abgebrochen und war zurückgegangen, zurück zu Sanna, die in einem der vielen Räume, hinter einem der Fenster, gelegen hatte, und Sanna hatte gelächelt, als er den Raum betreten hatte.

»Kimmo? Hallo?! Ich verstehe die Frage nicht …«

Larissa, dachte er. Er stellte sich vor, dass Sundström den Namen Larissa aussprechen würde.

Er unterbrach die Verbindung und nahm sich vor, dieses Mal bis zum Ende durchzuhalten, als er begann, die Fenster zu zählen.

26

Kirsti Ekholm empfand die Stille als erleichternd, fast wie einen Verbündeten in ihrem Bemühen, endlich einen oder mehrere klare Gedanken zu finden. Zum ersten Mal, seit dem Moment, in dem sie von Annas Tod erfahren hatte, war sie allein im Haus.

Lasse hatte angerufen, seine Stimme war leise gewesen, abwesend. Einige Rippen seien gebrochen, vermutlich, er sei gerade auf dem Weg zum Röntgen und werde sich wieder melden, sobald er Näheres wisse.

Kirsti Ekholm nahm die Tasse und führte sie zum Mund. Heiß, aber nicht zu heiß, so wie sie es am liebsten mochte. Sie betrachtete die auf dem Tisch ausgebreiteten Blätter und den auf dem Bildschirm des Laptops flimmernden Entwurf einer Einrichtung für ein Fernsehstudio. Die Farben. Orange und Blau. Aber nicht irgendein Orange, nicht irgendein Blau. Das Orange zielte ins ganz Warme, das Blau ins Glasklare.

Die Sessel, in denen die Gäste und die Moderatorin sitzen würden, um wichtige Themen des Lebens zu besprechen, die großen Themen des Lebens, waren weiß. Aber nicht irgendwie weiß. Das Weiß zielte ins Silberne, Edle, aber nicht zu stark, eher unterschwellig. Der Teppich rot, aber nicht irgendein Rot. Weinrot.

Das Logo war gleichzeitig der Name der Moderatorin, Vor- und Nachname, in großen, symmetrischen Buchstaben, die Lasse gefallen hätten. Der Vorname durchlässig, um die Demut des Zuhörens zu illustrieren, der Nachname fett gedruckt, aber weiß, ein fettes Weiß, das für Entschlossenheit, Angriffslust, aber auch für sanfte Überparteilichkeit stand. Weiß wie die Unschuld.

Je länger sie die Entwürfe betrachtete, desto besser gefielen sie ihr. Sie hatte in den wenigen Stunden sehr effektiv und erfolgreich gearbeitet. Sie stand auf und holte das Telefon, um Mariella anzurufen und ihr Bescheid zu geben, dass sie die Entwürfe fertiggestellt hatte und dass alles in Ordnung war.

Sie saß auf dem Sofa, hielt das Telefon in der Hand und wählte. Gerade als sie neu beginnen wollte, klingelte es. Die Stimme des Mannes kannte sie nicht, ebenso wenig den Namen, den er nannte.

»Es geht um Ihre Tochter«, sagte er.

Sie schwieg.

»Sie wissen ... sicher, dass sie bei uns in der Gerichtsmedizin ist. Weil zunächst die Umstände des Unfalls zu klären sind ...«

»Ja«, sagte sie. Ich wusste es nicht, dachte sie. Ich hatte keine Ahnung, wo meine Tochter ist. Irgendwo. Draußen. Spielen.

»Also ... ich rufe an, um Ihnen zu sagen, dass Sie ... die Beerdigung in die Wege leiten können ...«

»Nein«, sagte sie.

»Ich ...«

»Ich habe keine Zeit«, sagte sie.

»Sie ...«

»Nein, entschuldigen Sie, es ist anders. Ich brauche noch Zeit. Verstehen Sie. Ich brauche mehr Zeit. Viel mehr Zeit.«

»Das ... verstehe ich, aber ...«

»Kann ich Sie anrufen, morgen? Ich habe Ihre Nummer auf dem Display.«

»Ja, sicher …«

»Danke, bis dann.«

Sie unterbrach die Verbindung und legte das Telefon zur Seite. Sie wartete lange auf den Impuls, etwas zu tun, aber es kam keiner. Sie blieb einfach sitzen und stellte sich vor, dass sie den Laptop zuklappen, die Blätter mit den Entwürfen ordentlich zusammenlegen und den Kaffee austrinken würde, irgendwann, sobald sie die Kraft dafür fand.

Erster Mai

27

Am Morgen schien die Sonne durch Wolken, die in einer schiefen Ebene vor einem unnatürlich blauen Himmel zu hängen schienen, und es begann zu schneien.

»Oh«, sagte Réka.

»Tatsächlich Schnee«, sagte Sedin.

»Dann lass uns mal ... wie heißt das ... eine Schneeball...«

»Schneeballschlacht.«

»Genau.« Ihr Gesicht hellte sich auf, die Müdigkeit war erloschen. »Los geht's.«

»Das ist Pulverschnee, Réka. Da ist nichts mit Schneebällen.«

»Hm. Schade.«

»Aber wir schauen nachher noch mal. Nach dem Frühstück.«

»Hm«, sagte sie, und ihr Gesichtsausdruck ließ ihn erahnen, dass im Laufe des Tages noch eine Schneeballschlacht stattfinden würde, wie und wo auch immer.

Gegen Mittag gingen sie raus, und Réka triumphierte, denn aus dem Pulverschnee war tatsächlich der perfekte Schneeballschlachten-Schnee geworden, und sie warf in so kurzen Abständen und derart zielgenau, dass Sedin kaum zum Atemholen, geschweige denn zum Formen eines Schneeballs kam. Irgendwann lag er auf dem Boden, inmitten des in Weiß gehüllten Parks, unter einer kühlen, unendlich angenehmen Sonne, und kapitulierte, mit hoch erhobenen Händen.

»Alles ok, Réka, alles ok. Du hast gewonnen.«

Der letzte Schneeball streifte seine Stirn, und ihm war ein wenig schwindlig, während sie auf der Bank saßen und langsam zu Atem kamen. Réka zündete sich eine Zigarette an und schien in Gedanken zu versinken. Als er sie ansah, war ihr Blick verschlossen, wie manchmal, von einem Moment auf den anderen.

»Alles klar?«, fragte er.

Sie nickte.

»Denkst du an ... deine Mutter?«

»Ja. Ein bisschen.«

»Aber es ist doch sehr schön, dass alles ... besser geworden ist.«

»Ja«, sagte sie. »Markus, musst du eigentlich bald los? Du hast doch gesagt, dass du nachmittags ...«

»Ach ... Mist, das habe ich fast ...« Er richtete sich auf und tastete die Manteltaschen nach dem Handy ab. »Ich Idiot, ich habe um drei den Termin mit den Japanern ...«

»Ja, das hattest du gestern gesagt ...«

»Danke dir. Ich gehe schnell hoch und mache mich ... frisch. Nicht dass mir die Kollegen diese Niederlage hier anmerken ...«

»Was?«

»Diese Niederlage ... also, dass ich verloren habe, gegen dich, in der Schneeballschlacht.«

Sie lachte.

»Sehe ich sehr ... zerknittert aus?«

»Geht schon«, sagte sie.

»Ok, ich komme gleich wieder runter. Rauch nicht so viel, während ich weg bin.«

»Ja, Papa«, sagte sie.

Er duschte, zog sich ein frisches Hemd und ein sauberes Jackett an, und als er wieder nach unten kam, saß Réka immer noch in derselben Haltung auf der Bank im Park, eine

Zigarette in der Hand, und nur der Schnee, der inzwischen ihre Jacke bedeckte, verriet, dass einige Zeit vergangen war.

»Bis später«, sagte er.

»Bis später, Markus«, sagte sie.

Während er fuhr, rief er Bergenheim an, der gut gelaunt und zuversichtlich zu sein schien und prognostizierte, dass die Sache mit den Japanern zeitnah zu einem guten Ende gebracht werden könne.

»Die beißen an, Markus, da mache ich mir gar keine Sorgen.«

Keine Sorgen, dachte Sedin, und Bergenheims Wagen stand schon, glänzend, frisch gewaschen vermutlich, auf dem großen, leeren Parkplatz, als er ankam. Der Schneefall war schwächer geworden, ganz leicht nur noch und pulverig. Bergenheim kam ihm entgegen, schwungvoll und wach, und begrüßte ihn im Geisterhaus.

»Ist doch so, oder?«, sagte er. »Wenn kein Mensch hier ist, kommt man sich in diesem Glaskasten vor wie in einem Horrorfilm.«

Sedin nickte.

»Aber subtil«, sagte Bergenheim. »Subtiler Thrill, wenn du verstehst, was ich meine.«

»Hm«, sagte Sedin und grüßte den Pförtner, der am Feiertag die Stellung hielt. Sie fuhren nach oben und setzten sich in die saubere, akkurate Leere des Konferenzraums, die Sedin an das Hotelzimmer in Ostende erinnerte. Eine Leere, die gefüllt worden war. Mit Réka. Ein Strich über dem e.

Bergenheim nahm einen Keks und schenkte sich eine Diät-Cola ein, und dann kamen Markkanen und der Junge aus der Asienabteilung, gefolgt von vier lächelnden Japanern. Das Gespräch schien reibungslos zu verlaufen, wenigstens blieb das Lächeln der Gäste immer gleich, und Sedin nahm am

Rande seiner stillstehenden Gedanken wahr, dass der Junge aus der Asienabteilung ein passables Japanisch zu sprechen schien, und er fragte sich, ob er träumte, denn er hatte in der Nacht wenig geschlafen, zu viele Schafe gezählt, bis in seine Träume hinein waren die Schafe den Gedanken hinterhergesprungen, und jetzt träumte er auch noch, dass der Junge aus der Asienabteilung Japanisch sprach.

Er kniff die Augen zusammen und versuchte, sich auf die Realität zu konzentrieren, auf das, was wirklich passierte. Ja, doch, tatsächlich. Wenn die englische Kommunikation versagte, sprang der Junge aus der Asienabteilung ein und reihte Laute aneinander, die die Japaner zu verstehen schienen, und sie dankten es ihm, indem sie kurzzeitig noch heller lächelten, phasenweise sogar lachten.

Am Ende herrschte ausgelassene, fast entfesselte Stimmung, und während Markkanen die Japaner auf deren ausdrücklichen Wunsch hin noch einmal auf die Dachterrasse führte, klopfte Bergenheim dem jungen Kollegen auf die Schulter.

»Verborgene Talente, man glaubt's ja nicht«, sagte er, und der Junge lief rot an und murmelte, dass das halb so wild gewesen sei und dass er sich freue, helfen zu können.

»Das hast du, mein Lieber. Die waren gebauchpinselt ohne Ende. Und nach dem feinen Menü mit Rentiersteak heute Abend haben wir die in der Tasche.«

Sedin nickte. »Aber … ich hatte dir ja gesagt, dass ich den Abend mal mit Taina und Ville verbringen möchte …«

»Das geht klar, Markus. Die Sache ist jetzt ohnehin durch, da brennt gar nichts mehr an.«

»Gut«, sagte Sedin.

Als er durch das wieder einsetzende Schneetreiben zu seinem Wagen ging, rief er Réka an, aber sie ging nicht ran. Er versuchte es noch einmal, während er fuhr, und dann, wie immer in solchen Fällen, schrieb er eine SMS mit diesem einen Wort, von dem Réka behauptet hatte, es sei im Ungarischen ein ganzer Satz. Der eine Satz, den sie lesen konnte. Szeretlek. Ich liebe dich.

Kurz vor sechs war er zu Hause, Taina hatte ein frühes Abendessen gekocht und eine Flasche Wein aufgemacht. Keinen Schaumwein, sondern roten. Das Klingen der Gläser, die gegeneinandergestoßen worden waren, hallte in seinen Ohren nach, während er den ersten Schluck nahm und sich der pelzige, samtweiche Geschmack langsam verlor.

»Gut«, sagte er. »Sehr lecker.«

Nach dem Essen kniete Ville auf dem Boden und konzentrierte sich auf seine kleinen Autos, die gegeneinanderprallten, ohne kaputtzugehen, und Taina sagte, dass es schön sei, mal wieder zusammen zu sein.

»Ja«, sagte er. »Das stimmt. Ist ein bisschen viel los in letzter Zeit.«

Er ging ins Bad und suchte das Display seines Handys ab, aber er hatte weder einen Anruf noch eine SMS erhalten. Im Wohnzimmer versuchte Ville, Taina davon zu überzeugen, dass er heute bis Mitternacht aufbleiben müsse.

»Und warum, mein lieber Ville?«, fragte Taina.

»So. Einfach so«, sagte Ville, und Sedin dachte, dass auf die gleiche Weise Réka ihre Ideen begründete. Warum bist du traurig, warum glücklich? So, einfach so. Jetzt so, im nächsten Moment so. Egal warum. Er lächelte, und Taina fragte, warum er lächle.

»Hm? Ich weiß nicht.«

»Weil heute ein schöner Tag ist«, sagte Ville.

»Was?«, fragte Taina.

»Darum will ich aufbleiben. Weil heute ein schöner Tag ist.«

Taina lachte. »Das nenne ich einen guten Grund.«

»Ich gehe gar nicht mehr schlafen«, sagte Ville. »Schlafen ist doof.«

»Du gehst sehr wohl schlafen, mein Lieber, und zwar heute mal ganz besonders zeitig, so wie andere brave Kinder.«

Ville verzog das Gesicht, und Taina fuhr fort, lachend, an Sedin gewandt: »Gestern war es nämlich spät, und heute hat er den Mittagsschlaf verweigert.«

Ville stöhnte und sah offenbar seine Felle davonschwimmen, denn er verzichtete auf weitere Proteste und bat nur darum, dass Papa noch eine Geschichte lesen solle.

»Klar doch. Aber erst mal ab ins Bad und Schlafanzug an«, sagte Markus Sedin.

Ville lief ins Bad, und Sedin zuckte zusammen, als sein Handy klingelte. Er machte ein paar Schritte in den Flur und betrachtete die Nummer auf dem Display. Bergenheim.

»Das ist Bergenheim, der ist beim Essen mit den Japanern ...«, murmelte Sedin und nahm das Gespräch an, während er in sein Arbeitszimmer ging.

»Hei, Mensch«, sagte Bergenheim und wirkte nicht ganz nüchtern.

»Äh ... alles ok?«, fragte Sedin.

»Und ob, mein Freund. Du glaubst nicht, was ich hier gerade erlebe.«

»Aha?«, sagte Sedin.

»Japaner halt«, sagte Bergenheim. »Wollen natürlich gar kein Rentiersteak, sondern Spaß, du verstehst ...«

»Äh ...«

»Wir sind hier in diesem neuen Sauna-Club, in Salo, ein bisschen weit weg, aber hält, was er verspricht ... das behältst du für dich, du verstehst ... ist ja halbwegs illegal ...«

»Ja ... sicher ...«

»Und du glaubst nicht, was ich hier gerade erlebt habe. Ich habe allen Ernstes die Discotussi gevögelt.«

Markus Sedin stand in seinem Arbeitszimmer, im Dunkel, draußen schneite es, und er fragte sich, was Bergenheim ihm sagen wollte.

»Äh … wen?«

»Die Discotussi. Du weißt schon, aus Ostende. Genau die. Die ist in Finnland.«

Sedin schwieg.

»Die arbeitet hier, in dem Schuppen, das ist sie, definitiv. Hat mich nicht erkannt und auch irgendwie nichts kapiert, als ich ihr mitzuteilen versuchte, dass wir uns kennen …«

»Aha«, sagte Sedin. Hinter seiner Stirn hatte ein Rauschen eingesetzt. Die Schafe, dachte er. Die Schafe hatten zu rennen begonnen.

»Ich frage mich ja, wie du mit der Konversation machen konntest, für meine Begriffe kann die nicht reden. Aber alles andere ist natürlich vom Feinsten … na ja, egal … das weißt du ja, hast die ja wohl eine ganze Nacht lang gehabt. Oder? Jedenfalls ist die hier, bei uns, im schönen Salo. Besuchbar und buchbar. Ich dachte, das würde dich freuen.«

Zu schnell, schnell rennende Schafe, schneller als Licht.

»Ja …«, sagte Sedin.

»Mit den Japanern ist alles bestens übrigens. Die kommen aus dem Lachen nicht mehr raus. Kannst dich ganz locker machen.«

»Ja«, sagte Sedin.

»Dann dir einen schönen Abend, und … Grüße an Taina …«

Sedin schwieg, und Bergenheim hatte die Verbindung unterbrochen. Er warf einen Blick auf das Display des Handys. Kurz nach sieben. Der Abend noch jung, dachte er vage.

»Papa?«

»Ja?«

»Du wolltest doch … die Geschichte lesen.«

»Ja, klar.« Er drehte sich um und sah Ville in der Tür stehen. Im hellblauen Schlafanzug, mit einem Buch in der Hand.

»Klar«, sagte er noch einmal.

Er folgte Ville, der zügig lief und sich in mit einem wohligen Lachen in sein Bett fallen ließ.

»Die ganze Geschichte«, sagte Ville.

»Natürlich«, sagte Sedin.

»Alles. Von Anfang bis Ende.«

Sedin nickte und begann zu lesen. Alles. Erst den Anfang, dann das Ende. Er verstand die Worte nicht, hörte seine eigene Stimme nicht mehr, aber am Ende sagte Ville, es sei eine schöne Geschichte gewesen.

»Das freut mich«, sagte er, und Ville schlief ein, während Sedins Gedanken wieder die Fährte der Schafe aufzunehmen versuchten, die weit enteilt waren.

28

Er blieb eine Weile bei Ville sitzen, an Villes Bett, und dachte nach, ohne dem Gedanken, den er suchte, näherzukommen.

Schließlich stand er auf, vorsichtig, um Ville nicht zu wecken, und ging ins Wohnzimmer. Taina hatte den Fernseher eingeschaltet, Nachrichten liefen, und sie saß entspannt im Sessel, ein Glas Rotwein in der Hand.

»Und?«, fragte sie.

»Ville ist tatsächlich schon eingeschlafen«, sagte er. »Und ... ich muss noch mal weg. Bergenheim hat angerufen und mich gebeten, doch zu dem Essen mit den Japanern dazuzustoßen ...«

Taina schwieg und schien sich auf eine der Nachrichten im Fernsehen zu konzentrieren.

»Ich fahre mal hin und stehle mich wieder weg, sobald es geht ...«

»Mach das«, sagte sie.

Er nickte, ging in den Flur und griff nach seinem Mantel.

»Markus?«

»Ja?«

Sie hatte sich umgedreht, seinen Blick suchend, auf dem Bildschirm flimmerten Bilder einer Sintflut, aus einem anderen Teil der Welt.

»Heute, das Zusammensein, war schön. Lass uns das öfter machen.«

»Ja«, sagte er.

Dann lief er durch die Dunkelheit und den Schnee zu seinem Wagen und fuhr einige Minuten lang, bevor er die Kraft aufbrachte, einen Parkplatz anzusteuern, das Telefon zu nehmen und die Nummer zu wählen. Die Stimme, die sich nach langem Warten meldete, klang fremd und vertraut und wütend.

»Was ist?!«, fragte sie.

»Markus hier«, sagte er.

»Das sehe ich. Ich kenne deine Nummer.«

»Ich ... wollte mich nur mal melden. Hören, wie es dir geht.«

»Gut geht's.«

»Ok«, sagte er.

Er zögerte, suchte nach dem Impuls, die Frage zu stellen. Schloss die Augen.

»Wo bist du denn?«, fragte er.

Sie schwieg.

»Hallo?«

»Was meinst du?«

»Nichts. Ich frage einfach, wo du bist.«

»Zu Hause«, sagte sie.

»Ja«, sagte er.

»Was ist denn los, Markus?«

»Nichts. Es schneit sehr stark. Siehst du das?«

»Ja.«

»Ich bin ... irgendwie traurig, dass ich nicht bei dir sein kann ... aber heute Abend habe ich diesen Termin ... mit den Japanern ...«

»Ja, das hast du gesagt ...«

»Ja ... egal. Ich wollte dir einfach nur ... einen schönen Abend und ... später ... eine gute Nacht wünschen. Schlaf schön.«

»Du auch«, sagte sie.

Dann saß er in der Stille und fuhr durch die Dunkelheit. Bewegte sich vorwärts, ohne es wahrzunehmen. Unmerklich glitten die Kilometer vorüber, er hatte das Gefühl, in die falsche Richtung zu fahren, an einen Ort, der kein Ziel war.

Während er fuhr, loggte er sich ins Internet ein, suchte und fand die richtige Adresse. Ein Firmengelände neben einem großen Supermarkt, einige Autos der teuren Kategorie standen auf einer weiten, verschneiten Fläche, und in einem Gebäude, das nach Büros aussah, flackerte Licht.

Er lief darauf zu und dachte, dass die Fahrt recht lange gedauert hatte, und er fragte sich, wie sie täglich diese Strecke hatte zurücklegen können. Ohne Auto. Er spürte die Ahnung einer Antwort und hatte das Gefühl, klarzusehen, ohne das Geringste zu begreifen.

Die Tür wurde von einer kleinen älteren Frau geöffnet, die ihn wortlos hereinbat, durch einen langen Flur in ein dunkles, von einem breiten Bett dominiertes Zimmer führte und sagte, die Damen würden gleich kommen und sich vorstellen. Er stand am Rand des Raums und schüttelte Hände.

Réka kam als Vierte. Sie kam, lächelte, schüttelte ihm die Hand und ging.

Er stand allein in einem mit Nichts angefüllten Raum. Irgendwo, vermutlich in seinen Gedanken, glaubte er, leise das

Lachen der Japaner zu hören. Die kleine Empfangsdame kam und fragte ihn, bei welcher Dame er bleiben wolle. Er hatte den Namen vergessen, mit dem Réka sich vorgestellt hatte.

»Die … die Vierte.«

»Was?«

»Die Dame, die … als Vierte reinkam.«

»Oh«, sagte die Frau. »Ich bin nicht ganz sicher, wer das war, Schatzi. Kannst du sie … beschreiben?«

Ein Strich über dem e, dachte Sedin.

»Schatzi?«

»Ziemlich klein, ziemlich dünn, dunkle Haare, Piercing im Nabel«, sagte er.

»Ok … ah ja, das ist vielleicht Dragana.«

Vielleicht, dachte er.

»Ich sag ihr Bescheid.«

»Danke.«

Sie ging, und er wartete. Die Schafe waren stehen geblieben. Gemeinsam mit der Zeit. Irgendwo lief Musik, die keine Melodie fand.

Réka suchte seine Augen, als sie hereinkam, er wich aus.

»Markus«, sagte sie.

»Ja.«

»Warum bist du hier?«, fragte sie.

Er schwieg. Dachte vage, dass eigentlich er vorgehabt hatte, diese Frage zu stellen.

»Ich weiß … der Mann, dein Kollege … ich dachte irgendwie gleich, dass ich den kenne … aber ich habe mich erst erinnert, als du angerufen hast und so … komische Sachen gefragt hast …«

»Aha.«

»Der komische Grinser … dein Kollege … in dem Club in Ostende.«

»Ja, richtig, Réka.«

Sie schwieg.

»Wollen wir ein bisschen über meinen Kollegen reden? Den komischen Grinser?«

Sie schwieg.

»Oder vielleicht über dich? Oder mich? Oder vielleicht darüber, was hier los ist?«

»Nichts«, sagte sie.

»Ach so.«

»Ich arbeite hier.«

»Aha.«

»Das Geld reicht nicht, Markus.«

»Was?«

»Ich muss meiner Familie helfen. Wir sind neun. Neun Leute. Das reicht nicht, wenn du …«

»Das reicht nicht, wenn ich dir eine Dreizimmerwohnung kaufe für einhundertfünfzigtausend Euro. Ach so. Die siebentausend Euro für deine kranke Mutter. Reicht nicht. Die fünftausend fürs Dach eurer Dreckshütte. Reicht nicht. Die wöchentlichen Zahlungen. Reicht nicht.«

Sie schwieg und sah ihn an. Ganz ruhig. Schien auf irgendetwas zu warten.

»Seit wann arbeitest du hier?«, fragte er.

»Seit … fast die ganze Zeit eigentlich«, sagte sie.

»Wie kommst du hierher?«

»Was?«

»Wer bringt dich hierher?«

Sie zögerte. Setzte sich auf das Bett und schien nachzudenken.

»Hallo? Ich will mal was hören«, sagte Sedin.

»Mein Freund fährt mich«, sagte sie.

Er nickte. Das Rauschen hinter der Stirn hatte wieder eingesetzt.

»Eine Sache will ich sagen, Markus …«

Er hob den Kopf. Die fremde Frau, die ihm gegenübersaß, wirkte freundlich. Liebenswert. Ja, doch. Er liebte sie.

»Ja?«, fragte er.

»Alles, was ich gesagt habe … ist … wie sagt man … falsch.«

»Ok. Falsch.«

»Ja. Lüge.«

»Aha.«

»Ich muss meiner Familie helfen. Alles andere ist nicht wichtig.«

»Verstehe.«

»Und ich möchte eine Sache sagen. Und das ist ehrlich: danke für alles, was du …«

»Ja. Gern geschehen.«

Er war aufgestanden. Er lief. Irgendwo war flackerndes Licht in einer vollkommenen Stille, die nicht echt sein konnte. Die Empfangsdame war plötzlich neben ihm und schien mit ihm reden zu wollen, worüber auch immer, sie verschwand erst, als er durch die Kälte rannte, durch den Schnee, der dicht und fest war.

Schneeballschlachtenschnee.

Er stieg in den Wagen. Für einen Moment wunderte er sich darüber, dass der Motor ansprang. Dass etwas wie erwartet funktionierte. Er fuhr. Er wusste nicht, wohin und wie lange. Das Telefon klingelte. Réka. Einige Male. Réka.

Die Dunkelheit schien immer dichter zu werden, aber im Wagen war es warm. Er fand eine lange, schmale Straße, die immer geradeaus zu führen schien, das gefiel ihm. Er hatte das Gefühl, sehr langsam zu fahren, obwohl der Tachometer 220 km/h anzeigte, und den Wagen, der neben ihm von der Straße abkam, sah er kaum.

Er hörte etwas, das wie ein Schlag klang, eine Art Aufprall, und wunderte sich darüber, dass er noch immer fuhr, dass der

Wagen weiterhin über diese Straße glitt, demnach hatte er kein Schaf überfahren, noch nicht. Er beschleunigte weiter. In einiger Entfernung, unter dem Mond, stand ein riesiges Raumschiff.

Irgendwann endete die Straße. Endete einfach am Beginn eines Waldes. Er stieg aus und stand gegen den Wagen gelehnt. Irgendwo waren Sirenen, Blaulichter, weit entfernt, vermutlich in seiner Fantasie, und auch der andere Wagen, der neben ihm gewesen war und der sich dann in seinem Rücken überschlagen hatte, war in seiner Fantasie gewesen, ein Moment in einem langen Traum, den er geträumt hatte. Das Raumschiff, unter dem blassen Mond, in der Ferne, war kein Raumschiff, sondern eine Sporthalle, eine Eishalle.

Er stand lange, ohne einen Gedanken zu Ende zu denken. Er begann zu lachen, laut und ausgelassen. Dann ging er auf den Wald zu, der vor ihm lag, um einen Spaziergang zu machen.

Einen langen Spaziergang.

Zum ersten Mal, seit einiger Zeit, allein.

In einer anderen Zeit, an einem anderen Ort

29

friend-of-fire?

–

…

–

Bist du online?

–

Klar bin ich online, sieht man doch, 'ne? Never sleeping.

–

Stimmt. Schön, dass du da bist.

–

Warum?

–

Keine Ahnung. Einfach so. Wie geht's dir denn?

–

Gut, wie immer. Danke der Nachfrage.

–

Ich war gestern Nacht noch länger wach … ich dachte, dass ich dich vielleicht verärgert habe, wusste aber nicht, warum … also …

–

Weiß ich auch nicht. Kann mich nicht erinnern, verärgert gewesen zu sein. Bin nie verärgert, ganz grundsätzlich nicht.

–

Dann ist ja gut.

–

Jo, gut.

–

Ok. Also. Mir geht was im Kopf rum. Ich will dich was fragen, vielleicht was Dummes.

–

Jo, dumme Fragen. Liebe ich. Leg los.

–

Ok. Na dann …

–

Dumme Frage. Auf geht's. Nur Mut.

–

Ok, also … ich habe in dem Thread gelesen, der mit »REB, VoDKa und andere Heilige« betitelt ist.

–

Jo. Betitelt klingt gut. Sophisticated.

–

Ok. Machst du dich lustig über mich?

–

Kein Gedanke.

–

Ok. Also, ich habe mal nachgelesen. REB ist Eric Harris, VoDKa ist Dylan Bennet Klebold, das sind die Schüler, die 1999 in Amerika das Attentat in der Columbine Highschool …

–

Jo, jo. Zur Sache, Puppe.

–

Ok. Bist du sicher, dass du dich nicht über mich lustig machst?

–

Na ja, ein wenig. Doch.

–

Ok, das ist ehrlich. Akzeptiert. Was ich sagen möchte ... fragen möchte ... du schreibst, dass diese Schüler ... oder auch dass der Norweger, Breivik, Gott ist ...

–

Jo. Gott. Fucking Genius.

–

Und ... das ist jetzt meine blöde Frage ... ist das ok, wenn ich frage?

–

Klar, nur zu.

–

Nicht böse sein?

–

Böse. Fremdwort für mich.

–

Gut, also – warum denn?

–

Warum was?

–

Warum ist ein Mensch, der andere Menschen umbringt, Gott?

–

Hm.

–

Ich weiß, blöde Frage ...

–

Nein, gar nicht. Pass auf. Was geht mich mein Geschwätz von gestern an. Dieser Typ, dieser Norweger, ist nicht Gott. Das ist nur so POSING von mir, so GEREDE. In Wirklichkeit verstehe ich den gar nicht, keine Ahnung, was der da gesülzt hat von Marxismus und Islamismus und 2083, das ist doch ein Spinner, interessiert mich gerade mal 'nen Scheiß, das alles.

–

Ok.

–

Was göttlich ist, willst du wissen, ja?

–

Ja.

–

Also, göttlich ist nicht der Mensch, ist nie der Mensch, das geht gar nicht, göttlich ist, und das ist ja klar, die TAT.

–

Ok.

–

Leuchtet ein, ja?

–

Nicht ganz.

–

Also, die TAT. Was er GETAN hat, wie er es GETAN hat, die Art und Weise, die KONZENTRATION auf das Wesentliche, im Tunnel zu laufen, immer geradeaus, bis das ZIEL erreicht ist.

–

Ok.

–

Im TUNNEL. Das DURCHZUZIEHEN. Ja?

–

Ok.

–

Leuchtet ein, ja?

–

...

–

Hallo? Bist du noch da, angel-in-darkness?

–

Nein.

–

Aha?

–

Nein. Es leuchtet nicht ein.

–

Aha, ok.

–

Was ist daran göttlich, Unbewaffnete niederzuschießen? Meinst du göttlich irgendwie im Sinne von: heldenhaft?

–

Ok, bimmel, bammel.

–

Ich will damit sagen, dass …

–

Denkst du, ich statte das Ungeziefer, das versäumt hat, mir zur rechten Zeit RESPEKT zu zeigen, mit Waffen aus? Bin ich JESUS, ja? Bin ich Jesus oder GOTT? Jesus oder GOTT? Denkst du, ich werde die kleinen Lichter bewaffnen, die gar nicht wissen, wo der Knopf zum Abdrücken ist, die sich eher selbst erschießen, bevor sie mich treffen, denkst du, ich werde den kleinen Lichtern helfen, die mich VERACHTEN?

–

Ok. Ich denke aber …

–

Und DU musst nicht denken, du kleine SCHLAMPE mit den Katzenaugen, du Psychotante mit der Nickelbrille, musst dir keine GEDANKEN machen um mich, weil du die Erste sein wirst, der ich eine GRANATE ins Maul stopfe, und wenn es so weit ist, wirst du dir WÜNSCHEN, dass du rechtzeitig verstanden hättest, worum es hier geht, nämlich darum, dass man mich RESPEKTIERT und dass ich tun und lassen kann, was ICH WILL.

–

Ok.

–

ICH muss mir nicht erzählen lassen, was ich zu tun habe, nicht von DIR und nicht von IRGENDWEM, muss nicht hören, was alles HIP und HOP ist, und was ich zu TRAGEN und zu SAGEN habe, und ob ich ihnen das Hirn oder die Hoden wegblase.

–

Ok.

–

Glaubst du, ich gebe dem ARSCHLOCH, das eine ZIGARETTE auf meiner HAND ausdrückt, eine WAFFE zur VERTEIDIGUNG? Bevor ich ihm ganz gepflegt sein GESICHT vom Kopf schieße.

–

...

Am rechten oberen Bildrand erlosch das kleine grüne virtuelle Männchen, *friend-of-fire* war offline gegangen. Hatte das Gespräch beendet. Den Raum verlassen.

Mari Beck saß lange vor dem Laptop und wartete darauf, dass das kleine grüne Männchen zurückkehren würde. Aber es kam nicht. Sie zitterte, und das Zittern nahm zu, griff auf ihren ganzen Körper über, sobald sie versuchte, es unter Kontrolle zu bringen.

Irgendwann lehnte sie sich zurück und las noch einmal das Gespräch, das sie geführt hatte. Mit *friend-of-fire,* ihrem Bruder, mit einem fremden Menschen, den sie liebte.

Erster Mai

30

Irgendwann, nach langer Zeit, verließ Markus Sedin den verschneiten Wald und ging zurück zu seinem Wagen, der verlassen auf dem Parkplatz stand, als sei er abgestellt worden, um nicht mehr benutzt zu werden. Eine Schramme oder Delle, einen Kratzer im Lack oder etwas Ähnliches konnte er nicht erkennen.

Er stieg ein und fuhr los. Schon nach einigen hundert Metern führte eine Auffahrt auf die Autobahn in Richtung Helsinki. Die flackernden blauen Lichter sah er nicht mehr, das Raumschiff, die Eishalle, lag in der Ferne, diffus, hinter Schneeflocken und den schnell arbeitenden Scheibenwischern verborgen, die Nacht begann, mit dem Morgen zu verschmelzen.

Er bog ab und folgte einer geraden Linie, auf der keine Schafe mehr liefen und an deren Ende kein Wald wartete, sondern ein Park und ein Haus. Ein neues, makelloses Haus, mit breiten erloschenen Fenstern, ein silberner Aufzug, der ihn nach oben trug, bis zur Eingangstür der schneeweißen Wohnung, die dunkel war und sich leer anfühlte, als er sie betrat.

»Réka?«, sagte er.

Er erhielt keine Antwort und tastete nach dem Lichtschalter.

»Hallo?«, sagte er.

Réka saß auf dem Sofa, zurückgelehnt, in einer Position, von der Sedin im ersten Moment dachte, dass sie nicht bequem aussah, nicht angenehm. Dann sah er, dass eines der weißen Kissen, die er gemeinsam mit ihr gekauft hatte, in einem schönen, empfehlenswerten Geschäft in der Innenstadt, rot verfärbt war, und er fragte sich, warum.

Auf dem Boden lag ein Mann, den er nicht kannte, ein großer, etwas übergewichtiger unbekannter Mann, der die Arme weit von sich gestreckt hatte und in dessen Oberkörper eine blutende Wunde klaffte.

Sedin stand eine Weile und betrachtete das Bild. Er fühlte sich ruhig, denn ihm war vollkommen bewusst, dass das, was er sah, mit der Realität nichts zu tun haben konnte. Die Schafe waren stehen geblieben und erstarrt. Zu Eis gefroren. Bereit, aufzutauen und die Richtung zu wechseln, um an den Ort zurückzukehren, von dem sie gekommen waren. Sie warteten nur auf sein Signal, sie warteten darauf, dass er sie in Bewegung setzte.

Er ging in die Küche und öffnete den Kühlschrank. Ein Rest des Weins war noch da, den er mit Réka getrunken hatte, am Abend zuvor. Er nahm die Flasche und ein Glas, ging durch das Wohnzimmer, an den Leichen vorbei, und öffnete die Tür zum Balkon.

Er trat ins Freie, in einiger Entfernung schaukelten zwei große Fähren im Wasser, eine hell beleuchtet, eine ganz dunkel. Er goss ein und trank und dachte ohne Eile darüber nach, dass er wenig Zeit hatte. Es würde noch eine Weile dunkel bleiben, aber der Morgen kam, und die Menschen, die jetzt schliefen, würden erwachen und beginnen, sich zu bewegen, Dinge zu tun, Ziele anzusteuern.

Er stellte das Glas ab und ging zurück, durch das Wohnzimmer in den Flur, ins stille Treppenhaus, der Aufzug war noch da, wartete auf ihn. Er fuhr nach unten, ging zu seinem Wagen und nahm aus dem Kofferraum die Plane, die er gekauft hatte, um den Pool abzudecken, denn die alte Abdeckung war brüchig geworden, vermutlich als Folge der kühlen Witterung oder einfach, weil das Material nicht so gut und widerstandsfähig gewesen war, wie es der Hersteller versprochen hatte.

Er schulterte die Plane und ging zurück ins Haus, fuhr mit dem Aufzug nach oben. Er warf einen Blick auf sein Handy, drei Anrufe in Abwesenheit, Réka, aber er wollte nur die Uhrzeit wissen. 4.25 Uhr. Eine gute Zeit, Schlafenszeit, er dachte an Ville, der träumte, in der Welt der Jedi-Ritter, und zog die Frau, die auf dem Sofa saß, in einer unnatürlichen, unrealistischen Position, auf den Boden, auf die Plane, die er sorgfältig ausgebreitet hatte. Er nahm die Plane und zog daran, schleifte die Frau durch die Tür zum Aufzug und fuhr nach unten. Es ging leichter, als er befürchtet hatte. Das Treppenhaus war leer, und als er mit der Schulter die Tür nach vorn schob und in die Kälte hinaustrat, sah er sich gar nicht um. Vage spielte er ein Szenario durch, er würde die Plane über die Frau werfen und sagen, dass er einen Strauch abgeholzt habe und an den Waldrand bringe, falls irgendwer plötzlich neben ihm stehen und sich wundern würde.

Aber es kam niemand. Kein Licht brannte, kein Jogger lief um halb fünf durch den Park, sogar der Schnee hatte aufgehört zu fallen, der Himmel war schwarz und undurchdringlich. Er schleifte die Plane über den weichen Boden, bis der Park begann. Bis zu der Bank, auf der er gesessen hatte, mit Réka, schwer atmend, glücklich, am Ende der Schneeballschlacht. Er hievte die Leiche auf die Bank, legte sie ab, nahm die Plane und ging zurück zum Haus, fuhr im Aufzug nach oben.

Den Mann zu transportieren, war schwieriger, aber es ging. Als er unten ankam und sich die Tür des Aufzugs öffnete, hörte er Musik. In einer der Wohnungen hatte jemand Musik angeschaltet, dumpfe Beats, die ihn an die Nacht in Ostende erinnerten, an die Frauen in den Käfigen, an Bergenheim, der Champagner für alle geordert hatte, an De Vries, der Geschichten erzählt hatte, von einem Mann, der erfroren war, im Frühling, am Meer.

Er legte die Last ab und ging nach draußen, suchte die Fenster ab, aber alle waren dunkel. Er zog die Plane hinter sich her und ging in Richtung des Parks, er setzte Schritt für Schritt behutsam und erreichte tatsächlich irgendwann die Bank, auf der Réka lag. Als er ankam, spürte er zum ersten Mal die Erschöpfung. Er zog die Plane unter dem Körper des Mannes hervor, der am Boden lag, direkt vor der Bank, so wie er am Tag zuvor, als Réka ihn niedergestreckt hatte mit Schneebällen.

Er faltete die Plane zusammen und begann zu laufen. Sein Wagen stand auf dem Anwohner-Parkplatz vor dem Haus. Der Kofferraum ließ sich öffnen, die Plane ließ sich hineinlegen. Er ging zurück zum Haus und suchte den Boden nach Spuren ab. Er sah nichts. An der Wand im Aufzug und an einigen der Knöpfe schien ein wenig Blut zu kleben. Er fuhr nach oben, ging in die Wohnung, holte einen feuchten Lappen und wischte alles sauber, die Wände, die Armaturen.

Er lief von Zimmer zu Zimmer und stand für eine Weile in den leeren Räumen, bevor er sich abwendete und die Türen schloss. Er brachte das Glas und die Weinflasche in die Küche, schüttete den Rest in den Abfluss. Rékas Handtasche hing im Flur am Kleiderständer. Er öffnete sie und fand darin ihren Ausweis und ihr Handy. Er nahm die Tasche und ging. Die Musik lief noch, die dumpfen Bässe folgten einem Rhythmus, der ihn nach draußen begleitete und nachhallte. Es hatte wieder zu schneien begonnen, in dicken Flocken, bald würde die Schleifspur, die die Plane hinterlassen hatte, mit Schnee bedeckt sein.

Er lief den Weg entlang, einige Male, bis er sicher war, dass keine Verbindung hätte konstruiert werden können zwischen den beiden Toten im Park und dem weißen Haus, in dem sie gestorben waren, wenigstens keine, die in irgendeiner Form logisch zu nennen gewesen wäre.

Er lief zu der Bank, Schritt für Schritt näherte er sich, und während er lief, dachte er zum ersten Mal, dass die Toten nicht da sein würden, sobald er ankam, aber sie waren noch da. Réka lag auf der Bank, in sich zusammengekrümmt, und er wollte nach ihr greifen, sie aufrichten, aber er blieb stehen. Der Mann, den er nicht kannte, lag am Boden, auf dem Bauch, das Gesicht von ihm abgewendet. Er trat an ihn heran, beugte sich hinunter und begann, die Taschen seiner Jacke abzutasten. Er fand ein Handy und eine Brieftasche, mit Ausweis, Führerschein und anderen Dokumenten, er verstaute die Brieftasche und das Handy in seiner Manteltasche.

Dann ging er zu seinem Wagen und fuhr los. Als er nach Hause kam, lag Taina auf dem Sofa im Wohnzimmer, halb sitzend, halb liegend, ähnlich wie Réka gelegen hatte, aber Taina schlief. Er blieb lange in der Tür stehen und sah sie an. Zum ersten Mal seit Langem sah er sie an, während sie schlief, sah, wie sie ein- und ausatmete und wie sich ihr Gesicht kaum merklich bewegte, während sie träumte. Er spürte den Impuls, sich zu ihr zu setzen und leicht mit der Hand über ihr Gesicht zu streichen, aber er wollte sie nicht wecken.

Er ging in sein Arbeitszimmer, fuhr den Computer hoch, zog den Mantel aus und nahm das Handy aus der Tasche. Drei Anrufe in Abwesenheit, eine Nachricht auf der Mailbox. Er tippte die Eingabe und hörte Rékas Stimme. Im Hintergrund Gelächter, Rékas Stimme war ganz nah, als stünde sie neben ihm, hinter ihm, im Raum. *Markus. Ich bin das. Ich will noch eine Sache sagen. Meine Mama war wirklich krank. Sie musste nicht operiert werden, aber sie war wirklich krank, und du hast sie ... wie sagt man das ... gerettet. Ja. Dafür danke. Und ... wegen der Sache ... alles andere. Du weißt ja, das eine Wort, das ein Satz ist. Ich liebe dich. Ja. Ich belüge den Mann, den ich liebe. So bin ich. Bis später.*

Markus Sedin ließ das Telefon sinken. Legte es auf seinem Schreibtisch ab, drehte es um. Er setzte sich und gab einige Begriffe in die Suchmaske der Nachrichtenseite ein. Er fand, was er suchte. Auf einer Landstraße zwischen Salo und Turku, in unmittelbarer Nähe der Autobahnauffahrt nach Helsinki, war bei einem Unfall ein elfjähriges Mädchen ums Leben gekommen. Der Vater, der den Unfallwagen gesteuert hatte, war leicht verletzt. Der Sachschaden erheblich. Der Unfallverursacher noch nicht ermittelt.

Er saß lange vor dem flimmernden Bildschirm, ließ seinen Blick auf den Worten ruhen. Er spürte einen vagen, fast weichen Schmerz hinter den Augen, und die Buchstaben lösten sich und formten neue Worte. Worte, die er nicht verstand.

Die Form der Worte war perfekt, er hatte nie etwas Vergleichbares gesehen, es waren Kristalle, die immer neue Verbindungen eingingen, in schneller Abfolge, aber fließend, nicht willkürlich, sondern schlüssig und unausweichlich. Buchstaben, die niemand kannte. Worte, die niemand verstand. Sätze, die niemand je ausgesprochen hatte.

Er lehnte sich zurück, ohne den Blick abzuwenden, und dachte, dass es etwas anderes nicht mehr zu tun gab. Nur noch dieses eine. Er würde lernen müssen – und es würde lange dauern, vermutlich ein Leben lang –, er würde lernen müssen, früher oder später, diese Sprache zu sprechen.

Zwei Stunden früher, in einer Geschichte, die nicht erzählt wird

31

Jarkko Falk kann nicht atmen. Versucht es, aber er kann nicht. Er fragt sich, ob das Schnappatmung ist. Ob mit diesem Begriff der Zustand assoziiert ist, in dem er sich befindet. Hat noch nie darüber nachgedacht. Aber jetzt. Endlich. In diesem Moment. Der geeignete Moment, um darüber nachzudenken.

Aber es könnte auch ein ganz anderer Moment sein. Es ist unerheblich, worum es sich handelt, und der Moment, in dem er sich befindet, ist ebenso unerheblich, denn alle Momente, die er erlebt hat, haben nur stattgefunden, um in diesem einen ein Ende zu finden, und das Ende ist ebenso beliebig wie alle Momente, die vorher gewesen sind, und das ist logisch, im streng mathematischen Sinn.

Der Raum ist dunkel, neben dem Aschenbecher glüht eine Zigarette, die Réka gerade noch geraucht hat. Die Zigarette brennt noch, aber das Leben der Frau, die sie geraucht hat, ist erloschen.

Das Gesicht des Mannes, den er nicht kennt, ist eine scharfe Kontur im Schatten. Die Augen aufgerissen. Der Mund verzerrt. Unecht, wie eine Grimasse, die geschnitten wird, unangemessen, im unpassenden Moment, langweilig, armselig, ohne Talent. Er wundert sich ein wenig über seine Gedanken, über die Ruhe, die Wut.

Er ist wütend, aber ruhig. So wütend wie noch nie. So ruhig wie noch nie. Traurig. Ja, das ist das Wort. Alle anderen Worte sind falsch, möchte er streichen.

Traurig.

Der andere, der Grimassenschneider, ist der mit der Atemstörung, nicht er selbst, er selbst ist ganz ruhig, aber das wird ihm erst jetzt bewusst, er hat die Atemstörung des Mannes auf sich selbst bezogen, unwillkürlich, überfordert vom Rollentausch, und das alles ist ohnehin ebenso unerheblich wie der Rest der Situation, von der er nicht weiß, ob sie stattfindet oder nicht. Aber das muss er auch nicht wissen, denn tatsächlich, das ist logisch, im streng mathematischen Sinn, der logischste Augenblick seines Lebens, er befindet sich in einer Null-Gleichung, in einem perfekten Nichts.

Er gibt einen Schuss ab, auf die Grimasse. Aus einer Waffe, die nicht ihm gehört, auf eine Weise, von der er keine Ahnung hat, ob sie korrekt zu nennen ist, denn er hat noch nie geschossen. In seinem Leben noch nicht, oder doch, einmal, vor wenigen Sekunden, als er die Frau erschossen hat, die er liebt.

Die Frau, die sein ganzes Leben ausfüllt. Alles. Er hat sein Leben erschossen, denkt er. Und jetzt auch noch einen Mann, aber dieser Mann ist nicht wichtig, er könnte ihn fünf oder zehn Mal erschießen, es würde nichts ändern. Er wundert sich darüber, dass er getroffen hat. Zwei Tote. In einer Wohnung, in der er zuvor noch nie gewesen ist, und er fragt sich, was er hier gesucht hat, was ihn in diese Wohnung geführt hat, welche irrsinnige, zutiefst logische Geschichte.

Zeit, zu gehen. Wohin, ist nicht wichtig. Der Weg ist vorgezeichnet, ist immer schon da gewesen. Er ist schon immer allein gewesen, das ist eine überraschende Erkenntnis, die still zu schmerzen beginnt, immer allein, vor allem in dem schönen Moment, diesem einen besonderen, in dem er geglaubt hat, die Einsamkeit zu besiegen.

Zweiter Teil

Mai

32

Marko Westerberg, der Leiter des Dezernats für Gewaltverbrechen in Helsinki, stand in einer freien Fläche auf schmelzendem Schnee und drehte sich langsam im Kreis.

Die Kernfarbe war Weiß. Ein verschneiter Park, in dem sich weiß gekleidete Kriminaltechniker bewegten, auf verschneiten Wegen, die zu weißen neuen Häusern führten. Mehrfamilienhäuser, die einladend aussahen, aber es schien kaum jemand darin zu wohnen, anders war es nicht zu erklären, dass sich die Zahl der Schaulustigen, die hinter den Absperrbändern ausharrten, in Grenzen hielt.

Die Toten lagen noch so, wie sie gelegen hatten, umgeben von kleinen schwarzen Schildern, die im Schnee steckten und Spuren bezeichneten oder bezeichnen sollten, Wunschdenken möglicherweise, denn die Spuren schienen in keine bestimmte Richtung zu führen. Die Kriminaltechniker waren nach der ersten Begehung des Tatorts zu der Überzeugung gekommen, dass die Toten post mortem in diesen Park gebracht worden waren, aber nichts schien einen Weg zu weisen zu dem Ort, an dem sie gestorben waren.

Westerberg betrachtete seinen jungen Kollegen, Seppo, der geduldig mit den Menschen hinter der Absperrung sprach und dabei auf das vermutlich moderne Gerät einhämmerte, das er im Arm hielt wie ein Baby, eine Art Scheibe, ein flacher Bildschirm, der den Ermittlern der Kerngruppen seit einiger Zeit zur Verfügung stehe und mehr als nützlich sei, wie Seppo am Morgen betont hatte.

Westerberg hatte keine schlüssige Gegenargumentation gefunden, und Seppo hatte ihm gezeigt, wie er in dieses Gerät nicht nur seine Notizen eintippen und selbige abspeichern, sondern auch die Fotos der Toten abrufen konnte. Und das schon Sekunden, nachdem sie von der Zentrale im Herzen Helsinkis in ein Netzwerk der an der Ermittlung beteiligten Abteilungen eingespeist worden waren. Seppo hielt diese Fotos jetzt in regelmäßigen Abständen den Anwohnern unter die Nase, die hinter der Absperrung standen, und Westerberg sah, dass die meisten entschuldigend den Kopf schüttelten, aber ab und zu nickte auch einer.

Westerberg ging langsam auf Seppo und die Menschen hinter der Absperrung zu, in der Hoffnung, Seppo möge ihm gleich auf dem Display seiner flachen Scheibe Namen und Adresse der Mordopfer präsentieren, aber als er ankam, sagte Seppo nur, dass die Frau gelegentlich gesehen worden sei, in dem Park, spazieren gehend, zuweilen mit dem Mann, dem zweiten Opfer.

»Und eine Dame glaubt, die beiden vor einigen Tagen in einem Auto gesehen zu haben, einem Mercedes, ein dreckiger weißer Mercedes, wie sie sagte.«

Weiß, dachte Westerberg. Weiß und dreckig.

»Es ist aber alles vage. Keiner hat die Frau in eines der Häuser reingehen sehen. Die Wohnungen stehen zu großen Teilen noch leer. Mervi hat mir schon die Unterlagen geschickt, das ist hier eine ganz neue Siedlung, insgesamt fünfzehn Häuser exakt gleicher Bauart, die um den Park herum gebaut sind, alle …«

»Wie das?«

»Äh, was?«

»Wieso hast du das alles schon, die Informationen von Mervi über diese Siedlung hier …«

»Ach so … ich habe hier E-Mail …« Seppo deutete auf den flachen Bildschirm in seinem Arm.

»Ah ja. Klar. Entschuldige«, sagte Westerberg.

»Ja ... also ... alle mit Meerblick. Die Häuser, nicht alle Wohnungen, manche gehen auch nur auf den Park raus, aber wie auch immer, wir haben noch niemanden, der weiß, ob die Frau hier in der Nähe gelebt hat. Sie wurde in diesem Park gesehen, und da liegt sie jetzt, das ist alles.«

Westerberg nickte.

»Sie könnte mit dem Mann in einem dieser fünfzehn Häuser gelebt haben, aber genauso gut in einem der hundert anderen Häuser, die fünf bis zehn Minuten entfernt sind. Oder in der Innenstadt, und sie sind hier nur ab und zu rausgekommen, weil sie den Park am Meer gemocht haben.«

Westerberg nickte.

»Das bringt uns nicht wirklich weiter«, sagte Seppo.

»Nein«, sagte Westerberg. Er drehte sich um und sah für eine Weile den Kriminaltechnikern bei der Arbeit zu. Direkt vor der Bank standen zwei uniformierte Polizisten und hielten ein breites Tuch in die Höhe, um den Umstehenden den Blick auf das zu verwehren, was sie unbedingt sehen wollten – die Toten.

»Ein großer Aufwand«, sagte er. »So viel ist sicher.«

»Was?«, fragte Seppo.

»Ein enormer Aufwand. Die beiden hier in den Park zu bringen. Sie auf dieser Bank abzulegen.«

»Ja«, sagte Seppo.

»Egal, wie genau das abgelaufen ist. Es muss sehr anstrengend gewesen sein. Wer immer das macht, ist verzweifelt darum bemüht, die Verbindung zu kappen ... zwischen den Toten und dem Ort, an dem sie getötet wurden.«

Seppo nickte.

»Keine Ausweisdokumente. Keine Mobiltelefone. Kein Hinweis auf die Identität soll zurückbleiben«, sagte Westerberg.

Seppo schwieg.

»Wir haben endlich was«, rief einer der Kriminaltechniker und kam auf sie zu. Der Gegenstand, den er ihnen zeigen wollte, lag in einer Klarsichtfolie.

»Eine Visitenkarte?«, sagte Westerberg.

Der Kriminaltechniker nickte. »Werbung. Von einem Nachtclub, in Salo.«

»Salo? Bei Turku?«, fragte Seppo.

»Ja, das denke ich mal«, sagte der Kriminaltechniker. »Die Karte lag in einer Seitentasche des Mantels. Also, von dem Mann. Aber interessanter ist die Dame, die hier vorne abgebildet ist. Das müsste, wenn ihr mich fragt, unsere Tote sein.«

Westerberg betrachtete das Bild der nackten Frau, die sich lasziv gegen den Schriftzug des Clubs lehnte, der in fetten rosa Buchstaben die kleine Karte dominierte. *Villa Bella,* was immer das heißen sollte.

»Ich denke, das ist sie«, sagte der Kriminaltechniker.

»Ja?«, sagte Westerberg. Der Bereich der Augen war verpixelt, alles andere gut zu erkennen.

»Wegen der Tätowierung. Unsere Tote hat genau dieses Tattoo an der Schulter.«

Unsere Tote, dachte Westerberg. Villa Bella. In Salo, hundert Kilometer entfernt.

»Das würde bedeuten, dass sie da gearbeitet hat. Ein erster Hinweis, immerhin.«

Turku, dachte Westerberg. Dann würde dieser Fall ihn also wieder mit Kollegen zusammenführen, die er mochte, mit Sundström, Grönholm und vor allem mit Kimmo Joentaa. »Kannst du mit dem Teil auch telefonieren?«, fragte er, an Seppo gewandt.

»Äh, was?«, fragte Seppo.

»Telefonieren. Mit deiner Scheibe da.«

Seppo lachte. »Mit meinem Tablet, meinst du. Nein.«

»Hm. Würde auch komisch aussehen, denke ich. Dann solltest du Sundström in Turku mit dem guten alten Handy anrufen. Frag nach, ob er sich mal diesen Club in Salo ansehen kann.«

Seppo nickte.

»Eine Sache ist ganz sicher falsch«, sagte eine Stimme in Westerbergs Rücken, eine resolute, weibliche Stimme. Er drehte sich um und sah in die Augen einer Frau, die hinter der Absperrung stand, in einem beigen Mantel mit einem monströsen Kragen aus augenscheinlich echtem Pelz, und sie schien ehrlich erbost zu sein.

»Ja?«, fragte er.

»Also ... der Mann, dass der fremdländisch, groß und übergewichtig gewesen sein soll, ist Quatsch.«

»Entschuldigung?«

»Die Frau da auf Ihrem Foto ...«

»Ja?«

»Die habe ich einmal gesehen, nämlich gestern, weil ich meinen Sohn besucht habe, der zieht gerade um, in eines der neuen Häuser, auf der anderen Seite des Parks ...«

»Ja ...«

»... und ich bin durch den Park gegangen und habe die beiden gesehen. Sie haben gespielt.«

»Äh ... gespielt?«, fragte Seppo.

»Ja. Gespielt, gelacht. Mit Schneebällen geworfen, erwachsene Leute, also, der Mann zumindest ... und der war ganz sicher nicht groß und breit, sondern ... normal.«

»Normal?«, fragte Westerberg.

»Ja. Normal. Normal und schmal.«

»Aha ...«

»Auf keinen Fall der auf dem Foto da, das mir Ihr Kollege gezeigt hat. Mein Sohn sagte gerade, er habe diese beiden zusammen gesehen, aber ich ...«

»Moment«, sagte Seppo. Er nahm seine flache Scheibe und hielt sie in die Höhe. Westerberg sah das Bild des Toten, der noch immer wenige Meter entfernt auf dem Boden im Schnee lag, friedlich sah er aus auf diesem Foto, dem Polizeifotografen war es gelungen, ihn abzulichten, als schlafe er.

»Genau. Das ist er nicht«, sagte die Frau.

»Nicht ...«, sagte Seppo.

»Nein. Das gestern war ein anderer. Schmal. Normal. Sie haben Englisch gesprochen«, sagte die Frau. »Und er mit diesem unverkennbaren Akzent ... unserem Akzent.«

»Ein Finne?«, fragte Seppo.

»Ja, natürlich.«

»Ein schmaler normaler Finne«, murmelte Westerberg.

»Ja. Ich fand es ... komisch ... dass ein Mann da mit Schneebällen um sich wirft ... aber irgendwie ... war es ja auch nett ... ich hatte fast Lust, mitzumachen. Er schien glücklich zu sein. Und sie auch. Ich habe mich dann später noch gewundert ... weil die beiden Englisch gesprochen haben ... also ... weil ...«

»Ja?«, sagte Westerberg.

»Na, für mich waren die beiden Vater und Tochter. Und das habe ich eigentlich selten gehört, dass die Tochter nicht die Sprache vom Papa sprechen kann.«

33

Die Sonne sah aus wie ein ungewöhnlich heller Mond in einem makellosen Himmel.

Markus Sedin fixierte sie, zwang sich, dem Licht standzuhalten, bis der Schmerz hinter seinen Augen zu brennen begann. Dann wendete er sich ab und betrachtete wieder die Geschichte, die in unmittelbarer Nähe, aber weit entfernt, im Zentrum seines Blickfeldes, aber jenseits seiner selbst am Boden spielte.

Er stand auf dem Balkon der weißen Wohnung und sah den Polizisten zu, die in dem leeren Raum, der die beiden Leichen umgab, auf und ab gingen, geduldig, ruhig und kontrolliert waren ihre Handgriffe, konzentriert die Gespräche, die sie führten. Er hatte das Gefühl, dem Schnee dabei zusehen zu können, wie er schmolz.

Ein Schauspiel, dachte er. Ein Schauspiel, das sich selbst ad absurdum führte. Statt den Vorhang zu öffnen, hatten die Polizisten ein breites Tuch geholt, das die Bühne verdeckte, ein Tuch, das von uniformierten Polizisten gehalten wurde, unbeholfen, stoisch, und die Uniformen sahen unecht aus, unecht und unsinnig, Requisiten. Wenn die Uniformen falsch waren, waren vielleicht auch die Toten nicht wirklich da, die die Uniformierten mit dem Tuch vor Blicken schützen wollten.

Markus Sedin dachte, dass das ein merkwürdiger Gedanke war. Tote beschützen zu wollen.

Er sah die beiden Männer, die direkt an der Absperrung mit Leuten sprachen und sich beratschlagten. Der Ältere vermittelte auf eine merkwürdig müde, gleichzeitig souverän behutsame Art den Eindruck, diese Ermittlung zu leiten. Er hatte lange im Zentrum der verschneiten Fläche gestanden, allein, hatte seinen Blick sehr langsam wandern lassen, als wolle er versuchen, ein Gefühl für Zusammenhänge zu gewinnen, als sei er dabei, aus Fragmenten ein Ganzes zu formen.

Markus Sedin hatte ihm, auf dem Balkon stehend, dabei zugesehen, er hatte den Blick nicht mehr von diesem Mann abwenden können, und er hatte sich vorgestellt, dass der Mann irgendwann den Kopf heben und ihn ansehen würde, dass sich ihre Blicke über die Distanz hinweg begegnen und dass dieser Mann im Bruchteil einer Sekunde alles verstehen würde.

Aber der Mann hatte nicht nach oben gesehen, nicht auf das weiße Haus und den Balkon, auf dem er stand, und

Markus Sedin war zwischenzeitlich zurück in die Wohnung gegangen und hatte seine Arbeit fortgesetzt, hatte die Böden gereinigt, bis alles aussah wie neu, wie gerade erst gekauft und verlegt. Er hatte die Bezüge des Sofas und die Kissen entfernt und in einem Müllsack verstaut und durch die neuen Bezüge und die neuen Kissen ersetzt, die er gleich am Morgen in dem Möbelhaus gekauft hatte, in dem er vor nicht langer Zeit schon einmal gewesen war, mit Réka. Sie hatte gelacht, während sie die Möbel ausgesucht hatte, und am Ende, als sie, im Einklang mit dem Tempo der Schafe, nach Hause gefahren waren, hatte sie gesagt, dass sie so glücklich sei wie noch nie in ihrem Leben.

Markus Sedin war wieder nach draußen gegangen, auf den Balkon, und er hatte die tote Frau auf der Bank liegen sehen, denn die Polizisten hielten das Tuch in einem Winkel, der seinen Blick auf die Leichen nicht einschränkte. Réka.

Sie lag auf der Bank, der unbekannte Mann, ihr Freund, aller Wahrscheinlichkeit nach, lag am Boden, die Position ein wenig verändert, nicht mehr mit dem Gesicht nach unten. Weil einer der Beamten Fotos gemacht hatte, Fotos von den Toten.

Die Polizisten setzten jeden ihrer Schritte behutsam, je näher sie den Leichen kamen, desto behutsamer wurden ihre Bewegungen, als hinge die Lösung des Rätsels an seidenen Fäden, die Lösung des Rätsels, die Antwort auf die Fragen, die er, Sedin, ihnen gestellt hatte.

In einiger Entfernung, auf dem Parkplatz, liefen uniformierte Polizisten an der Reihe parkender Wagen entlang. Sie blieben vor einem weißen Mercedes stehen, und eine Erinnerung zuckte auf, ein Bild. Ein weißer Mercedes, am Abend zuvor, der lange vergangen zu sein schien, in Salo, auf dem Gelände des Clubs, vor dem Bürohaus und der Lagerhalle. Er hatte seinen Wagen neben einem weißen Mercedes geparkt, und jetzt schloss er die Augen und sah in Gedanken

Réka in diesem Wagen sitzen, neben dem Mann, Tag für Tag, morgens, abends, und er fragte sich, welche Gespräche die beiden geführt hatten, während der Mann Réka zur Arbeit gefahren hatte.

Er betrachtete die Polizisten, die den Wagen begutachteten, einer telefonierte und schien von der Information, die er erhielt, wenig begeistert zu sein. Er sprach mit dem anderen, der nickte und zu verstehen schien, und auch Sedin verstand. Ein weißer Mercedes, der nirgendwohin führen würde. Ein Nummernschild, das nicht existierte, ein Wagen, dessen Eigentümer irgendwann ausfindig gemacht werden würde, aber dieser Eigentümer würde nichts beizusteuern haben, lediglich seine Freude darüber, dass man ihm sein gestohlenes Auto zurückbrachte.

Sedin dachte, dass der tote Mann, Rékas *Freund,* doch fast ein guter Kerl gewesen sein musste. Er spürte ein Lachen, irgendwo in seinem Körper, das nicht auf seinen Lippen ankam. Er sah, wie die beiden Uniformierten dem älteren Polizisten, der an der Absperrung stand, die Nachricht überbrachten, er sah, wie der Alte den Kopf schüttelte und dann freudlos zu lächeln schien, als habe er die Nachricht erwartet.

Er ging zurück in die Wohnung, die unberührt aussah, wie neu, wie an dem Tag, an dem er mit der Maklerin durch die leeren Räume gegangen war. Nur ein Sofa war hinzugekommen, ein Fernseher, ein großes Bett, ein Tisch aus Glas und der Parkettboden, den ein wortkarger Handwerker verlegt hatte, derselbe, der die Wände gestrichen hatte, stoisch, in den Tagen vor Rékas Ankunft.

Das Sofa war frisch bezogen, der Tisch gereinigt, der Boden penibel gesaugt und gesäubert, der Fernseher schwarz und still. Sedin nahm die Tasche, Rékas Reisetasche, er warf sie über die Schulter, so wie er es gemacht hatte am Tag ihrer Ankunft, am Gate auf dem Flughafen.

Er ging die Treppe hinunter, den Gang entlang, öffnete die Tür und trat ins Sonnenlicht. Er ging ohne Eile zu seinem Wagen und warf keinen Blick zurück auf die Menschen an den Absperrbändern und auf die Polizeibeamten, die dahinter arbeiteten. Er legte die Tasche in den Kofferraum, stieg ein und fuhr los.

Einige Kilometer weiter hielt er an, nahm die Tasche und warf den Inhalt in einen Container der Altkleidersammlung. Das letzte Kleidungsstück war ein Oberteil des Pyjamas, den Réka häufig getragen hatte, an den Abenden, an denen sie Seifenopern geschaut hatten, kurz vor dem Einschlafen. Das Oberteil war weich und roch nach Erdbeeren, und Sedin hielt es für eine Weile fest in der Hand, bevor er es in den Container warf.

Er fühlte eine große Ruhe und Leere um sich herum, ein Gefühl, das den Innenraum des Wagens ganz ausfüllte, während er weinend nach Hause fuhr.

In einer anderen Zeit, an einem anderen Ort

34

Protokoll/Notiz – Mari Beck, Versichertennummer 1518754, 14.30, Notfallambulanz für Psychotherapie und Psychiatrie im Klinikum Turku.
Frau Beck kam, um über ihren Bruder, Unto Beck, zu berichten, der ihrer Einschätzung nach an einer Erkrankung leidet, die näher zu verifizieren sich als schwierig erwies.
Frau Beck attestierte dem Bruder eine hohe Gewaltbereitschaft, konnte auf Nachfrage aber von keiner Gewalttat in Umsetzung berichten. Sie gab an, hilflos zu sein angesichts der zunehmenden Entfremdung des U. Beck von ihr.
Sie legte den Ausdruck eines E-Mail-Verkehrs vor, in dem der Bruder Gewaltfantasien äußert, es lassen sich aber weder in diesem Dokument noch in den Schilderungen von Frau Beck Störungen oder Auffälligkeiten nachweisen, die Anhaltspunkte in Bezug auf die Diagnostik ICD-10, F20-29 zulassen. Der U. Beck formuliert im vorliegenden Dokument stringent und schlüssig, der Inhalt ist m. E. abstoßend, aber nicht im strengen Sinn pathologisch zu nennen. Die Hinweise auf die Präsenz einer möglichen Negativsymptomatik in Bezug auf das Diagnosehandbuch ICD-10 in Form von Antriebslosigkeit und sozialem Rückzug erscheinen vorläufig als nicht ausreichend. Eine Entwicklungsstörung im Sinne des Asperger-Syndroms sowie psychische Störungen aus verwandten Formenkreisen können ohne Ansicht des U. Beck weder ausgeschlossen noch angenommen werden.

Von einer Selbst- und/oder Fremdgefährdung kann zu diesem Zeitpunkt nicht ausgegangen werden, zumal, abgesehen von dem – in Bezug auf seine Authentizität nicht eindeutig zu verifizierenden – E-Mail-Dokument, ausschließlich die Aussage von Frau Beck vorliegt, ein Gespräch mit dem U. Beck aber zum jetzigen Zeitpunkt nicht geführt werden kann.
Frau Beck sagt, es sei auszuschließen, dass U. Beck sich ambulant vorstellt, da seinerseits keine Einsicht bezüglich der Möglichkeit einer Erkrankung vorliege. Ein entsprechender Vorstoß ihrerseits, den Bruder zu überzeugen, sei fehlgeschlagen, der Bruder habe sie seiner Wohnung verwiesen und gebeten, nicht zurückzukehren.
Frau Beck hat zugesichert, sich erneut in der Ambulanz vorzustellen, falls sich die Situation ihres Bruders weiter in Richtung einer möglichen psychiatrischen Erkrankung entwickeln sollte. Sie wurde aufgeklärt über in diesem Fall anzunehmende Frühsymptome auf Basis des Diagnosehandbuchs ICD-10 mit Denkstörung, Wahnbildung, Gedankeneingebung.
Für diesen Fall wurde angedacht und vereinbart, eine ambulant zu etablierende Beobachtung des U. Beck sowie gegebenenfalls eine Behandlung auf Basis einer notwendigen eingehenden Untersuchung in Betracht zu ziehen – das aber vorbehaltlich der Zustimmung und Krankheitseinsicht des U. Beck.

Mai

35

Kimmo Joentaa zählte die Fenster des Krankenhauses in Turku. Dann zählte er noch einmal. Dann rief er Sundström an und fragte, wohin er fahren solle. Nicht weit, ins nahe gelegene Salo.

Er betrachtete die Fenster und fand die Ruhe, Sundström zuzuhören, während er die Fakten zusammenfasste. In Helsinki war eine unbekannte Tote aufgefunden worden, eine junge Frau, von einer Spaziergängerin, auf einer Bank liegend. Neben der Bank hatte eine männliche Leiche gelegen, deren Identität ebenso unbekannt war wie die der Frau, denn beide hatten keine Personalien bei sich gehabt.

Nur eine Visitenkarte hatte in der Manteltasche des Mannes gelegen, eine Visitenkarte mit der Adresse des Clubs, in dem die Frau nach ersten Erkenntnissen gearbeitet hatte. In Salo bei Turku, im Industriegebiet, Satamakatu 114, ein großes Gelände, kaum zu verfehlen, das hatte Sundström am Telefon betont.

Während Joentaa fuhr, dachte er an Lasse Ekholm, der in einem der Zimmer lag, hinter einem der vielen Fenster des Krankenhauses, mit einigen gebrochenen Rippen. Joentaa dachte an Anna, an das leere Auto, das vor der dunklen Kulisse eines Waldes gestanden hatte, angestrahlt von Scheinwerfern.

Er dachte an die Zahl, die am Ende des Zählens der Fenster gestanden hatte, zweimal dieselbe, was dafür sprach, dass er richtig gezählt hatte, dass die Zahl stimmte. Aber sicher konnte man nie sein, und was war schon richtig? Er hatte eine Zahl, aber er wusste nicht, hinter welchem der Fenster Sanna gelegen hatte, vor einigen Jahren, in den Tagen, in denen sie gemeinsam auf den letzten Tag ihres Lebens gewartet hatten.

Er dachte an Larissa, an das, was Sundström gesagt hatte, gerade eben, am Telefon, das merkwürdige, versachlichende und gleichzeitig pauschale Wort, das er verwendet hatte. Prostituiertenmord. Eine junge Frau, aufgefunden in Helsinki, aber gearbeitet hatte sie in Salo bei Turku.

Larissa, oder wie immer sie hieß, hatte zuletzt in einer Terminwohnung gearbeitet und nicht in Salo, nicht in einem Club, nicht im Industriegebiet. Aber sie hatte ihm auch einige Male erzählt, dass sie dazu tendiere, ihre Arbeitsstätten von Zeit zu Zeit zu wechseln, und Kimmo Joentaa hatte sich davon selbst überzeugen dürfen, wenn er, nach Tagen oder Wochen ihrer Abwesenheit, erfolglos auf die Suche nach ihr gegangen war. Kein Mensch, den er je getroffen hatte, konnte so gut spurlos verschwinden wie Larissa.

Der Club in Salo war ein flaches Bürogebäude, das neben einer großen Lagerhalle stand, und während Joentaa ausstieg und über den Parkplatz ging, sah er schon seinen Kollegen Petri Grönholm vor der Tür stehen, neben einer kleinen älteren Frau, die abwechselnd an einer Zigarette zog und den Kopf schüttelte.

»Hallo, Kimmo«, sagte Grönholm.

»Hallo, Petri«, sagte Joentaa, ohne stehen zu bleiben. Er nickte auch der kleinen Frau zu, und Grönholm sagte noch etwas, aber er verstand es nicht, er lief durch die Tür, durch einen engen Gang, der in einen großen Raum führte, einen Raum, der wie ein Wohnzimmer aussah, ein Wohnzimmer, in dem Sundström an einem Tisch saß, umgeben von jungen Frauen, die ihn fragend ansahen. Die Blicke verschlossen und gleichzeitig neugierig. Eine der Frauen hatte das gleiche Oberteil und den gleichen Stringtanga an, den Larissa häufig überstreifte, morgens, bevor sie zur Arbeit ging. Larissa, dachte er, aber er sah sie nicht.

Er suchte die Gesichter ab, ohne das Gesicht von Larissa zu finden. Sie war nicht hier, was nicht hieß, dass sie in Helsinki auf einer Bank in einem Park lag, sie konnte überall sein, vielleicht hob sie gerade jetzt, in diesem Moment, die Giraffe aus dem Schnee unter dem Apfelbaum. Sie öffnete die Tür. Betrat das Haus. Löschte das Licht.

»Kimmo«, sagte Sundström, und der Ton, in dem er es sagte, ließ vermuten, dass er es nicht zum ersten Mal sagte.

»Hallo, Paavo«, sagte Joentaa.

»Alles klar so weit?«

»Ja.«

»Du wirkst abwesend.«

»Ja?«, sagte Joentaa, und Sundström lachte.

»Egal. Nichts Neues. Kannst du zufällig Rumänisch? Ungarisch, Russisch, Lettisch, Tschechisch und so weiter?«

»Äh … nein …«

»Macht nichts. Es würde nur die Verständigung mit den Damen hier erleichtern.«

Joentaa nickte.

»Also … wir haben noch nicht viel … was ich immerhin zu verstehen glaube, ist, dass die Tote eine Kollegin war, und nach Einschätzung mehrerer Damen stammt sie aus Ungarn. Ungarn oder Rumänien, aber die Mehrheit plädiert für Ungarn.«

Larissa anrufen, dachte Joentaa. Er schloss die Augen, und als er sie wieder öffnete, hielt ihm Sundström ein Foto hin, auf dem das Gesicht einer Frau zu sehen war. Auf den ersten Blick schien sie zu schlafen, das Foto einer Toten. Nicht Larissa. Natürlich nicht.

»Von den Kollegen in Helsinki«, sagte Sundström.

Joentaa nahm das Foto und sah es an, lange. Ein schmales Gesicht, eine sehr junge Frau, eher ein Mädchen. Er hatte das Gefühl, sie zu mögen, ohne sie gekannt zu haben. Er verstand nicht, warum.

»Das läuft hier natürlich alles ohne Angaben zur Person, schwarz, steuerfrei, die Frauen sind nicht gemeldet. Die Empfangsdame des Hauses plaudert draußen mit Petri Grönholm, hat aber schon unmissverständlich zu Protokoll gegeben, dass sie keine Ahnung hat, wer die Frau im richtigen Leben gewesen ist. Sie kannte sie nur als Dragana. Und sie gehört zu der eher kleinen Fraktion derer, die glauben, sie stamme aus Tschechien. Der Inhaber dieses Ladens hat sich freundlicherweise bereit erklärt, einen gerade begonnenen Urlaub abzubrechen, und müsste in Kürze hier eintreffen.«

Joentaa nickte. Im richtigen Leben, dachte er.

»Dragana. Teenymaus, tabulos, so wurde sie im Internet beworben«, sagte Sundström und reichte ihm einen Computerausdruck, verpixelte Bilder, die das Gesicht verbargen, aber nicht den Rest des Körpers.

Larissa anrufen, dachte er. Die Stimme der Mailbox hören, mit etwas Glück, oder die Stimme der üblichen Ansage: Der Teilnehmer sei vorübergehend nicht erreichbar.

»Der Tote könnte der Freund sein«, sagte Sundström. »Auch da kein Name, aber eine Kollegin glaubt, er sei Rumäne. Vielleicht ... könnte natürlich auch ein Tscheche lettisch-weißrussisch-litauischer Abstammung sein.«

Joentaa nickte.

»Das war ein Scherz, Kimmo. Ein Scherz«, sagte Sundström.

Joentaa gab Sundström das Foto zurück. Als er den Kopf hob, traf er den Blick einer der Frauen, die ihn ansah, fragend, verunsichert. Er versuchte zu lächeln, aber sein Lächeln prallte ab. Als er nach draußen ging, hatte er das Gefühl, das Bild der toten Frau schon fest abgespeichert zu haben.

Er dachte an die Fotos, die er gesehen hatte, das Foto einer Toten, das Foto einer Lebenden, eher ein Mädchen als eine Frau, verschlüsselte Bilder, die alles gezeigt hatten. Nur nicht die Farbe ihrer Augen.

36

Der Inhaber des Clubs *Villa Bella*, ein mittelgroßer Mann mittleren Alters und von mittlerer Statur, trug einen dunkelblauen Leinenanzug und ein weißes Hemd, und er stellte sich mit einem festen Händedruck und einem wohlwollenden Nicken vor, als wolle er sagen: Alles wird gut. Aber dann sagte er nur:

»Michael Lindblad. Ich stehe voll und ganz zu Ihrer Verfügung.«

»Ja«, sagte Sundström.

»Bitte, setzen wir uns doch«, sagte Lindblad.

Sundström setzte sich Lindblad gegenüber, Joentaa setzte sich auf die Lehne des schwarzen Sofas, das vor einer großen Bücherwand platziert war, und Lindblad ließ sich auf dem Drehstuhl nieder, der vor dem Computerterminal am Schreibtisch stand. Ein Büro wie jedes andere. Nichts deutete darauf hin, dass im Flur nebenan die in rosalila Licht und süße Duftaromen gehüllte Saunalandschaft mit Whirlpool begann, die nahtlos in kleine Räume mit breiten Betten überging.

»Ja«, sagte Lindblad. »Schrecklich, die Sache. Eine ... Katastrophe, um ehrlich zu sein.«

»Hm«, sagte Sundström.

»Ich sagte ja schon am Telefon, und kann das zu meinem Bedauern nur wiederholen, dass ich weder von dem Mann noch von der Frau nähere Kenntnisse habe. Ich bin gewissermaßen nur der Vermittler des Aufenthalts – und Arbeitsraums ...«

»Aha«, sagte Sundström.

»Die Damen kommen her, auf Basis freier Zeiteinteilung wohlgemerkt, zahlen einen regulären Betrag, einen Eintritt, wenn Sie so möchten, und halten sich dann hier auf ... mit der Berechtigung, ihrer Arbeit nachzugehen, versteht sich.«

»Aha«, sagte Sundström. »Sie sind demnach lediglich ... gewissermaßen der Verwalter der ... Geschlechtsakte.«

Lindblad lachte, herzhaft. »Wenn Sie so wollen. Ja. Ich bin der Verwalter des Raums, auf dem ...«

»... die sexuellen Handlungen vollzogen werden«, sagte Sundström, und Joentaa hatte den Eindruck, dass es ihm Spaß zu machen begann, sich immer neue Verklausulierungen auszudenken.

»Genau«, sagte Lindblad.

»Wir haben allerdings Grund zu der Annahme, dass einige der Frauen, die wir hier angetroffen haben, nicht ganz freiwillig hier sind. Und dass das Geld, das sie verdienen, nicht allzu lange in ihren Händen verbleibt.«

Lindblad lehnte sich ein wenig zurück, begann im Drehstuhl ganz sachte hin und her zu schwingen. »Ersteres, das mit der Freiwilligkeit, halte ich für ausgeschlossen. Das Zweite, mit dem Verbleib des Geldes, ist möglich, aber außerhalb meiner Einflussnahme.«

»Natürlich«, sagte Sundström.

»Es ist so: Die Frauen, die hier arbeiten, wollen hier arbeiten. Sie wollen Geld verdienen, das sie in ihren Heimatländern nicht verdienen können«, sagte Lindblad. »Natürlich sind sie in einer schwierigen Lage, aber das hat nichts mit Zwang zu tun, sondern mit wirtschaftlicher Not, diese Frauen müssen häufig nicht nur sich, sondern ihre kleinen Kinder oder die Eltern ernähren.«

»Ja«, sagte Sundström. »Und Sie helfen ihnen dabei. Weil Sie so ein guter Kerl sind.«

»Genau«, sagte Lindblad. »So ungefähr.« Er lächelte. »Und die zweite Sache, die Sie erwähnen, also die Frage nach körperlicher Gewalt, die Frage, ob die Frauen möglicherweise von Zuhältern ... ausgenutzt werden ...«

»Ja?«

»Das liegt, wie gesagt, nicht in meiner Hand. Natürlich ist die wirtschaftliche Not der Frauen ein Nährboden, auf dem ... wie soll ich sagen ... üble Typen Profit machen. Die nutzen die wirtschaftliche Not der Damen aus. Das sind junge Frauen, die manchmal ... ein wenig ...«

»... naiv sind«, vervollständigte Sundström.

»Ja. Leider«, sagte Lindblad. »Dragana beispielsweise, wegen der Sie ja hier sind ...«

»Nach unserer Kenntnis ist das nicht ihr Name.«

»Ja, ich weiß, ich nenne sie jetzt mal so, um es zu vereinfachen ... also, Dragana schien sehr im Einklang mit der Situation zu sein, wenn Sie verstehen, was ich meine, und ihr Freund, dieser Rumäne, mit dem sie nach Finnland gekommen ist, machte einen ... ja ... einen guten Eindruck.«

Vereinfachen, dachte Joentaa.

»Ah so«, sagte Sundström.

»Was ich damit sagen möchte: Ich weiß nicht, ob dieser Mann Dragana gut oder schlecht behandelt hat. Das kann ich nicht wissen, ich kann nur meinem Gefühl folgen, genauso müsste ich es bei Ihnen machen.«

»Aha. Bei mir ...«

»Ja, bei Ihnen. Ich weiß nicht, ob Sie Ihre Frau gut oder schlecht behandeln.«

»Ich«, sagte Sundström. »Aha.« Es klang resignativ.

»Ja. Ich müsste mich da auf mein Gefühl verlassen … verstehen Sie? Also, vorausgesetzt, dass Sie überhaupt verheiratet sind … ich möchte damit …«

»Ja. Ich ahne, worauf Sie hinauswollen, Herr Lindblad«, sagte Sundström. Er atmete einmal ein und einmal aus und senkte den Blick auf die Tischplatte.

»Der Mann nannte sich übrigens Radu. Aber, offen gestanden, es klang nicht unbedingt so, als würde er wirklich so heißen.«

»Hm«, sagte Sundström, und Joentaa dachte an Dragana und Radu und an das, was Larissa – oder wie immer sie hieß – gern sagte. Dass Namen keine Rolle spielen.

»Die beiden haben sich natürlich ausgewiesen, nicht dass wir uns da missverstehen«, sagte Lindblad. »Ich kann aus der Erinnerung die Einschätzung der Belegschaft bestätigen, ich denke, dass der Mann aus Rumänien und die Frau aus Ungarn stammte.«

»Ah ja. Immerhin«, sagte Sundström.

Belegschaft, dachte Joentaa.

»Ich sehe mir die Pässe nicht im Detail an, deshalb habe ich auch beim besten Willen keine Erinnerung an Namen oder Geburtsdaten oder dergleichen … entscheidend ist, dass die Damen, die bei mir arbeiten, aus der EU oder EU-Beitrittsstaaten kommen, denn dann sind sie berechtigt, sich bei uns aufzuhalten … und im Rahmen entsprechender Auflagen bezüglich Gewerbe und Selbstständigkeit … auch zu arbeiten. Wobei Letzteres wiederum nicht …«

»… in Ihrer Hand liegt, sondern den Damen und/oder reflexive deren Freunden und oder Lebensabschnittsgefährten welcher Gesinnung auch immer obliegt«, sagte Sundström. »Absatz Ende, Anführungszeichen oben, Leertaste.«

Lindblad lachte. »Ja«, sagte er. »So ungefähr.«

»Dann lassen Sie uns doch über Dragana reden«, sagte Sundström.

Lindblad lehnte sich noch ein wenig weiter zurück und begann schneller hin und her zu schwingen. »Inwiefern?«, fragte er.

»Einfach so. Über die Frau. Was können Sie uns über sie sagen?«

Lindblad legte die Stirn in Falten. »Ich fürchte … um ehrlich zu sein … nichts.«

»Das ist wenig«, sagte Sundström.

»Sie hat erst seit Kurzem hier gearbeitet. Und ich bin selten hier. Dieser Club hier … ist nur …«

»… eine von vielen Geschäftsideen, denen Sie sich widmen.«

»Ja.«

»Wie alt war die Frau Ihrer Einschätzung nach? Und wie alt der Mann?«

»Hm. Der Mann so Mitte vierzig? Schwer zu schätzen. Dragana war jung. Klein und jung. Sehr hübsch. Sie hat …«

»Ja?«

»… sie hat einen Typ Freier angesprochen, den wir hier recht häufig antreffen.«

»Weshalb Sie von ihrer Anwesenheit recht angetan waren.«

»Natürlich. Und ich erinnere mich übrigens … ja, auf das Alter habe ich geachtet, als ich den Pass geprüft habe, weil sie so jung aussah … sie war neunzehn. Neunzehn oder zwanzig, in jedem Fall über achtzehn, das ist ja wichtig, da könnte ich ja … in …«

»… in Teufels Küche kommen«, sagte Sundström.

»Ja«, sagte Lindblad.

»Wie man so sagt«, sagte Sundström.

»Ja«, sagte Lindblad. »Die Beschäftigung von Minderjährigen …«

»Sprichwörtlich«, sagte Sundström.

Lindblad schwieg, verringerte die Geschwindigkeit seines Drehstuhls.

»Sonst noch was?«, fragte Sundström.

»Nein«, sagte Lindblad.

»Nein«, sagte Sundström. Er erhob sich, mühsam, wie es schien. »Dann danke ich Ihnen. Für die Mühe.«

»Keine Ursache«, sagte Lindblad.

Auch Joentaa stand auf. Er fühlte sich auf schwachen Beinen, während er auf den unscheinbaren Mann zuging, der mit offenen Armen hinter dem Schreibtisch stand.

»Auf Wiedersehen, Herr Sindbad«, sagte Joentaa, einem Impuls folgend, und reichte ihm die Hand.

Er nahm eine vage Irritation im Gesicht des lächelnden Mannes wahr, und während sie den rosalila Flur entlangliefen und er leise Sundströms Kichern hörte, fragte er sich, ob er irgendwann in seinem Leben, in einer von tausend Nächten, noch einmal einen besseren, traurigeren Kalauer auf Lager haben würde als diesen.

37

Am Abend, in den Nachrichten, sprach ein Moderator über die Welten, die nur Markus Sedin kannte, die Welt der Schafe, die Welt der Raumschiffe, und er fragte sich, wie dieser Nachrichtenmann auf die Idee kam, darüber zu sprechen, mit seinem perfekt sitzenden Mittelscheitel, dem wissenden Lächeln, der knallroten Krawatte und ohne die geringste Ahnung zu haben.

Taina lag neben ihm auf dem Sofa und betrachtete müde und abwesend den flackernden Bildschirm, Ville kniete auf dem Boden und spielte mit kleinen Jedi-Rittern einen großen Krieg. Markus Sedin hörte die Worte, die der Nachrichtenmoderator sprach, er sah die Bilder, aber es blieb alles gedämpft, abgetrennt von seinem Denken, er hörte Villes Flüstern unnatürlich laut, die Befehle, mit denen sein Sohn die guten Ritter in den Kampf mit dem Bösen schickte, und der Fernseher, vor dem er saß, war in einem anderen Raum, in einem parallelen Universum, nebenan.

Die Welt der Schafe. Zwei tote Menschen auf einer Parkbank, nicht weit entfernt, in einer schönen neuen Wohnsiedlung im Westen von Helsinki, am Meer, wo die großen Schiffe abfuhren. Und ankamen. Immer wieder wurden die Bilder eingespielt, die gelben Absperrbänder, dahinter der Park, die weite Schneefläche, die inzwischen geschmolzen war, der Frühling war gekommen, Gras beginnt zu wachsen, dachte er.

Passanten und Anwohner wurden befragt und antworteten erwartungsgemäß auf erwartete Fragen. Für Sekunden sah Markus Sedin Rékas schneeweiße Wohnung, seine Wohnung, den Balkon, auf dem er gestanden hatte, einen Tag war das erst her, das Fensterglas, hinter dem er Spuren verwischt hatte, im besten Fall beseitigt, akribisch und akkurat, unbeirrt voranschreitend. Er roch wieder die Erdbeeren auf dem Oberteil von Rékas Pyjama. Er fragte sich, wer dieses Oberteil aus der Kleiderspende nehmen und tragen würde. Irgendwann, bald. Wer auch immer, sie würde Erdbeeren mögen müssen. Sehr sogar. Der Nachrichtensprecher sagte, dass über die Identität der Toten noch nichts bekannt sei, die Behörden gingen nach jetzigem Stand von ausländischer Herkunft aus, die Ermittlungen dauerten an.

»Wie merkwürdig«, sagte Taina. Es war das Erste, was sie sagte, seitdem die Nachrichten begonnen hatten.

Er sah sie fragend an.

»Dass die da auf der Bank gesessen haben sollen. Dass jemand sie auf diese Bank setzt.«

»Was?«, fragte er. Er fühlte einen angenehmen, leichten Schwindel hinter der Stirn.

»Wie Liebende«, sagte sie.

Er sah sie an, wartete.

»Früher sind wir oft spazieren gegangen«, sagte sie. »Haben auf Parkbänken gesessen.«

»Ja?«, sagte er.

»Ja, doch. Früher«, sagte sie.

In Villes Krieg prallten Laserschwerter aufeinander oder Raketen oder Universen oder alles zugleich. Die Welt der Raumschiffe, dachte Markus Sedin, und im Fernsehen begann ein Boulevard-Magazin, eine fesche Frau sagte gut gelaunt Beiträge über Katastrophen aller Art an. Für eine Weile hielt er die Worte, die er hörte, für Fantasie.

»Schon wieder was Trauriges«, murmelte Taina, und Markus Sedin betrachtete den Bildschirm, hörte der jungen Frau zu, die in der Sprache zu sprechen begonnen hatte, die er nicht verstand, die er erst lernen musste, und er hatte das Gefühl, die eingeblendete Telefonnummer innerhalb von Sekundenbruchteilen auswendig zu lernen. Dann standen plötzlich Musiker auf einer Konzertbühne, im Licht von Scheinwerfern, vor einer jubelnden Menge.

»Was war das eben?«, fragte er.

»Hm?«, fragte Taina.

»Die letzte Sache eben, ich war gerade abgelenkt.«

»Da geht es um diese finnische Band, die gerade auf Welttournee …«

»Nein, nein, das, was davor war …«

»Ach so. Irgendein Unfall in Turku. Die Polizei bittet um Mithilfe. Ein kleines Mädchen ist tot, und der Raser, der den Unfall verursacht hat, ist abgehauen.«

Er nickte. Ville war mitten im Kriegspielen auf dem Boden eingeschlafen, und Taina richtete sich auf und legte ihre Hand auf seine, strich daran entlang. Er suchte ihren Blick, sah sie lächeln.

»Irgendwie schön«, sagte sie. »Dass wir hier mal wieder so zusammensitzen.«

Er nickte.

»Bringst du Ville ins Bett?«

»Natürlich«, sagte er. Er stand auf, hob Ville in seine Arme und lief. Ville murmelte etwas, das er nicht ganz verstand. Von einer Spielfigur, die er mit ins Bett nehmen wollte.

»Wen denn?«, fragte er.

»Den ... den Weißen da natürlich«, sagte Ville.

»Ah.« Sedin ging noch mal zurück zu Villes Schlachtfeld und hob die Figur auf, einen Ritter von majestätischer Statur, siegesgewiss und kampfeslustig lächelnd, aber das Auffälligste waren die gütigen Augen. Er trug Ville hinunter in seine Welt, und Taina rief noch:

»Zähne putzen nicht vergessen.«

Aber daran war nicht zu denken. Als er Ville auf dem Bett ablegte, schlief er schon tief und fest. Markus Sedin setzte sich neben ihn und sah ihn an. Sah ihm dabei zu, wie er schlief, regelmäßig und ruhig atmend. Dann legte er die kleine Spielfigur neben ihn auf das Kissen und deckte beide zu.

Seinen Sohn.

Und den guten weißen Ritter.

In einer anderen Zeit, an einem anderen Ort

38

Mittag, Marktplatz, Macchiato.
Heute früh kam die Ablehnung vom Militär. Stillgestanden. Jawoll, Herr Oberst. Bedauern wir außerordentlich, Ihnen, sehr geehrter Herr Unto Beck, mitteilen zu müssen, dass eine Aufnahme in den Kreis der finnischen Streitkräfte unter den gegebenen Umständen, in Anbetracht des Steuerns eines Pkws ohne gültige Fahrerlaubnis sowie … zumal die von Ihnen, hochgeehrter Herr Beck, angedachte Laufbahn in der schnellen Eingreiftruppe FRDF (Finnish Rapid Deployment Force, jo, jo) auf Basis des Nichtvorhandenseins adäquater Schul- und/oder sonstiger Abschlüsse welcher Art auch immer bedauerlicherweise, bei aller Sympathie und Wertschätzung, nicht infrage usw. und überhaupt, bimmel, bammel.
Schade eigentlich.
Komme also gar nicht mehr dazu, den Idioten zu sagen, dass ich sowieso keine Lust hatte auf ihren Verein.
Dann ist das also auch gestorben.
Jo.
Auf dem Weg ins Café liefen mir dann tatsächlich die Weiber aus meiner alten Klasse über den Weg, als hätte das alles nicht gereicht, aufgereiht wie die Hühner mir entgegenkommend, die schiefe Aada, die fette Ainikki, die dürre Rebekka. Giggel, gaggel, bimmel, bammel, ja hallo, der Unto, lange nicht gesehen, was machste so?
Traurige kleine Wesen, die gern lachen und schnattern und

nicht wissen und nicht wissen und nicht wissen, mit WEM sie eigentlich reden. Musste ein wenig an mich halten, nicht von GEHEIMNISSEN zu erzählen, aber die Damen waren wohl ohnehin nicht wirklich INTERESSIERT, haben ja noch GELACHT und sich AMÜSIERT, als sie sich bereits ein wenig von mir ENTFERNT hatten, mir die schönen RÜCKEN präsentierend, und dachten, ich würde sie nicht mehr HÖREN.
Lasse mir also den Macchiato schmecken, die Bedienung, von kräftigem Wuchs, lächelt. Schaue aus dem Fenster. Wenig los. Der Tag fällt aus der Zeit. In der Nacht habe ich genäht, wie ein altes graues Weib, an meinem schönen schwarzen Umhang. Musste irgendwann lachen. Wusste nicht, worüber. Über alles. Jo.
Mari rief an. In der Nacht.
Mari ruft an. Jetzt.
Ich frage mich
– what the fuck
– was das soll.
Bimmel, bammel. Einmal, zweimal, dreimal. Viermal. Fünfmal. Ich ignoriere das BIMMELN und den FRAGENDEN Blick der Bedienerin und schaue am Telefon vorbei aus dem FENSTER, und dann ist das TELEFON still, dann ist Sense, dann ist das Ding aus und Ruhe, und der Kaffee schmeckt lecker nach nichts.

Mai

39

Kirsti Ekholm saß bequem in einem neuen Fernsehstudio, in einem weinroten Sessel, neben fremden Menschen, in einer fremden Welt, die sie selbst geschaffen hatte.

Das Orange war perfekt. Das Blau auch. Das Orange warm, das Blau glasklar. Oder umgekehrt. Sie war sich nicht mehr ganz sicher, sie sah nur, dass es perfekt war. Mit Ausnahme des weinroten Sessels, der ursprünglich weiß hatte sein sollen, aber die Redaktion hatte sich über ihren Entwurf hinweggesetzt, hatte aus Weiß Weinrot gemacht, hatte ihre Welt infrage gestellt und schließlich ad absurdum geführt, auf den Kopf gestellt, denn Weinrot hatte mit Weiß nichts zu tun, nicht das Geringste.

Sie spürte ein Lächeln auf ihrem Gesicht, das sich anfühlte wie ein Fremdkörper auf der Oberfläche ihrer Haut, und einer der Bühnenarbeiter, der pfeifend und summend den samtweichen Teppich verlegte, fragte sie, worüber sie sich amüsiere.

Sie sah ihn an, sympathisch sah er aus mit seinem lustigen Lockenkopf, unbeschwert.

»Ich weiß nicht«, sagte sie.

Er nickte, und sie schüttelte den Kopf und kämpfte gegen den Impuls an, zu weinen. Es war derselbe kurze und erfolgreiche Kampf, den sie immer kämpfte, wenn Menschen in der Nähe waren. Sie weinte nur, wenn sie allein war.

Der Bühnenarbeiter hatte sich abgewendet, summte wieder ein Lied und konzentrierte sich auf den Teppich, der so weinrot war wie die Sessel. Es war dasselbe Weinrot, und dieses Weinrot war immerhin ein Kernelement ihres ersten Entwurfs gewesen. Weinrot der Teppich, weiß die Sessel.

Das Telefon klingelte, eine Melodie, die an einen Slapstick-Cartoon erinnerte und die Anna auf ihrem Handy eingerichtet hatte, vor wenigen Wochen erst. Sie unterbrach die Melodie, schnitt sie ab, indem sie das Gespräch annahm. Lasse, am anderen Ende der Leitung, schwieg.

»Lasse?«, sagte sie.

»Ja, hallo. Ich bin jetzt hier … am Überlegen …«

Sie wartete.

»… also … hallo?«

»Ja, Lasse. Ich höre dich.«

» Also … ich dachte … wenn du vielleicht doch noch …«

»Was ist, Lasse? Was willst du mir sagen?«

»Ich bin hier bei dem …«

»Sprich deutlich, Lasse. Kurze Sätze, angereichert mit Informationen.«

Er schwieg, und sie dachte, dass sie so nie mit ihm geredet hatte. Sie hatte nie mit irgendwem so geredet, und sie sprach mit Lasse wie mit einem anderen Menschen, einem Menschen, der nicht Lasse war.

»Ich bin jetzt hier …«, sagte er. »In diesem … Laden und rede gerade mit dem Mann wegen der organisatorischen Sachen … und über das Material und die Farbe und so weiter … für den Sarg.«

Weinrot, dachte sie.

»Kirsti?«

Sie wartete.

»Kommst du … noch dazu, oder soll ich das …?«

»Nein«, sagte sie.

»Ich fahre dann noch zu Frau Seppälä… der Pfarrerin … wir wollen besprechen, was sie sagen wird … möchtest du …«

»Nein«, sagte Kirsti Ekholm.

»Ich meine, möchtest du ...«

»Nein«, sagte sie.

»Aber ...«

»Bis später, Lasse. Ich muss hier weitermachen.«

Sie unterbrach die Verbindung und sah dem jungen Mann zu, der, Melodien summend, den Teppich verlegte. Einige Meter entfernt sprach Mariella, ihre Partnerin aus dem Designerstudio, mit der Redaktionsleiterin. Sie sprachen mit gedämpften Stimmen, vielleicht über das neue Studio, über die Kulisse, in der sie standen, und in dem schon bald eine Moderatorin ihre Gäste begrüßen würde. Oder sie sprachen über sie, Kirsti, vielleicht teilte Mariella der Redaktionsleiterin gerade mit, dass ihre Kollegin, Kirsti Ekholm, ein Unglück erlebt, ein Kind verloren habe. Ja. Eine Tochter. Ja. Elf Jahre alt, oder zwölf? In jedem Fall jung, ein bezauberndes Mädchen. Ja, ein Unfall. Ja, schrecklich. Traurig.

Sie dachte an Lasse, der für einige Stunden das Krankenhaus verlassen hatte, mit gebrochenen Rippen und gegen den Rat der Ärzte, um mit einem Mann über die Beschaffenheit eines Sarges und mit einer Frau über die richtigen Worte für eine Beerdigung zu sprechen. Die richtigen Worte, die richtigen Farben.

Weinrot, dachte sie, und der junge Mann mit dem Lächeln und den Locken kam auf sie zu, und sie konnte sich nicht bewegen, obwohl sie wegrennen wollte.

»Entschuldigung, ich müsste hier kurz die Abstände ausmessen«, sagte er.

»Natürlich.«

»Sie können sich gleich wieder hinsetzen. Ist Ihnen ... ist alles in Ordnung?«

»Ja, danke.« Sie sah hinüber zu Mariella und der Redakteurin, und fing einen Blick von Mariella auf. Einen besorgten Blick. Mariella hatte nicht gewollt, dass sie mitkam, Mariella hatte gesagt, dass sie nicht arbeiten solle, nicht jetzt. Sie stand auf und sah dem jungen Mann dabei zu, wie er ein Maßband anlegte.

»Gefällt Ihnen das so?«, fragte sie.

»Äh … Entschuldigung?« Der junge Mann lächelte, mit gerunzelter Stirn.

»Die Farben, dieses Weinrot.«

»Ach so. Äh … doch, schon ok.«

»Ich wollte in meinem Entwurf eigentlich nur den Teppich so gestalten, die Sessel weiß«, sagte sie.

»Ah … ach so.«

»Was hätten Sie gemacht?«

»Hm. Ok … mal überlegen. Also, das ist doch ganz schön, dass die Sessel die gleiche Farbe haben, ist irgendwie … harmonisch.«

Harmonisch, dachte sie. Eine Welt, in der Gleiches zu Gleichem floss. Und alle Farben steuerten auf dasselbe Ziel zu.

»Oder?«, fragte der Junge, ein wenig verunsichert lächelnd.

»Ja«, sagte sie. »Ja, Sie haben recht.«

Der Junge nickte, erleichtert.

»Sie haben recht, danke«, sagte sie. Sie sah ihm dabei zu, wie er sich abwendete und begann, Entfernungen abzumessen, und sie war nicht sicher, ob er ihr noch zuhörte, als sie weitersprach, oder ob er schon wieder in der Melodie verschwunden war, die er summte.

»Sie haben recht«, sagte sie. »Ich hatte … mir … alles nur ganz anders vorgestellt.«

40

Am Abend, als sich Lasse Ekholm zurück ins Krankenhaus fahren ließ, war auch der letzte Rest des Schnees geschmolzen, in der plötzlichen Wärme eines sonnigen Nachmittags, der an ihm vorübergeglitten war wie eine vage Ahnung. Die Straßen waren leer und trocken, und das Taxi bewegte sich kaum merklich, leicht und unbehelligt auf einer geraden Linie. Der Gedanke, dass dieser Wagen, in dem er saß, von der Straße abkommen und gegen einen Baum prallen könnte, erschien abwegiger als alles, was er je gedacht hatte.

»Tja«, sagte der Taxifahrer, als sie vor dem Haupteingang des Krankenhauses zum Stillstand kamen, und Lasse Ekholm hatte den Eindruck, dass er noch etwas sagen wollte, dass ihm Worte auf der Zunge lagen, dass ihm Gedanken durch den Kopf gingen, so als beginne er nun doch sich zu fragen, mit wem er da eigentlich den ganzen Tag durch die Gegend gefahren war. Was war das für ein Fahrgast, der sich am Krankenhaus abholen ließ, um zu einem Bestattungsinstitut zu fahren und von dort weiter zu einer Kirche mit Friedhof und von diesem Friedhof zu einem Pfarrhaus und von dort zurück ins Krankenhaus?

»Danke«, sagte Lasse Ekholm. »Danke, dass Sie immer warten konnten, das hat mir geholfen.«

»Tja«, sagte der Fahrer.

Ekholm gab ihm die Summe, auf die sie sich am Vormittag geeinigt hatten, und Trinkgeld, und er dachte vage, dass er für diesen Mann an diesem Tag vermutlich ein Glücksfall gewesen war, er erinnerte sich, kürzlich erst einen Bericht gesehen zu haben über die miserablen Umsätze von Taxifahrern in finnischen Innenstädten.

Ein seltener Glücksfall, dachte er, als Folge eines seltenen Unglücksfalls, und der Mann auf dem Fahrersitz räusperte sich.

»Ja«, sagte Ekholm und griff nach der Tür, und sein Griff ging ins Leere, weil keine Tür da war, keine Tür und keine Windschutzscheibe, er spürte den Schnee, der ins Innere des Wagens schneite. Der Fahrer sagte etwas, er verstand nicht, was, und er tastete nach dem Türgriff, bis er ihn endlich zu fassen bekam, und stieg aus.

Der Abend fühlte sich warm an, fast wie Frühling, als er auf den Eingang des Krankenhauses zulief. Er durchquerte die dunkle Halle und holte sich eine Flasche Wasser aus einem Automaten in der Cafeteria. Im Aufzug stand er neben zwei Pflegern und einer alten Frau, die schwer atmend auf einer Trage lag. Einer der Pfleger sprach beruhigend auf sie ein, der andere schien ungerührt. Er ließ die drei im Aufzug zurück und lief den Flur entlang, eine der Schwestern fragte ihn, warum er noch auf dem Flur laufe, es sei schon neun Uhr vorbei.

»Ich war noch in der Stadt, um die Sache mit dem Sarg und der Beerdigung zu regeln«, sagte er. Die Frau starrte ihn an, und er ging weiter.

Als er den dunklen Raum betrat, hörte er schon das Schnarchen des Mannes, mit dem er das Zimmer teilte. Er setzte sich auf das Bett und spürte, wie die Schmerzen zurückkehrten. Der junge Arzt hatte ihn vorgewarnt, hatte ihn am Morgen nach Begutachtung der Röntgenbilder auf beträchtliche Schmerzen vorbereitet und angekündigt, das Schmerzmittel hoch dosieren zu wollen. Lasse Ekholm erinnerte sich an das merkwürdige Gefühl, das er gehabt hatte, gegen Mittag, als er auf seinem Bett gelegen und gespürt hatte, wie dieses Schmerzmittel, das in seine Blutbahn eingesickert war, eine plötzliche Wirkung entfaltet hatte.

Er hatte auf dem Bett gelegen und deutlich gespürt, wie der Schmerz gelindert wurde, wie er abebbte, und für einige Sekunden, für Momente nur, hatte er, während sich der Schmerz in einem Nichts zu verlieren schien, glauben können, dass auch alles andere nicht passiert war. Dass nichts passiert war. Dass er aufstehen und gehen würde, jetzt gleich, um weiterzuleben wie früher, wie immer.

Er zog seine Jacke aus und nahm das Handy aus der Seitentasche. Das Display informierte ihn über einen Anruf in Abwesenheit. Nicht von Kirsti, sondern von Kimmo Joentaa.

Er saß für eine Weile mit dem Handy in der Hand da, betrachtete das Display, die fein säuberlich, perfekt symmetrisch angeordneten Kacheln, dahinter ein blauer Himmel und ein weites Feld, eine der Kacheln symbolisierte den Notruf des landesweiten Reparatur- und Pannendienstes, er würde nur zweimal klicken müssen, um Hilfe zu bekommen, im Falle eines Unfalls.

Er fragte sich, ob Kirsti schlief oder ob sie noch wach war, er dachte an sie, während er Kimmo Joentaas Nummer wählte. Joentaa meldete sich nach Sekunden, seine Stimme klang ruhig und klar.

»Lasse Ekholm hier«, sagte er. »Ich ... hatte gerade gesehen, dass Sie angerufen hatten.«

»Ja. Schön, dass Sie sich noch melden. Ich wollte hören, wie es ... Ihnen geht«, sagte Joentaa.

»Ich war heute in der Stadt. Wegen der Beerdigung. Sie haben ... Anna schon ... freigegeben, wir können die Beerdigung in die Wege leiten. Ich war in der Stadt, um ein paar Sachen zu regeln, und bin jetzt wieder im Krankenhaus.«

»Wie geht es Ihrer Frau?«, fragte Joentaa.

»Sie ... sie ist nicht da«, sagte Ekholm, und Joentaa am anderen Ende der Leitung schwieg.

»Sie ist ... irgendwas stimmt nicht. Sie will nichts davon wissen, wollte nicht mit der Pfarrerin reden, über den Ablauf der Beerdigung ... und so weiter ...«

Joentaa schwieg.

»Sie arbeitet. Sie war den ganzen Tag in dem TV-Studio, das ihre Firma entworfen hat.«

»Ich habe das ähnlich erlebt«, sagte Joentaa.

»Ja?«

»Ja. Als Sanna gestorben ist ... am Tag danach bin ich zur

Arbeit gegangen. Sie war immer da. Ich bin nachts aufgewacht und dachte immer, dass sie da ist.«

Ekholm schwieg.

»Ich würde Sie gerne morgen besuchen kommen«, sagte Joentaa. »Ich weiß nicht genau, wann, ich würde vorher anrufen.«

»Ja. Gerne«, sagte Ekholm, und er dachte, dass Kirsti ihn noch nicht besucht hatte. Kirsti war dort, er hier. Oder umgekehrt. Ihre Stimme weit entfernt, als sie am Nachmittag telefoniert hatten, sie hatten über Anna gesprochen, er hier, sie dort. »Ja«, sagte er, »das würde mich freuen.«

»Gut«, sagte Joentaa. »Dann bis …«

»Wissen Sie, eines habe ich gedacht, als ich vorhin aus dem Taxi gestiegen bin. Als ich hier hochgegangen bin, in mein Zimmer …«

»Ja?«, fragte Joentaa.

»Ich habe gedacht, dass ich nach Hause komme. Dass das jetzt mein Zuhause ist. Dieses Krankenhaus«, sagte Ekholm.

41

Kimmo Joentaa legte das Telefon vor sich auf den Tisch und dachte über Lasse Ekholms letzte Worte nach. Das Krankenhaus von Turku. Ein Zuhause. Er wollte nach dem Telefon greifen und auch Kirsti Ekholm anrufen, fragen, wie es ihr gehe, aber er wartete. Fand den letzten Impuls nicht. Dann betraten Sundström und Grönholm den Besprechungsraum, und Sundström sagte: »Bisschen düster«, und schaltete das Licht an, das den Raum flutete. »Bist du schon lange hier, Kimmo?«

»Ein paar Minuten«, sagte Joentaa.

»Bestens, wir müssten jetzt gleich die Verbindung mit den Kollegen haben«, sagte Sundström, und Grönholm startete die

Laptops und sprach gleichzeitig am Telefon, mit Seppo in Helsinki, wenn Joentaa die Worte richtig deutete. Dann begannen die Bilder zu flackern und gewannen Gestalt, und Kimmo Joentaa sah Westerberg und Seppo auf den Bildschirmen, aus Helsinki zugeschaltet, zur spätabendlichen Telefonkonferenz.

»Ein herzliches Hallo an alle«, sagte Westerberg, müde, in Wirklichkeit also hellwach, wie immer, und Joentaa freute sich, die beiden mal wieder zu sehen, wenn auch nur kurz, denn nach Sekunden brach die Verbindung ab, die Bildschirme wurden schwarz, und Grönholm runzelte die Stirn. Nach Sekunden war Westerbergs Gesicht wieder da, und Seppos Stimme im Hintergrund.

»Hab's gleich, Leute, Moment noch«, sagte Seppo, und Westerberg schüttelte den Kopf und lächelte milde und wissend, und auch Joentaa begann zu lächeln, denn er erinnerte sich daran, wie wenig der Leiter des Morddezernats in Helsinki, Marko Westerberg, an technischen Firlefanz wie etwa das Internet glaubte.

»Moment, Moment. Jetzt«, sagte Seppo, und dann stand tatsächlich die Verbindung, als sei sie nie anders als stabil gewesen.

»Ha!«, sagte Seppo, und Marko Westerberg sagte noch einmal:

»Ein herzliches Hallo an alle.«

»Grüß dich, Marko«, sagte Sundström. »Schön, dass das klappt.«

»Hm«, sagte Westerberg und begann, die Situation zu skizzieren, den Stand der Dinge nach den ersten Tagen einer Ermittlung, die wenig erbracht hatte.

Eine tote Frau, auf Basis der ersten gerichtsmedizinischen Daten vermutlich noch keine zwanzig Jahre alt, ein toter Mann, vierzig bis fünfundvierzig. Herkunft unbekannt, Identität ungeklärt. Die Frau hatte in einem Bordell gearbeitet, der Mann hatte sie hingefahren und als ihr Freund gegolten. Die Frau war angeblich meistens fröhlich gewesen, der Mann schweigsam.

Der einzige konkrete Hinweis, ein weißer Mercedes älteren Baujahrs, erwies sich als Sackgasse, das Fahrzeug war Wochen zuvor als gestohlen gemeldet worden, entwendet auf dem Parkplatz eines Supermarkts, der immerhin videoüberwacht gewesen war.

»Wir haben uns die Aufnahmen angesehen«, sagte Westerberg. »Der Mann braucht etwa eine Minute, um in den Wagen reinzukommen und ihn kurzzuschließen. Die Entfernung zwischen Kamera und Parkplatz ist recht groß, aber es könnte unser Toter sein. Was uns nicht viel weiterbringt, wir wissen jetzt, dass der Mann auch Autos klauen konnte. Und wir können als möglichen Wohn- oder Aufenthaltsort der Toten Oulunkylä in Betracht ziehen, denn dort ist der Supermarkt.«

»Was aber zunächst eher verwirrend als nachvollziehbar ist und den räumlichen Fokus weiter erschwert«, ergänzte Seppo. »Weil Oulunkylä im nördlichen Großraum Helsinkis liegt und die Leichen in einem Park am Meer, im südlichen Großraum gefunden wurden.«

»Verstehe«, sagte Sundström.

Entfernungen, dachte Joentaa. Das Krankenhaus weit entfernt von dem Haus, in dem Lasse Ekholm wohnte. Der Supermarkt weit entfernt von dem Park, in dem die Toten gefunden worden waren. Und …

»Warum eigentlich Salo?«, sagte er.

»Was meinst du?«, fragte Westerberg, sein Gesicht doch wieder ein wenig flackernd auf dem Bildschirm.

»Warum Salo?«, sagte Joentaa. »Angenommen, die Frau hat in Helsinki gelebt. Dafür spricht, dass der Wagen, mit dem sie und ihr Freund unterwegs waren, in Helsinki gestohlen wurde. Aber warum hat sie dann in einem Club in Salo gearbeitet? Mehr als hundert Kilometer entfernt von Helsinki?«

»Hm«, sagte Westerberg.

»Oder die beiden haben doch in Salo oder Turku gelebt? Und waren nur ab und zu aus Gründen, die wir noch nicht kennen, in Helsinki?«, sagte Seppo.

»Die Frau hat wohl einige Male in dem Club in Salo übernachtet, aber oft ist sie von ihrem Freund abgeholt worden«, sagte Sundström. »Wobei auffällig ist, dass sie nicht, wie die anderen Damen, immer bis spät in die Nacht gearbeitet hat, sondern vergleichsweise häufig nur bis zum frühen Abend. Einige der Kolleginnen hat das gewundert, weil eigentlich in den Abend- und Nachtstunden der Umsatz gut ist.«

»Also nächste Frage: Warum verzichtet sie so häufig darauf, in der umsatzstarken Zeit zu arbeiten?«, sagte Seppo.

Grönholm nickte. »Die zweite Auffälligkeit, die sich bislang aus den Gesprächen herauskristallisiert, ist, dass die beiden offensichtlich nicht mit der Szene vernetzt waren«, sagte er. »Sie waren einfach plötzlich da. Der Mann hat den Eindruck vermittelt, sich im Gewerbe gut auszukennen, aber gekannt hat ihn nach jetzigem Stand keiner.«

»Vorausgesetzt, wir können den Aussagen trauen, was natürlich ein wenig fraglich ist«, sagte Sundström. »Wir stoßen in den Vernehmungen häufig auf die erwartete Abwehrhaltung. Die Frauen halten sich zwar großenteils rechtmäßig in Finnland auf, haben aber Angst vor Ermittlungen, sei es durch uns oder durch die Finanz- und Steuerbehörden.«

»Und der Betreiber des Clubs ... wir müssen euch nicht erklären, warum der nicht sehr gesprächig ist«, sagte Grönholm. »Er dürfte Schwierigkeiten haben zu belegen, dass die Damen in seinem Haus außerhalb von Einflussnahme und Zwang gearbeitet haben. Auch wenn er darin sehr gut ist ... im Erklären ...«

»Zusammenfassend also: Dass das Motiv im Umfeld dieses Clubs verborgen liegt, ist wahrscheinlich, aber einen konkreten Ansatz haben wir bislang nicht gefunden«, sagte Sundström. »Die Frau hatte an diesem Tag bis in die Nacht gearbeitet, wurde gegen ein Uhr von ihrem Freund Radu, oder wie immer er heißt, abgeholt, und am nächsten Morgen lagen beide tot im Park. Das war's.«

»Hm«, sagte Westerberg.

»Bleibt also erst mal nur der Hinweis, dass die Frau aus Ungarn und der Mann aus Rumänien stammen soll ...«, sagte Seppo.

»Oder umgekehrt«, sagte Westerberg.

»Und unser geheimnisvoller Finne ...«, vervollständigte Seppo.

»Wer?«, fragte Sundström.

»Ein zweiter Mann«, sagte Westerberg. »Mit dem die Frau gesehen wurde, in dem Park, Schneebälle werfend.«

»Ok«, sagte Sundström.

»Die Frau, die die beiden gesehen haben will, hatte den Eindruck, sie seien wie Vater und Tochter gewesen. Aber so wie sie es sagte, klang es gleichzeitig auch nach Liebespaar. In jedem Fall vertraut.«

»Aha«, sagte Sundström.

Schneebälle werfen, dachte Joentaa. Eine Frau, die plötzlich da ist, wie aus dem Nichts. Die in Salo in einem Sexclub arbeitet und in Helsinki in einem Park spazieren geht.

Er dachte, dass der Schnee geschmolzen und einem plötzlichen Frühling gewichen war und dass dieser Frühling vielleicht aus demselben Nichts gekommen war wie die unbekannte Tote, und Westerberg, der sich auf dem Bildschirm ein wenig nach vorn beugte, auch er weiter entfernt, als es den Anschein hatte, sprach aus, was vermutlich alle dachten:

»Gebt mir Bescheid, wenn ihr mir sagen könnt, was das alles zu bedeuten hat. Einverstanden?«

In einer anderen Zeit, an einem anderen Ort

42

friend-of-fire?

–

Du wieder ...

–

Schlechter Zeitpunkt?

–

Egal.

–

Nein, kein Problem. Ich wollte nur hören, wie es dir geht.

–

Geht, geht.

–

Ok.

–

Fängt das wieder an. Ok. Ok. Ok.

–

Hm. Ok.

–

Ha!

–

Ok, ich sage nie mehr ok. Ok?

–

Ha!!

–

Lachst du oder bist du böse?

–

Beides.

–

Jetzt wollte ich ein Wort schreiben, aber ich schreibe es nicht.

–

Ok. Schreibst es nicht.

–

Also, zurück auf Anfang. Wie geht's?

–

Freue mich ja fast, dass du wieder da bist. Nach diesem …

–

Was?

–

Na, ich war wohl etwas … SPEZIELL letztes Mal, was?

–

Ging schon.

–

War doch ziemlich BÖSE, was ich da so GESCHRIEBEN habe. SORRY, nur mal so.

–

Vergiss es.

–

Ok. Vergessen. Und merkst du's? Ich schreibe dauernd ok. Hab ich von dir gelernt. Ok, ok, ok.

–

Wie es dir geht, hast du immer noch nicht gesagt. Dumme Frage?

–

Nö. Weiß nur keine Antwort. Kann mich nicht FÜHLEN.

–

Das klingt … traurig.

–

Nö.

–

Nicht?

–

Nö.

–

Aber …

–

Nö. Traurig war ich früher mal, so als Kind, als ich meinem Vater dabei zugesehen habe, wie er meine Schwester fickt.

–

…

–

Warme Nacht, draußen kalt, drinnen Heizung, voll aufgedreht, heiße Hitze, dunkel, ich gehe mal pinkeln, schmaler Spalt Licht im Zimmer von meiner Schwester, und als ich die Tür aufschiebe, so ganz leise, liegt mein Vater auf der Schwester drauf.

–

…

–

Dumme Sache, das. Traurig, jo. Die ganze Sache. Hab ja nie jemandem erzählt. Weiß kein Mensch. Nur du. Palaver.

–

…

–

HALLLOOO. HALLIIHALLOO. Bist du noch da, angel-in-darkness?

–

…

–

Nur so zur INFORMATION: Ich mache Spaß. Ich scherze und albere. Von wegen Unto mit der schweren Kindheit, bimmel, bammel.

–

…

–

Äh. Angel? Kapierst du's? Ich mache SPASS! Nicht ABHAUEN, ja?

–

Entschuldige. Komische Späße machst du manchmal.

–

Jo. Mann, komische Späße, genau. Bin fast erleichtert, dass du noch in der Leitung bist.

–

Bin ich. Immer. Schlaf schön.

–

Jo. Und denk dran. Spaß! Kleine Lügengeschichte, wollte mich WICHTIG machen. Ok? Ok? Ok? Kann sich ja keiner vorstellen, dass du so was glaubst.

–

Ja. Ich weiß. Hab's verstanden.

–

Hab schon wieder ok gesagt. Drei Mal. Von dir gelernt.

–

Ja. Bis dann.

–

Jo. Bis die Tage. Ok? Ha!

Friend-of-fire, ihr Bruder, hatte den virtuellen Raum verlassen, und Mari Beck saß im Dunkel vor dem Bild, das heller und weißer flimmerte als zuvor. Alles eine Frage der Vorstellungskraft.

Ich weiß, dachte sie.

Ich weiß, Unto.

Ich bin die Einzige, die weiß, dass du die Wahrheit sagst.

Mai

43

Der Tag, an dem Anna beerdigt wurde, war durchdrungen von einer angenehmen, wohltuenden Wärme, der Frühling hatte begonnen.

Lasse Ekholm stand auf der Terrasse, auf weichem Gras, neben Blumen, die zu blühen begannen, vor dem Tor, in dem der Ball lag. Die Wärme verursachte ein Kribbeln auf seiner Haut, sie berührte ihn wie etwas Fremdes, kroch unter den starren Stoff des Anzugs, und Lasse Ekholm hatte den Eindruck, dass die kräftigen Farben des Tages sich auf das Schwarz des Jacketts legten, das er trug. Sie legten sich darüber und begannen, an diesem tiefen Schwarz zu arbeiten, sie zogen und zerrten daran und begannen zu sprechen, sprechende Farben, mit flüsternden Stimmen, Blau diskutierte mit Rot, Grün beratschlagte sich mit Gelb, alle vereint in dem Wunsch, das Schwarz, das Lasse Ekholms Körper bedeckte, aufzuhellen.

Als er zurück ins Haus ging, war der Anzug so schwarz wie zuvor, und Kirsti, die am Tisch saß, vor einem leeren weißen Teller, eine Tasse in der Hand haltend, sagte, sie komme nicht mit.

»Was … meinst du damit?«, fragte er.

»Ich komme nicht mit«, sagte sie. »Ich kann nicht.«

Er blieb stehen, im Zentrum des Raums, und sah Kirsti an. Betrachtete sie wie ein Bild, ein Gemälde, Frau mit Kaffeetasse in der Hand, vor sonnigem Hintergrund. Hinter Kirsti und den Fenstern ein blühender Tag, es klingelte an der Tür, drei

Töne, die Andeutung einer Melodie, eine Melodie, die kein Ende fand.

Ekholm dachte an die andere Melodie, das letzte Lied, das er gehört hatte, eine Melodie, die nur noch Erinnerung war, eine leere Fläche, er fand den Anfang nicht mehr, und er ging, um die Tür zu öffnen.

Er sah in die Gesichter von Eevert und Hanne, Kirstis Eltern. Beide ganz in Schwarz, im gleichen scharfen Kontrast zu den Frühlingsfarben. In Hannes Gesicht sah er eine Traurigkeit, die unendlich war, und Eevert stieß einen Gruß aus, der zu laut und auf eine absurde Weise fröhlich geriet.

»Kommt doch rein«, sagte Lasse Ekholm und ging voran.

Dann standen sie im Wohnzimmer, vor der am Tisch sitzenden Kirsti, und schwiegen.

»Wie war denn ... ist das Hotel in Ordnung?«, fragte Ekholm schließlich, und Eevert nickte. Hanne sah Kirsti an, schien nach Worten zu suchen, die nicht kommen wollten. Lasse Ekholm hatte den beiden angeboten, sie sogar darum gebeten, bei ihnen zu übernachten, aber Eevert hatte darauf bestanden, keine Umstände zu machen und ein Hotel zu nehmen.

»Gut«, sagte Eevert. »Das Hotel ist sehr gut.«

Ekholm nickte. »Ich ... hatte doch gesagt, dass ich euch abhole ...«, sagte er.

»Ich weiß. Wir waren ...«

»Wir wollten nicht warten«, sagte Hanne.

»Ja«, sagte Eevert.

»Ich ... ich wollte nicht mehr warten«, sagte Hanne. »Ich konnte nicht. Wir standen in dem Zimmer und waren schon fertig und hatten noch zu viel Zeit ...«

Zu viel Zeit, dachte Ekholm.

»Ja, wir wollten los. Wir haben ein Taxi genommen«, sagte Eevert.

Ekholm nickte. »Gut, ich … denke, wir könnten … dann langsam los, ich … wollte auch noch ein paar Worte mit der Pfarrerin …« Er drehte sich um, sah Kirsti an, die vor einem gedeckten, unberührten Tisch saß und noch immer die Tasse in der Hand hielt.

»Kommst du?«, fragte Lasse Ekholm.

Kirsti schwieg.

»Kirsti?«, sagte Hanne.

»Ich komme nicht mit, Mama«, sagte Kirsti Ekholm.

»Aber …«

»Ich bitte euch, jetzt zu gehen. Geht bitte.«

»Aber …«, sagte Hanne, und Lasse Ekholm lief. Zielstrebig, obwohl er nicht wusste, wohin. Er lief nach oben, er schwitzte, als er im Schlafzimmer, vor dem Kleiderschrank, stehen blieb. Er zog das Jackett aus, dann das Hemd und nahm einen Pullover aus dem Schrank, einen kräftig blauen, den Anna gemocht hatte, sie hatte ihm, vor wenigen Wochen erst, gesagt, dieser Pullover sei schick und stehe ihm gut, und er war einigermaßen überrascht gewesen und hatte gefragt, ob sie ihn veralbern wolle.

Sie hatte gelacht, dieses helle, prustende Anna-Lachen, und gesagt, nein, sie meine es genau so, wie sie es sage.

Er fühlte sich ein wenig besser, als er wieder nach unten ging, er sah schon von der Treppe aus Hanne und Eevert im Raum stehen, schweigend. Kirsti saß vor dem Tisch, die Tasse in der Hand.

»Dann lasst uns gehen«, sagte er und durchquerte zügig den Raum, zog sich die Jacke an. »Lasst uns gehen«, sagte er noch einmal und öffnete die Haustür, Licht floss herein.

Hanne und Eevert kamen in den Flur, zögernd, er wartete auf sie, schon auf der Schwelle zu einem sonnigen Tag stehend, und dann ging er auf den weißen VW Polo zu, den die Versicherung ihm als Leihwagen zur Verfügung gestellt hatte.

»Eevert, kannst du deine Tochter …«, sagte Hanne in seinem Rücken.

»Was?«, fragte Eevert.

»Ich bitte dich darum, deine Tochter noch mal zu fragen, ob sie …«

»Es gibt nichts zu fragen«, sagte Lasse Ekholm. »Steigt ein, ja?«

»Aber Kirsti muss doch zur Beerdigung ihrer eigenen Tochter …«

»Sie kann nicht«, sagte Ekholm. »Verstehst du das? Sie kann nicht, es geht nicht. Ich bitte euch, jetzt einzusteigen, wir müssen los.«

Sie stiegen ein, Hanne setzte sich nach hinten, Eevert auf den Beifahrersitz. Lasse Ekholm verschaltete sich und würgte den Motor ab, als sie an einer Ampel standen. Er hörte das Hupen und sah in das Gesicht eines Mannes, der wild und wütend gestikulierte, während er mit quietschenden Reifen überholte.

Hanne, auf dem Rücksitz, hatte zu weinen begonnen, und Ekholm dachte an den Mechaniker von der Werkstatt, der angerufen und ihm gesagt hatte, er habe da diesen Unfallwagen reinbekommen, und die Leute vom Abschleppdienst hätten gesagt, der Eigentümer sei ein Herr Ekholm, ob das so weit stimme, ob er da richtig sei. Das hatte Ekholm bestätigt, und der Mechaniker hatte gesagt, die Reparatur werde zwischen sechs- und siebentausend Euro kosten und ob und wie das Ganze denn versicherungstechnisch geregelt sei.

Versicherungstechnisch, hatte er gedacht.

Vor dem Friedhof standen Kinder, Lasse Ekholm erkannte Laura, Annas Freundin, und ihre Klassenlehrerin, die am Tag zuvor angerufen hatte, um Bescheid zu geben, dass sie kommen würden, alle gemeinsam, die ganze Klasse.

Eevert griff nach Hannes Hand, als sie auf den Eingang

zuliefen, und Lasse Ekholm dachte, dass es gut war. Es war gut, dass seine Eltern nicht mehr lebten. Dass sie nicht hatten miterleben müssen, wie ihre Enkeltochter gestorben war, in einem Wagen sitzend, den ihr Sohn gesteuert hatte. Es war gut, dass sie nicht dabei sein mussten, am Tag ihrer Beerdigung.

Er ging auf die Lehrerin zu, den Blicken der Kinder ausweichend, und begrüßte sie. Dann ging er weiter, an Menschen vorbei, die er vermutlich kannte, er nickte allen zu, ohne die Gesichter zu erkennen. Die Pfarrerin kam ihm entgegen, sie sagte etwas, er führte ein Gespräch mit ihr, obwohl er ihre Worte nicht verstand und seine eigenen vergaß, sobald er sie ausgesprochen hatte. Er fühlte sich plötzlich nackt in seinem blauen Pullover, er zog den Reißverschluss der Jacke ganz nach oben, um das Blau des Pullovers zu bedecken, die Jacke war schwarz.

Dann saß er in der ersten Reihe vor dem Sarg und sah die junge Pfarrerin, ihre Lippen bewegten sich, sie sang. Neben ihm waren Hanne und Eevert, beide senkten den Blick auf ein Blatt Papier, vielleicht das Lied, das gesungen wurde, im Hintergrund glaubte er, die Stimmen der Kinder zu hören.

Dann sprach die Pfarrerin, er hörte Fetzen der Worte, die sie gemeinsam erarbeitet hatten, in ihrem Büro im Gemeindehaus sitzend, vor wenigen Tagen erst. Er hatte ihre ruhige, ernsthafte, nüchterne Art gemocht und ihr dabei zugesehen, wie sie die Worte, die von Anna erzählen sollten, mit einem Kugelschreiber in ein kleines Notizbuch geschrieben hatte.

Dann war wieder Musik um ihn herum und ein Gebet, wieder Gesang und dann, als sich das letzte Wort verloren hatte, Stille.

Er ging nach draußen, umgeben von Menschen, allein. Blicke streiften ihn, Kollegen aus dem Büro, Freunde, Verwandte. Er stand vor dem Grab, neben Hanne und Eevert, und erwiderte den Händedruck von Menschen, die an ihn herantraten. Einige der Kinder, Annas Schulfreundinnen, weinten, er sah in das Gesicht von Laura, Annas bester Freundin, und hörte ihre Stimme, hörte sie laut und deutlich, obwohl Laura schwieg, er hörte Worte, die längst gesprochen worden waren. Im Dunkel, im Schnee, vor der Eishalle. Ob Anna nicht mitkommen könne, zum Abendessen.

Oh ja, sagte Anna.

Von mir aus gerne, sagte Lauras Mutter.

Ich fürchte, das geht nicht, sagte er.

Und dann waren sie eingestiegen und losgefahren.

Er fühlte eine Hand in seiner, einen Händedruck, der anders war, der länger verweilte. Er hob den Blick und sah in das Gesicht von Kimmo Joentaa. Seinem treuen Krankenhausgast. Joentaa war jeden Abend gekommen in den vergangenen Tagen, hatte jeden Abend denselben Stuhl ans Bett getragen und sich neben ihn gesetzt. Sie hatten geschwiegen, gemeinsam geschwiegen, und ab und zu gesprochen. Über Kirsti, über Kirstis Eltern, über die anstehende Beerdigung, über Rippenbrüche und dann, an einem dieser Abende, über Anna.

Lasse Ekholm hatte von Anna erzählt, und Kimmo Joentaa hatte zugehört. Während er gesprochen hatte, hatte hinter dem Fenster die Dunkelheit eingesetzt, und eine der Krankenschwestern war ins Zimmer gekommen und hatte darauf hingewiesen, dass die Besuchszeit abgelaufen sei. Joentaa hatte, ohne sich umzudrehen, freundlich, aber laut gesagt, dass Besuchszeiten in einem Krankenhaus nicht von Interesse seien, und Lasse Ekholm hatte, nach einem Moment der Verblüffung, das perplexe Gesicht der Schwester vor Augen, zum ersten Mal seit Annas Tod lachen können.

»Schön, dass Sie da sind«, sagte er.

Joentaa nickte.

Sie gingen zum Gemeindehaus. In einem kleinen, hellen Saal standen auf einem sorgfältig gedeckten breiten Tisch Kuchen und Torten bereit. Ekholms Blick streifte wieder die Kinder, die unschlüssig standen, mit weißen Tellern in den Händen, zwei lächelnde Frauen schenkten Kaffee oder Tee ein, die Pfarrerin kam zu ihm und fragte, ob alles so in Ordnung sei.

»Ja«, sagte er. »Ja. Bestens.« Er sah den Kuchen, den er sich ausdrücklich gewünscht hatte, einen Sandkuchen mit Kirschen, er hatte der Pfarrerin die Zutaten genannt, soweit er sich an sie erinnern konnte, und die Pfarrerin hatte sie, wie versprochen, an die Mitarbeiterinnen des Gemeindehauses weitergegeben, die das Essen für die Trauerfeier zubereitet hatten. Er betrachtete den Kuchen, gelb und ein wenig rot, der mitten auf dem weiß gedeckten Tisch stand, eines der Kinder schob sich gerade ein Stück auf den Teller. Annas Lieblingskuchen, sie hatte sich immer diesen Kuchen gewünscht, und Kirsti hatte ihn gebacken, an Geburtstagen.

Er dachte an Kirsti. Er sah sie auf dem Stuhl sitzen, am Tisch, die Tasse in der Hand.

»Meine Frau … Kirsti … sie wollte nicht mitkommen. Konnte nicht«, sagte er zu Kimmo Joentaa, der neben ihm stand.

Joentaa schwieg.

»Komischerweise … hat mich niemand darauf angesprochen. Die Leute trauen sich nicht mehr, normal zu reden … normale Fragen zu stellen …«

»Sie wird später kommen«, sagte Joentaa. »An einem anderen Tag, der für sie der richtige ist.«

Ekholm nickte. An einem anderen Tag, dachte er. Hanne und Eevert saßen verloren an einem der Tische, auf Hannes Gesicht war das Make-up verlaufen. Annas Klassenlehrerin kam und sagte, dass sie bald gehen werde, mit den Schülerinnen und Schülern.

»Natürlich«, sagte Ekholm. »Ja, natürlich.« Er spürte einen unmittelbaren Impuls, der schon die ganze Zeit da gewesen sein musste. Er löste sich und ging ans Ende der Tische, ans Ende des Raums, ein Notenständer ohne Noten stand neben einem Klavier, und Ekholm räusperte sich und begann zu sprechen. Erst leise, vermutlich konnte niemand ihn hören, nur er selbst, dann hob er die Stimme an und empfand es als befreiend.

»Entschuldigung«, sagte er, so laut er konnte. »Entschuldigung bitte …«

Das Gemurmel ebbte ab, nach einigen Sekunden standen alle ihm zugewandt, mit fragenden Blicken.

»Entschuldigung, ich möchte mich kurz bei allen bedanken. Von Herzen bedanken. Ganz besonders auch bei euch, bei Annas Freundinnen und Freunden. Sie hätte sich … es wäre sicher ganz besonders schön für sie gewesen, zu wissen, dass ihr alle … nein, also, einfach von Herzen danke, dass ihr gekommen seid, um Anna auf … diesem Weg zu begleiten.«

Er nickte und ging zu dem Tisch, auf dem die Kuchen standen, er nahm sich einen Teller und eine Gabel und ein Stück von dem Sandkuchen mit Kirschen. Während er aß, langsam die Gabel zum Mund führend, sah er hinter den Scheiben der Fenster die Lehrerin mit den Kindern und Erwachsene, die er nicht kannte, vermutlich waren einige der Schüler mit ihren Eltern gekommen. Irgendwann waren nur noch die Frauen vom Gemeindehaus da, die Pfarrerin, Hanne und Eevert und Kimmo Joentaa, der auf ihn zukam, um sich zu verabschieden.

»Schön, dass Sie da waren. Danke dafür. Und für alles.«

Joentaa nickte. »Bis bald«, sagte er. »Und ganz herzliche Grüße an Kirsti.«

»Ja, werden ausgerichtet«, sagte Ekholm.

»Wir machen das hier«, sagte die Pfarrerin. »Ich glaube, dass Ihre Mutter …«

»Nein, nein, das ist ... Kirstis Mutter, die Mutter meiner Frau.«

»Entschuldigung. Ich glaube, dass sie gehen möchte. Sie müssen sich um nichts mehr kümmern, wir machen das hier.«

»Ja. Sehr gut. Ich danke Ihnen«, sagte Ekholm und ging zu Hanne und Eevert, er fühlte sich merkwürdig beschwingt, leichtfüßig, der Gedanke, diesen Ort zu verlassen, beflügelte ihn, sobald er diesen Ort verlassen hatte, würde auch alles andere nicht mehr da sein, kein Unfall, keine Beerdigung, kein Tod, kein Ende. Eevert stand schon, Hanne saß noch, sie schien nicht die Kraft aufbringen zu können, aufzustehen.

»Komm, Hanne, lass uns gehen«, sagte Ekholm, und Hanne sah ihn an, fragend, vermutlich irritiert über den kräftigen, aufgeräumten Ton seiner Stimme.

»Lass uns gehen«, sagte er noch einmal, es hörte sich gut an, angemessen, normal. Dann gingen sie über den Friedhof, an den Gräbern vorbei, eingehüllt in die Wärme eines schönen Tages. Der weiße VW Polo stand allein auf dem Parkplatz und reagierte auf alle Handgriffe, die Lasse Ekholm ausführte, sie fuhren in einer gleichbleibenden moderaten Geschwindigkeit auf einer geraden Linie, und Ekholm dachte, dass nichts leichter war. Einfach geradeaus fahren, die Straße war breit genug.

Als er den Wagen gestartet hatte, hatte er plötzlich gewusst, wohin er fahren wollte. Die Adresse stand auf der Karte, die im Handschuhfach auf der Beifahrerseite lag. Er kannte die Straße, den Weg, die Werkstatt war ein flaches gelbes Gebäude im nördlichen Industriegebiet von Turku.

»Was machen wir hier?«, fragte Eevert, der sich dieses Mal auf den Rücksitz gesetzt hatte, neben Hanne.

»Bin gleich wieder da«, sagte Ekholm.

»Lasse?«

»Dauert nur einen Moment«, sagte Ekholm und ging auf den Eingang des Glaskastens zu, im Augenwinkel sah er den Wagen, seinen Wagen, er stand im Schatten, auf einer Hebebühne.

»Ja, bitte?«, fragte die junge Frau hinter der Empfangstheke.

»Mein Name ist Ekholm. Sie haben hier einen Wagen von mir, ein Unfallfahrzeug.«

»Ja?«, sagte die Frau.

»Ja. Ich wollte nur sagen, dass der Wagen nicht repariert werden soll, er wird nicht mehr benutzt, nie wieder.«

Die Frau sah ihn an, ein wenig ratlos.

»Verstehen Sie?«

»Ja. Ich … muss mal sehen … Ekholm, sagen Sie?«

»Ja.«

Sie blätterte in Unterlagen. »Also, das ist der Wagen, den die Kollegen gerade in die Werkstatt …«

»Ich weiß, deshalb bin ich ja hier, um Ihnen mitzuteilen, dass eine Reparatur nicht nötig ist. Es ist ein Missverständnis.«

»Aha«, sagte die Frau.

Ekholm nickte und ging, zurück in die Sonne, auf das Auto zu, dass einige Meter über dem Boden auf einer Plattform stand, zwei Männer, ein junger, ein älterer, standen davor.

»Entschuldigung«, sagte Ekholm.

»Ja, bitte?«, fragte der Ältere.

»Das ist mein Wagen, Ekholm mein Name. Ich habe gerade schon Ihrer Kollegin drinnen gesagt, dass er nicht repariert werden muss. Ich hatte das am Unfallort nicht erwähnt und auch im Telefongespräch ganz vergessen …«

»Äh … was?«

»Ich erteile keinen Auftrag diesbezüglich. Der Wagen wird nicht repariert.«

»Aber … wir sind ja schon dran.«

»Ja, ja, bestens, ich zahle Ihnen die Arbeitsstunden. Ich bin hier, um etwas zu holen, ich brauche die CD.«

»Äh …«

»Die CD, die im CD-Player liegt, aus dem Wagen, das ist alles, was ich haben will.«

»Ja«, sagte der Ältere.

»Könnten Sie mir bitte die CD aus dem Gerät holen?«

»Äh, ja. Moment. Ich …«

»Hier«, sagte der Jüngere, der aus dem Schatten der Garage trat. »Ich hatte den Player schon ausgebaut … weil … also, vorne ist der Wagen ja … nahe am Totalschaden …«

Ekholm betrachtete die CD, die der Junge in der Hand hielt, eine flache Scheibe, antiquiert, hatte Anna gesagt, das werde heutzutage anders gemacht, kein Mensch habe mehr im Auto einen CD-Player, aber dann hatte sie sich widerwillig bereit erklärt, die Musik, die sie liebte, auf diese flache Scheibe zu bringen, damit auch ihr Vater Lasse sie hören konnte, und jetzt nahm Lasse Ekholm sie aus den Händen des jungen Mechanikers entgegen.

»Danke«, sagte er.

»War leider keine Hülle dabei. Ich weiß nicht genau, ob die vielleicht … bei dem Unfall irgendwie verloren gegangen ist. Also, fast komisch, dass die CD … das überstanden hat …«

»Ja«, sagte Ekholm. Er wendete sich ab und ging zu dem weißen Kleinwagen, stieg ein, schaltete das Gerät an und legte die CD in das Fach. Er wartete.

»Was ist denn, Lasse?«, fragte Eevert.

»Moment«, sagte er.

Das Display zeigte eine Fehlermeldung an. Er nahm die CD heraus, legte sie wieder ein. Wartete. Nach einer Weile erschien dieselbe Fehlermeldung.

»Lasse?«, fragte Eevert.

Er startete den Wagen, fuhr los. Legte die CD ein, einmal,

zweimal, dreimal, immer wieder. Sie fuhren. Immer geradeaus, dachte Ekholm. In einiger Entfernung lag die Eishalle unter dem blauen Himmel, als die Musik zu spielen begann. Er spürte einen Stich in der Brust, im Herzen, und suchte das Lied, dieses eine, das Anna gesummt hatte, und er hatte sie gebeten, lauter zu summen, lauter und lauter, aber dazu war sie nicht mehr gekommen. Harte Bässe, lang gezogene Instrumentallinien, durchbrochen von kurzen, schrillen Tönen.

»Hört mal«, sagte er.

Er suchte Hannes und Eeverts Augen im Rückspiegel. Hanne saß, wo Anna gesessen hatte.

»Lasse, mach um Gottes willen diese Musik leiser!«, rief Eevert.

»Gleich, hört euch das ganz kurz an, bitte«

Er erhöhte die Lautstärke, schwieg, konzentrierte sich, versuchte, alle seine Sinne auf diesen einen Fokus zu lenken, auf diesen einen Punkt, diesen Moment.

»Lasse!«, schrie Eevert.

Er drehte sich um, so wie er sich zu Anna umgedreht hatte, Hanne weinte, Eevert hatte die Augen aufgerissen.

»Was machst du da?!«, schrie er.

»Entschuldigt bitte«, sagte Ekholm, er schaltete den Player aus, ein summender gleichbleibender Ton hing in seinen Ohren, jenseits der Stille.

»Was … machst du denn, Lasse?«, flüsterte Hanne.

»Entschuldigt bitte«, sagte er.

Der Wagen glitt über die Straße.

»Habt ihr … entschuldigt, dass ich das so laut gedreht habe, aber … konntet ihr … eine Melodie erkennen?«

44

Aus dem Winter war ein Frühling geworden. Fast ein Sommer, und Bergenheim feierte seinen fünfundvierzigsten Geburtstag auf der Dachterrasse der Norda-Bank im Herzen von Helsinki.

Markus Sedin trank Sekt mit etwas, das dem Getränk einen Hauch roter Farbe verlieh, Granatapfel oder Rhabarber, er war sich nicht sicher, die Flüssigkeit perlte auf seiner Zunge. Er ließ sich von einer netten Dame Eiswürfel reichen, um das ohnehin kalte Getränk weiter abzukühlen, und Bergenheim klopfte ihm auf die Schulter und sagte: »Du Weichei säufst hier Frauenpisse, oder was?«

Sedin trank und sah Bergenheim an, der ihn anlachte.

»Alles klar, mein Lieber?«, fragte Bergenheim.

»Sicher«, sagte Sedin.

»Na, dann ist ja gut«, sagte Bergenheim. »Schon gesehen, dass der *OptiRent* heute schön angezogen hat?«

Sedin nickte.

»Und die Deppen von Kesken OY können uns kreuzweise. Leno hat den Anteil inzwischen auf fünf Prozent reduziert. Ohne Verlust zu machen.«

»Bestens«, sagte Sedin.

»Dann freu dich doch mal, Markus. Mann. Ich habe Geburtstag.«

Bergenheim stieß seine Bierflasche gegen Sedins Rhabarbersektglas und ging, und Sedin sah ihm nach und dachte an das, was Bergenheim gesagt hatte, in einer Nacht, die nicht lange zurück lag, am Telefon. *Du wirst nicht glauben, was ich hier gerade erlebe … habe allen Ernstes die Discotussi gevögelt …* offensichtlich hatte Bergenheim nicht mitbekommen, dass der Club in Salo, in dem er den Vertrag mit den Japanern zu einem guten Abschluss gebracht hatte, Gegenstand polizeilicher Ermittlungen geworden war.

Das öffentliche Interesse an der toten Frau und dem toten Mann im Park war recht schnell abgeflaut, vielleicht weil es niemandem gelungen war, ausreichend erschütternde Bilder der Leichen im Schnee zu schießen, jedenfalls hatte Sedin weder im Internet noch in Zeitungen Fotos finden können, und selbst die große Boulevardzeitung *Illansanomat* hatte nur Polizisten bei der Arbeit, Absperrbänder vor der Kulisse eines schmelzenden Winters und eine leere Bank abbilden können, und ein Vorabend-Magazin im Fernsehen hatte die Dame ausfindig gemacht, die die Toten gefunden hatte.

Die Dame hatte euphorisch vom größten Schock erzählt, den sie erlebt habe, und die Einschätzung der Polizei geteilt, es könne sich nur um Menschen fremder Herkunft handeln. Rehaugen habe die Frau gehabt, also ... so weit auseinanderliegend, und pechschwarze Haare ... und der Mann war riesig gewesen, unnatürlich groß.

Fremde Herkunft, dachte Sedin. Unnatürlich. Eine fremde Spezies vermutlich, die in Raumschiffen reiste ...

Eine Verbindung zu Rotlicht, Orgien, Menschenhandel und Prostitution war ohne Kenntnis und ohne Erkenntnisgewinn diskutiert worden, eine TV-Talkshow hatte die Frage thematisiert, ob es an der Zeit sei, ein generelles Verbot von Prostitution nach schwedischem Vorbild auch in Finnland zu installieren, und ein Politiker hatte die Forderung erhoben, die Modalitäten der Zuwanderung aus osteuropäischen EU-Beitrittsländern neu zu überdenken beziehungsweise einer Klärung zuzuführen.

Am Ende war Taina auf dem Sofa neben ihm eingeschlafen, und Sedin hatte den Ton auf lautlos gestellt, ohne den Fernseher auszuschalten, und in der Stille gesessen, auf der Suche nach einer Erinnerung. An Réka. Mit dem Strich über dem e.

In der Berichterstattung, in den wahlweise wirklichkeitsfremden oder bürokratisch pragmatischen Erwägungen der

Talk-Gäste und in den gestanzten Sätzen des Nachrichtensprechers war Réka nicht anwesend gewesen. Kein Einziger dieser schlauen Leute hatte die Frage gestellt, was für ein Mensch sie gewesen sein könnte. Als Sedin aufgestanden war, leise, um Taina nicht zu wecken, hatte er sich gefragt, ob er die Erinnerung an Réka, an das, was er mit ihr erlebt hatte, an das, was sie gewesen war, je wiederfinden würde.

Er nahm ein weiteres Glas mit rotem Sekt von einem Tablett und betrachtete die fremden, vertrauten Menschen auf der Dachterrasse. Bergenheim stand mit Markkanen, Leno und dem Jungen aus der Asienabteilung am Rand der Aussichtsplattform, und während Sedin auf sie zulief und Bergenheims breites, ungebrochenes Lachen hörte, stellte er sich vor, dass der Junge aus der Asienabteilung Japanisch sprechen würde, wenn er ankam. Und er würde verstehen, was er sagte. Jedes Wort.

»Was säufst du denn da?«, fragte Markkanen, ungewohnt forsch.

»Prosecco für Angeschwulte«, sagte Leno, bemerkenswert selbstbewusst, und der Junge aus der Asienabteilung sprach weder Japanisch noch sonst irgendetwas, sondern betrachtete schweigend und gedankenverloren das Getränk, das Sedin in der Hand hielt.

»Schmeckt sehr gut«, sagte Sedin in der Hoffnung, wenigstens den Jungen aus der Asienabteilung auf seine Seite ziehen zu können.

»Na dann«, sagte Markkanen.

»Da sage ich mal – dein Gesöff erreicht mühelos den Benchmark im marktrelevanten Index«, sagte Bergenheim.

»Hm«, sagte Sedin. Er wendete sich ab und ließ sich von der Sonne blenden, einer plötzlichen, warmen Sonne, die ganz anders war als die kalte. Die kalte Sonne, die geschienen hatte, als er in dem kleinen Wagen über Schotterstraßen zu dem flachen, schiefen Dorf gefahren war, an der rumänisch-ungarischen Grenze, im Irgendwo, die letzte Wegstrecke, die letzten Meter einer langen Reise, versperrt von Schafen, die nicht hatten verschwinden wollen und noch immer nicht verschwinden wollten.

Die letzten Meter, die ihn von Réka trennten.

Er hörte vage Bergenheim von Dingen reden, die nicht relevant waren, und widerstand dem Impuls, ihn zu unterbrechen und von den Schafen zu erzählen, von der Geduld der Schafe, die so groß und bedingungslos war, dass sie ausgereicht hätte für ein Leben, das nicht endete.

Er blieb, bis das Fest ausklang, bis die Bediensteten das Geschirr abräumten und die Tische zusammenklappten und der Abend kam, kühler, als der Tag versprochen hatte.

»Fast beruhigend«, sagte der Junge aus der Asienabteilung, nicht japanisch, sondern akzentfrei finnisch.

»Hm?«, sagte Sedin.

»Fast beruhigend, dachte ich gerade. Dass der Abend ein bisschen kühl ist, man dachte ja fast, der Winter würde nahtlos zum Sommer werden.«

»Ach so. Ja«, sagte Sedin.

»Das wäre doch schade gewesen. Und irgendwie ... unnatürlich.«

Unnatürlich, dachte Sedin.

»Also ... es wäre schade gewesen, wenn der Frühling in diesem Jahr einfach so ... ausgefallen wäre«, sagte der Junge aus der Asienabteilung.

45

Die Befragung der Frauen, die im Club *Villa Bella* arbeiteten, erwies sich als schwierig, und Sundström kündigte in einer Pause an, in Kürze Fortbildungen in Rumänisch, Lettisch und

Weißrussisch belegen zu wollen, woraufhin Grönholm fragte, ob es das überhaupt gebe.

»Was?«, fragte Sundström.

»Weißrussisch. Ist das eine eigene Sprache?«

»Mann«, sagte Sundström und trank einen Schluck Kaffee.

»Und außerdem kommt keine der Frauen aus Weißrussland«, sagte Grönholm. »Oder?«

»Petri, lass uns einfach weitermachen, ja?«, sagte Sundström, und als sie wenige Minuten später wieder einer der jungen Frauen gegenübersaßen und die englische Kommunikation ins Stocken geriet, fiel beiläufig das Wort Germany.

»Germany? Hei, die Dame hat in Germany gearbeitet. Kimmo, warst du nicht einer dieser Streber, die in der Schule Deutsch gelernt haben?«, fragte Sundström.

Joentaa nickte, und als er die junge Frau, die ihnen gegenübersaß, auf Deutsch ansprach, hellte sich ihre Miene auf.

»Bisschen Deutsch sprechen«, sagte sie, und Joentaa erinnerte sich vage daran, dass er zuletzt vor Jahren Deutsch gesprochen hatte, in den Wochen nach Sannas Tod. Weil ihn der Mord an einer jungen Frau mit einem Deutschen zusammengeführt hatte, den er gemocht und von dem er lange nichts gehört hatte …

»Haben Sie dort gearbeitet, in Deutschland?«, fragte er die Frau.

»Ja, früher«, sagte sie. »Erst in … wie heißt das … Austria. Dann Schweiz. Dann nach Deutschland, Dortmund heißt das … dann andere Stadt in Deutschland … am Wasser …«

»Am Meer? Norddeutschland?«

»Ja … dann viele Probleme … so mit meinem Kind zu Hause in Rumänien und Schulden und zu wenig Arbeit. Dann Freundin sagen, Nordeuropa weniger Arbeit, weniger Puffs … aber auch weniger … wie sagt man … weniger Frauen, weniger Konkurrenz … wir denken, warum nicht … dann mit dem Schiff … und jetzt hier.«

Joentaa nickte.

»Können Sie uns denn etwas sagen … über Ihre Kollegin?«

»Ich … weiß nicht«, sagte sie. »Sie war nett. Ziemlich … so … still. Aber auch viel lachen. Aber nicht … viel reden. Wir sitzen halt viel … so … sitzen und rauchen, aber nicht reden … warten … auf … Klienten …«

»Hat sie denn nie … ihren Namen genannt?«

»Nein. Ich hier nur Jasmin … nicht mein wirklicher Name … sie ist … Dragana? Ja … ich glaube … Namen sind … hier nicht interessant für uns …«

»Ja«, sagte Joentaa. Larissa anrufen, dachte er. »Aber Sie denken, dass sie aus Ungarn kam?«

»Ja … ich glaube, sie war so … ungarisch-rumänisch. So … beides. So … wie ich. Ich bin aus einer anderen Stadt in Rumänien … und sie konnte nur ein bisschen reden wie ich … aber hat in Rumänien gelebt … oder in Ungarn … an der, wie sagst du …«

»An der …« Joentaa hielt inne, suchte selbst nach dem Wort. »An der … Grenze?«

»Genau. Da. Und ihr Mann … der große … auch Rumänisch, so denke ich … spricht Rumänisch.«

»Das ist gut. Danke.«

»Und … eine Sache … ich weiß nicht, ob … wichtig für dich …«

»Ja?«, frage Joentaa.

»Manchmal hat sie … telefoniert.«

»Telefoniert?«

»Ja. Draußen, Zigarette rauchen, Pause machen … und dann telefoniert …«

»Ja?«

»Also … und so gelacht … nicht böses Lachen, liebes Lachen …«

Joentaa wartete.

»Also … sie hat … einen Freund gehabt, anderen Freund, nicht richtig, einen lieben Mann, anderen Mann …«, sagte sie.

Schneebälle werfen, dachte Joentaa.

»Der ihr irgendwie helfen gemacht hat.«

»Kennen Sie den Mann? War er mal hier?«

»Nein, nein. Andere Stadt. Große Stadt. Der Mann … der weiß nicht, dass sie hier die Arbeit macht. Wenn er das weiß, macht er nicht mehr helfen …«

»Dieser Mann … war er von hier? Also, aus diesem Land? Finnland?«

Sie nickte. »Ja, ja. Deshalb kommt sie ja her. Weil der Mann hilft. Dieser Mann … kauft eine Wohnung für sie, in dieser … anderen Stadt.«

»Wissen Sie, wo? Wissen Sie … etwas über die Wohnung? Irgendetwas über den Mann?«

»Nein. Sie sagt nur, dass er sehr lieb ist … und viel helfen macht. Er … so denken … wie … dass sie seine Freundin ist … er denkt, dass sie beide … zusammengehören … verstehst du?«

Joentaa nickte.

»Was sagt sie denn, Kimmo?«, fragte Sundström.

»Sie spricht von dem Mann. Dem Finnen.«

»Ja?!« Sundström richtete sich auf.

»Und was?«, fragte Grönholm.

»Er war nicht hier, sie kennt ihn nicht«, sagte Joentaa. »Sie sagt, dass er nicht gewusst hat, dass sie hier arbeitet. Und dass er ihr geholfen hat, dass er ihr eine Wohnung besorgt hat.«

»Deshalb die räumliche Distanz. Sie arbeitet in Salo, um ganz sicherzugehen, dass er davon nichts mitbekommt«, sagte Sundström.

»Und sie hat an Abenden häufig nicht gearbeitet, weil sie sie mit ihm verbringen wollte …«, sagte Grönholm.

»Oder verbringen sollte«, sagte Sundström. »Weil Radu sein Geld mochte.«

Nicht böses Lachen, dachte Joentaa.

Liebeslachen. Schneeballschlachtenlachen.

»Sie scheint diesen Finnen aber gemocht zu haben«, sagte er.

Sundström und Grönholm schienen nicht zuzuhören.

»Ein Liebeskasper«, sagte Grönholm.

Joentaa hob fragend den Blick.

»Einer dieser Idioten, die sich verlieben und von den Nutten und ihren Zuhältern verarschen lassen«, präzisierte Sundström.

»Ein Vollidiot«, sagte Grönholm.

»Ein Trottel vor dem Herrn«, sagte Sundström.

Ein … liebenswerter Mensch?, dachte Kimmo Joentaa.

In einer anderen Zeit, an einem anderen Ort

46

Heute kam Kari vorbei. Der hat auf meinem Bett gesessen und sich aufgeregt über einen Artikel, weil da Black Ops kritisiert wurde. Black Ops 2, obwohl das doch ein uralter Schinken ist, keine Ahnung, was das jetzt soll.
Wenn ich Karis Gefasel halbwegs verstanden habe, regt sich der Schreiber-Depp über das Gemetzel im Singleplayer auf, und Kari regt sich über den Schreiberling auf, weil der Schreiberling sich aufregt und nicht verstehen will, dass ein Ballerspiel wie Black Ops und COD eben ein Ballerspiel ist und dass es im Ego-Shooter nicht um MORAL geht, sondern um verdammte UNTERHALTUNG, und dass er verdammt noch mal Zivilisten erschießen will, wo und wann er will und wie und wann es ihm passt, und dass niemand ihm vorzuschreiben hat, wie und wann er das macht, weil das nämlich zufälligerweise Pixelmenschen sind, aber das raffen die Leute nicht.
Jo.
Destination: nowhere.
Mission: shoot.
Seiner Meinung nach ist nämlich das Beste an dem ganzen COD-und-World-of-Warcraft-Scheiß, dass man da in der UNCUT-Version Zivilisten erschießen kann und dass zum Beispiel im Falle von BO2 das Szenario mit Geiselnahme auf dem Flughafen in Russland sowieso das Beste ist, was die jemals fucking rausgebracht haben, weil man da Zivilisten erschießen MUSS.

Um zu gewinnen, verstehst du, sagt Kari, man MUSS, sagt Kari, man MUSS, und das ist realistisch, das ist wie im richtigen LEBEN.
Sagt Kari, regt sich fürchterlich auf, ruckelt auf meinem Bett rum wie ein Irrer.
Jo, sage ich.
Stimmt doch, oder was!, sagt Kari.
Stimmt, sage ich und denke, dass Kari ein ziemlicher IRRER ist, ein ziemliches Arschloch, mein bester Freund. Ich finde es eigentlich nett, dass er mal wieder da ist und dass wir so rumsitzen und reden, und ich mache Spiegelei mit Toastbrot, und er futtert Spiegelei und Toastbrot und redet über Black Ops und COD und WoW, als ob es kein MORGEN gebe, und ich möchte ihm sagen:
Hei, Kari, es gibt kein Morgen.
Weil morgen anders ist, und DU, Kari, Anwaltssöhnchen, der noch zur SCHULE geht und in absehbarer Zeit in die Kanzlei vom korrupten Anwaltspapa eintreten wird, weil das deine verdammte PFLICHT ist, wirst das nicht heute und auch nicht morgen und schon gar nicht gestern auch nur im Entferntesten jemals KAPIEREN.
Wie denn die Sache mit dem Militär inzwischen laufe, ob da was gehe, ob die mich da wirklich NEHMEN würden. Als würde er nicht daran GLAUBEN, und ich sage: Jo, läuft. Haben mich genommen.
Echt, zu dieser … Spezialeinheit?, fragt Kari, und ich sage: Jo, Kari, genau zu der, Unto geht zur schnellen Eingreiftruppe FRDF (Finnish Rapid Deployment Force, ha!).
Mann, sagt Kari.
Jo.
Die Nähmaschine habe ich unters Bett geschoben, als Kari kam, man lernt aus Erfahrung, und wenn schon Mari, Schwesterherz, so komisch guckt, wird Kari wohl große

Augen machen, wenn er diesen Kasten in meinem Zimmer stehen sieht. Unto Beck, Soldat der schnellen Eingreiftruppe, leidenschaftlicher Näher.
Der Umhang ist fertig, habe heute schon mal anprobiert, die Maske fehlt noch. Die schwarze Katze. Aus meinen Träumen. Die Ninja-Katze. In New York haben sie einen Mann erschossen, mit zwölf Bauchschüssen oder so, weil er lange Haare hatte und ein Brotmesser in der Hand. Schade, Mann.
»Hä?«, fragt Kari.
In New York, sage ich, haben sie einen Mann erschossen, mit zwölf Bauchschüssen oder so, weil er lange Haare hatte und ein Brotmesser in der Hand. Die Cops, in ihren Scheiß-Uniformen, mit ihrer Scheiß-Selbstgerechtigkeit.
»Hä?«, fragt Kari.
Ich will Kinder killen, sage ich.
Kari hat diesen Teller in der Hand, auf dem das Spiegelei lag, das er gegessen hat.
Einfach so, sage ich. Weil das Leben kein Märchen ist.
»Was redest du für eine Scheiße«, sagt Kari.
Kleine Zivilisten, sage ich. Das willst du doch auch.
»Hör mal auf damit«, sagt Kari.
In MEINER Uniform. Denke ich. Brauche keine COP-UNIFORM. Keine verdammte SPEZIALEINHEIT.
Hallo sagen und in die Kamera winken.
Das ist der Plan.
Auf kleine Pixel-Paxel-Puxel-Menschen schießen.
Irgendwann, bald, wenn ich groß bin.

Mai

47

Als Joentaa nach Hause kam, brannte das Licht, das er am Morgen eingeschaltet hatte. Larissa war nicht da.

Er setzte sich ins Wohnzimmer, auf das Sofa, auf dem sie immer saß, an den Tagen, an denen sie zurückkehrte, und wenn er dann am Abend in der Tür stand, glücklich, erleichtert, sie wiederzusehen, und fragte, wie ihr Tag gewesen sei, begann sie zu lachen.

Er betrachtete den See hinter der Fensterwand, den See, in dem Sanna geschwommen war, im Sommer vor ihrem Tod, und auf dem Larissa Eishockey gespielt hatte, im vergangenen Winter, mit den Kindern aus der Nachbarschaft. Er dachte an Anna, die auch Eishockey gespielt hatte, am Abend ihres Todes. An Lasse Ekholm, der wie in Trance am Grab seiner Tochter gestanden hatte, an Kirsti Ekholm, die nicht zur Beerdigung gekommen war.

Er erinnerte sich an Sannas Beerdigung, die Jahre zurücklag, an einen Tag, der an ihm vorübergeglitten war, so wie der heutige Tag an Lasse Ekholm vorübergeglitten war, am Ende war Joentaa nach Hause gelaufen, daran erinnerte er sich, an diesen langen Fußmarsch, alles andere war wie in Nebel gehüllt.

Er nahm den Laptop und loggte sich in seine Mail-Accounts ein, zunächst in den privaten, dann in den dienstlichen. Keine Nachricht von *veryhotlarissa@pagemails.fi,* stattdessen eine von Westerberg aus Helsinki, der ihm zur Kenntnis die Fotos geschickt hatte und den Text der Pressestelle, der am kommenden Tag auf den Websites der Polizeidienststellen in Helsinki und Turku veröffentlicht werden sollte. Joentaa lehnte sich ein wenig zurück und begann zu lesen.

Tötungsdelikt zum Nachteil von zwei nicht identifizierten Personen in Helsinki, Vuosaari; ungeklärt ist die Auffindung von zwei Leichen, einem Mann und einer Frau, in einem Park in Vuosaari, Rannankatu. Eine Nachfrage der Vermisstenfälle im osteuropäischen Ausland hat zunächst keine Erkenntnisse erbracht, ersten Ermittlungen zufolge stammt der Mann aus Rumänien, die Frau aus Ungarn, möglicherweise sind demnach beide Personen bezüglich ihrer Herkunft dem ungarisch-rumänischen Grenzgebiet zuzuordnen. Angaben zur Frau – Größe: 1,55 cm, Augenfarbe: braun bis grün, Haare: dunkelbraun bis schwarz, Figur: schlank, geschätztes Alter: 18–20 Jahre; Angaben zum Mann – Größe: 1,85 cm, Augenfarbe: braun, Haare: schwarz, geschätztes Alter: 45–50 Jahre.

Zum Nachteil von …, dachte Joentaa. Nicht identifizierte Personen … Er sah hinaus, auf den dunklen See, über dem ein blasser Mond schimmerte, dann senkte er den Blick wieder auf den Text, der auf dem Bildschirm flimmerte.

Die Frau trug zum Zeitpunkt des Auffindens ein langärmeliges Strickkleid mit Rundkragen, Vorderteil links violett, rechts dunkelblau, linker Brustbereich Applikationen in Form aufgenähter Herzen, Ärmel rechts violett, links dunkelgrün, mit dem innenseitigen Stoffeinnäher Avast-Polyester. Der Mann trug einen langärmeligen Pullover mit Rollkragen, dunkelbraun, einfarbig, sowie dunkelblaue Jeanshosen. Die Polizei ist auf die Unterstützung der Bevölkerung angewiesen. Bitte verwenden Sie unser Hinweisformular oder kontaktieren Sie uns unter der angegebenen Telefonnummer.

Er betrachtete die Fotos, die Westerberg der Mail angehängt hatte, eine junge Frau, ein älterer Mann, beide sahen aus, als schliefen sie, in sehr hellem Licht. Als Joentaa den Laptop zuklappte, dachte er an einen anderen Fall, der ihn beschäftigt hatte, vor nicht allzu langer Zeit. Auch in diesem Fall war die Identität einer toten Frau lange ein dunkles Rätsel gewesen, und auch diese Suche hatte ihn schließlich mit Seppo und Westerberg, den Kollegen aus Helsinki, zusammengeführt. Er fragte sich, ob es wieder gelingen würde. Ob wieder der Tag kommen würde, der Moment, in dem die Namen der Toten auf einem Papier stehen würden, schwarz auf weiß.

Er dachte an die junge Frau, eher ein Mädchen, die auf dem Fahndungsfoto, das sie als nicht identifizierte Person auswies, aussah, als würde sie schlafen. Dragana, die nicht Dragana hieß, die sich nur so genannt hatte, aus Gründen, die Joentaa nicht kannte, und er fragte sich, warum sich eigentlich Larissa, die nicht Larissa hieß, ausgerechnet Larissa nannte, wenn sie ihrer Arbeit nachging. Auch ein falscher Name konnte doch nicht ganz beliebig gewählt sein, oder doch?

Er fühlte die beginnende Müdigkeit. Die Namen, falsche und richtige, bekannte und unbekannte, begannen schon, sich mit weichen, diffusen Bildern zur schwebenden Geschichte eines Traumes zu verbinden, aber kurz bevor er einschlief, richtete er sich abrupt auf und öffnete den Laptop. Er loggte sich wieder in das Mailkonto ein und schrieb an veryhotlarissa@pagemails.fi:

Liebe Larissa,
wie geht es dir? Ich hoffe, sehr gut. Wäre schön, wenn du dich meldest.
Ich denke an dich.
Ich bin seit einigen Tagen mit einem Fall befasst, der wieder mit einer Frau zu tun hat, die momentan nicht identifiziert werden kann. Du

erinnerst dich sicher an die andere Sache vergangenes Jahr, als du mir mit deiner Einschätzung sehr geholfen hast.
Die Frau, um die es jetzt geht, war jung, etwa zwanzig Jahre alt, und sie stammt vermutlich aus Rumänien oder Ungarn. Sie hat in Salo in einem Club namens »Villa Bella« gearbeitet. Sie war mit ihrem Freund oder Zuhälter hier, und wie es aussieht, gab es auch noch einen weiteren Mann, einen Finnen, der ihr helfen wollte. Sagt dir das etwas? Deine Gedanken helfen mir eigentlich immer weiter …
Egal, wo du bist – schlaf schön.
Bis bald,
herzliche Grüße
Kimmo

Er stellte den Laptop auf dem Tisch ab und erinnerte sich an einen Tag im Winter, es war ein plötzliches grelles Bild in seinen Gedanken, das ihn mit Larissa zeigte, sie waren lachend einen Schneeberg hinuntergefahren. Irgendwann, auf halber Strecke, hatten sie die Kontrolle verloren, und der Schlitten hatte sie am Ende des langen Weges abgeworfen und war auseinandergebrochen.

Larissa war sofort aufgestanden und hatte aus voller Kehle gelacht, und Kimmo Joentaa hatte einige Minuten gebraucht, um daran glauben zu können, dass sie wirklich unverletzt geblieben waren. Er hatte ständig gefragt, ob es ihr auch wirklich gut gehe, ob alles in Ordnung sei, und je länger er gefragt hatte, desto lauter hatte Larissa gelacht.

Irgendwann hatte Joentaa begonnen mitzulachen, von ganzem Herzen, und am Ende, als er das Gefühl gehabt hatte, an dem Lachen zu ersticken, hatte er Larissa nach ihrem Namen gefragt, ihrem richtigen Namen, und Larissas Lachen war erloschen wie etwas, das nie wirklich da gewesen war.

»Warum?«, hatte sie gefragt.

»Was?«

»Warum fragst du wieder?«

Er hatte gewartet, nach einer Antwort gesucht, die stimmte. »Weil ich dich finden möchte, wenn du irgendwann nicht mehr zurückkommst.«

Sie hatte geschwiegen. Gewartet, er hatte nicht gewusst, worauf.

»Genau«, hatte sie schließlich gesagt, erleichtert, so als sei das ein Thema, das man jetzt endlich abschließen könne.

»Was?«

»Genau deshalb«, hatte sie gesagt. »Wenn ich irgendwann nicht zurückkomme, möchtest du mich finden. Und ich möchte sicher sein, dass deine Suche erfolglos bleiben wird.«

48

Kirsti Ekholm lief in der Nacht los. Sie kannte die Strecke, sie war sie früher oft gelaufen, gemeinsam mit Anna.

Anna war ab und zu stehen geblieben, weil ihre Aufmerksamkeit von etwas eingefangen worden war, das Kirsti Ekholm nicht hatte sehen können, das sie nicht verstanden hatte, und sie hatte gerufen, dass sie nicht so trödeln solle, sie würden zu spät kommen.

Der Friedhof lag auf halbem Weg zur Schule, und als sie jetzt lief, fragte sie sich, was Anna damals gesehen hatte, was sie veranlasst hatte, vom Weg abzukommen, stehen zu bleiben, in den Himmel zu schauen oder auf die fahrenden Autos oder auf Radfahrer oder auf die Bäume des Friedhofs, sie erinnerte sich daran, dass Anna auf Höhe des Friedhofs häufig stehen geblieben war, um die Bäume zu betrachten oder die Gräber oder was auch immer.

Kirsti Ekholm hatte ihre Tochter nie danach gefragt, und sie waren nie zu spät zur Schule gekommen. Kein einziges Mal hatte Anna ihren Willen durchsetzen können, einfach stehen zu bleiben, eine Pause zu machen, eine Pause von unbestimmter Dauer, auf Höhe des Friedhofs, im Schatten der Bäume.

Sie öffnete das unverschlossene Tor und ging über den weichen Kiesboden an den Reihen der Gräber entlang, bis sie im schwachen Licht der Laternen, vor dunklen hohen Bäumen, das Blumenbeet sah und das schlichte Holzkreuz, das hinter dem frisch ausgehobenen Grab angebracht worden war.

Sie blieb vor dem Grab stehen und sah sich die Kränze an. Viele Kränze. Einer von Mariella, ihrer Freundin und Kollegin, einer von Sven Lövgren, dem Kompagnon ihres Mannes, und den Mitarbeitern des Architekturbüros, einer von Virpi und Ari Kauppinen, guten Freunden, einer von Annas Schulklasse, der Klasse 5 a der Hermanni-Schule im Stadtteil Uittamo. Neben der gedruckten Schrift sah sie viele Unterschriften, manche fein, manche krakelig, alle von Hand geschrieben, vermutlich von allen Schülerinnen und Schülern.

Dann also heute, dachte sie.

Heute endlich würde sie eine Pause einlegen, gemeinsam mit Anna. Die Pause, die Anna immer hatte machen wollen, eine Pause von unbestimmter Dauer. Sie setzte sich auf das Gras neben das Grab, schloss die Augen und nahm sich vor, die Zeit zu nutzen.

Sie würde versuchen, sich vorzustellen, woran Anna gedacht hatte an den frühen Vormittagen, an denen sie stehen geblieben war und ihren schweren Schulranzen abgesetzt hatte. Um in aller Ruhe die Bäume hinter der flachen Mauer anzusehen und die Gräber, die in ihrem Schatten gelegen hatten.

Zur selben Zeit, in einer Geschichte, die nicht erzählt wird

49

Jarkko Falk macht einen langen Spaziergang, in der Nacht, er schlendert und vergleicht Wärme und Kälte, die Wärme des Tages mit der Kälte, die die Nacht gebracht hat, die Erinnerung an Wärme mit der Präsenz von Kälte.

Eine Gleichung, die aufzugehen scheint, und die Schusswaffe, die er in seiner Hand hält, ist ein Fremdkörper aus einem parallelen Universum, in dem Wärme und Kälte so unmittelbar ineinanderfließen, dass keine von beiden mehr existieren muss.

Dann steht er am Ufer des Sees und durchdenkt ein weiteres Mal, ein letztes Mal, sein Vorhaben, stellt die Frage in den Raum, ob da eine Lücke in der Logik enthalten ist.

Lange hat er zu Hause in der Küche gesessen, die Waffe vor sich auf dem Tisch liegend, und an Réka gedacht, daran, dass sie den Mund geöffnet hat, um etwas zu sagen, kurz bevor er abgedrückt hat, nicht wirklich wissend, was er tut, weil er nicht weiß, wie eine Waffe funktioniert.

Nicht die Logik ist lückenhaft, sondern die Erinnerung. Er weiß noch, dass er vor dem weißen Haus gestanden und sie gehört hat, auf dem Balkon, lachend, in einer Sprache sprechend, die er nicht verstand, mit einem fremden Mann. Er erinnert sich daran, hineingegangen zu sein, ins Haus, er ist mit dem Aufzug nach oben gefahren. Hat an der Tür gestanden, durch die das Lachen drang, und geklingelt.

Sie öffnet. Ihr Lachen erfriert. Das hat er gedacht, in diesem

Moment, ein Lächeln, das erfriert, obwohl das natürlich nicht möglich ist, ein Lächeln erfriert nicht, nicht im streng mathematischen Sinn. Sie sieht ihn an, als wisse sie gar nicht, wer er ist. Daran erinnert er sich sehr deutlich. An diese ungeheure Verwirrung, an eine grenzenlose Irritation in ihren Augen, an dieses Gefühl, dass ihn die Frau, die seine Gedanken ausfüllt, für einen Fremden hält.

Der Mann kommt, den er nicht kennt, ein großer Mann, der mit ihr zu sprechen beginnt, und dann ist er plötzlich im Raum, geht an Réka vorbei zu dem weißen Sofa in der weißen Wohnung, die in hellem, klarem Licht liegt, und Réka fragt, was zum Teufel er hier mache. *What the hell are you doing here?*

Dabei müsste doch er diese Frage stellen.

Sie spricht mit dem Mann, er versteht sie nicht, der Mann lacht, freudlos, dann schüttelt er den Kopf, schüttelt unablässig den Kopf und lacht, so als passierten hier gerade Dinge, die auf lächerlichste Weise jenseits jeder Vorstellungskraft liegen.

Womit er eigentlich recht hat.

Dann gibt der Mann Réka eine Ohrfeige. Der Mann scheint unendlich wütend auf sie zu sein. Und Réka beginnt wieder zu reden, auf Englisch. Was er hier mache, woher er plötzlich komme, woher er eigentlich wisse, wo sie wohne, woher er eigentlich wisse, dass sie in Finnland sei, und Jarkko Falk fragt sich, was diese Fragen sollen.

Die Waffe liegt auf dem flachen Tisch, liegt einfach so da, vor dem weißen Sofa, auf das sich Réka setzt, während sie spricht, so als müsse sie sich ausruhen, als sei es alles zu viel auf einmal.

Und genau da begreift Jarkko Falk, dass sie recht hat, aber zu spät, er begreift, dass sie nicht böse und nicht fremd ist, sie ist nur gefangen in einer bösen, fremden Situation, genau wie er selbst, aber er begreift zu spät, er hält schon die Waffe in der Hand, und der große Mann weicht zurück, überrascht, die Hände hebend, als wolle er ihn besänftigen. Der große Mann redet, er versteht ihn nicht, aber vermutlich sagt er etwas wie: *Pass auf, Kleiner, die ist scharf, die ist geladen. Die habe ich da nur mal kurz abgelegt.*

Jarkko Falk sieht die Angst in Rékas Augen und begreift in dem Moment, in dem er abdrückt, dass er sich geirrt hat, dass Réka bei ihm ist, wie sie immer bei ihm gewesen ist. Es ist nur alles zu viel auf einmal, für sie, für ihn, für den großen Mann, der nicht ins Bild gehört.

Sie öffnet noch den Mund, um etwas zu sagen, er möchte ihr zuhören, aber sie kommt nicht mehr dazu, die Worte auszusprechen, die alles erklären, weil sich der Schuss bereits gelöst hat. Ein vergleichsweise lautes, aber irgendwie auch belangloses Geräusch, das nicht echt wirkt und sich insofern gut in die Situation einfügt.

Réka stirbt, und der große Mann beginnt, auf eine Weise zu atmen, die Jarkko Falk noch nie gehört hat. Der Mann duckt sich weg, weicht zurück wie ein Tier, das den Schutz einer Höhle sucht, aber es gibt keinen Schutz in dieser klaren, neuen, weißen Wohnung, und den Schuss, den Jarkko Falk auf den Mann abfeuert, spürt er kaum, weil er nur Teil eines Traums ist, der endlich enden soll.

Das denkt er, als er die Wohnung verlässt. Dass dieser Traum endlich enden soll. Der Morgen soll kommen, der Wecker soll klingeln. Am Mittag möchte er mit Réka telefonieren, ihre Stimme hören, fragen, wie es ihr geht.

Eine Schusswaffe zu reinigen, mit einem Tuch gründlich abzuwischen und in einen See zu werfen, der viele Kilometer entfernt ist von dem Ort, an dem die Waffe zuletzt verwendet wurde, ist sicher nicht originell, aber logisch. Jarkko Falk findet keine Lücke in dieser Vorgehensweise. Nicht die Logik weist eine Lücke auf, nur die Erinnerung. Und die Geschichte an sich. Wie soll er die Geschichte begreifen, wenn er nur seine eigene Perspektive sehen kann?

Er stellt sich vor, die Waffe in den See zu werfen und zu gehen, und er denkt darüber nach, wie er den leeren Raum füllen soll, in den seine Gedanken fallen, seitdem Réka nicht mehr da ist, um sie aufzufangen.

Dritter Teil

Juni

50

Der Frühling fiel nicht aus, aber er blieb auch nicht lang, und als Markus Sedin am 30. Juni im Konferenzsaal über den Dächern von Helsinki saß und mit zwei belgischen Bankern und einem gut aufgelegten Bergenheim Modalitäten der anstehenden Fusion beratschlagte, prognostizierte der Wetterbericht den heißesten Tag des bisherigen Jahres.

Das hatte Ville gesagt, am Morgen, müde, aber gut informiert, Cornflakes essend. »Der heißeste Tag«, hatte Ville gesagt. »Und kälter soll es die ganze Woche nicht werden.«

Der *OptiRent* hatte angezogen, die Krise der Firma *Kesken OY* war vorübergegangen, ohne im Fondsmanagement der Norda-Bank bleibende Schäden zu hinterlassen, und der Himmel war wolkenlos. Sedin stand auf, als hinter den Glaswänden ein Flugzeug den blauen Himmel in zwei Teile schnitt.

»Alles klar, Markus?«, fragte Bergenheim.

»Ja, entschuldige ... ich muss ... kurz ... bin gleich wieder da.«

Er lief, die Blicke der drei anderen in seinem Rücken spürend, über den weichen, sauberen Teppichboden zum Aufzug. Er fuhr nach unten und steuerte auf den Ausgang zu, hinter dem eine unnatürlich helle, lebendige Welt zu warten schien. Der Mann am Empfang nickte ihm grüßend zu, er erwiderte.

Wärme umfing ihn, laute, heitere Stimmen, als er ins Freie trat, im Brunnen auf dem Vorplatz plantschten Kinder, und über den Rasensprengern, die die große Parkfläche hinter dem Bankenturm bewässerten, schimmerte ein Regenbogen. Der Verkehrslärm wirkte gedämpft, beruhigt, verlangsamt unter der Sonnenglocke, sein Wagen stand unversehrt auf dem reservierten Parkplatz.

Er stieg ein und fuhr los, durch die Stadt, er hielt sich an das grüne Schild, das zur Autobahn führte, dann war er allein, auf der breiten, leeren Straße, auf einem Weg, den er kannte. Erst ganz am Ende, als er fast angekommen war, begann er zu suchen.

Er nahm das Smartphone, öffnete die Suchmaske und tippte Begriffe ein, die nur darauf gewartet hatten, eingetippt zu werden, Worte, die ihn schnell ans Ziel führen würden. Mädchen, elf, Unfall, Turku, Beerdigung.

Den Text, der auf dem Display flimmerte, hatte der Mitarbeiter einer Lokalzeitung geschrieben, vor einiger Zeit, er war auf der Homepage der Zeitung unter *Lokales/Panorama* archiviert. Ein angenehm nüchterner Text, nachrichtlich gehalten, der vermeldete, dass Anna E. begraben und der Verursacher des Unfalls, der sich am Abend des ersten Mai ereignet hatte, noch nicht ermittelt worden war. Der Journalist hatte nicht versäumt, die Straße zu nennen, in der der Friedhof zu finden war, und das Foto dieses Friedhofs, das den Artikel illustrierte, entsprach dem Bild, das Sedin sah, als er ankam.

Eine von hohen Bäumen umgebene, weitläufige Anlage, die Bäume schienen sich schützend, Schatten spendend über die Gräber zu beugen. Er parkte den Wagen und stieg aus, der Kies knirschte unter seinen Schritten. Die Namen, die er las, blieben fremd, die Buchstaben stimmten nicht, und wenn die Buchstaben stimmten, stimmten die Zahlen nicht. Als er das Grab erreicht hatte, das er suchte, ging er zunächst vorüber, ohne stehen zu bleiben, weil er sich daran gewöhnt hatte, es nicht zu finden, und weil er zu hoffen begonnen hatte, niemals fündig zu werden.

Er blieb stehen, ging ein paar Schritte, begann noch einmal zu lesen. Die Sprache, die er lernen musste, um neu beginnen zu können. Die Buchstaben waren die richtigen, ergaben Sinn. A, n, n, a.

Geboren am 24. Juni, gestorben am 1. Mai. Die Summe der Jahreszahlen, im Ergebnis einer Subtraktion, ergab elf. Der Nachname, der in den Medien nie genannt worden war, lautete Ekholm. Der Grabstein war schmal und klein. Die Schrift und die Zahlen wurden eingerahmt von einem Herz, das in den Stein gemeißelt worden war.

Er ließ seinen Blick auf den Buchstaben und Zahlen ruhen. Und auf der Silhouette des Herzens, das die Zahlen und Buchstaben aufzufangen und im Gleichgewicht zu halten schien. Zum ersten Mal seit einiger Zeit hatte er das Gefühl, ein Ziel erreicht zu haben, am richtigen Ort zu sein, und die Stimme des Mannes, der mit ihm sprach, näherte sich langsam, aus der Ferne. Der Mann sagte ein Wort, genau das Wort, das ihm auf den Lippen lag.

»Entschuldigung.«

Sedin drehte sich um.

»Entschuldigung, ich müsste kurz …«

»Oh«, sagte Sedin. »Natürlich.« Er wich zur Seite und ließ den Mann, der eine grüne Gießkanne in der Hand hielt, an das Grab herantreten. Der Mann stand dem Grab zugewandt, betrachtete den Grabstein, schien die Worte zu lesen, die Zahlen.

Sedin lief. Schritt für Schritt behutsam setzend. Er dachte, dass er Bergenheim anrufen musste, um ihm mitzuteilen, dass er den Nachmittag freimachen werde. Fieber, Sommergrippe, nichts Ernstes.

Als er den Parkplatz fast erreicht hatte, drehte er sich noch einmal um und sah den Mann, der die Gießkanne anhob. Das Wasser fiel wie leichter Regen auf die Erde des Grabes, aber sie würde schon bald wieder getrocknet sein.

Vorausgesetzt, dass Ville mit seiner Prognose recht behalten und der kommende Tag ebenso heiß werden würde wie der, der gerade verging.

51

In Helsinki saß Westerberg auf der Bank, auf der zwei Monate zuvor die tote Frau gelegen hatte. Er betrachtete den beginnenden Sonnenuntergang und seinen Kollegen Seppo, der in einiger Entfernung, auf und ab gehend, telefonierte.

»Die Maklerin ist gleich da«, rief Seppo, nachdem er sein Gespräch beendet hatte. »Und sie bringt den Menschen von der Hausverwaltung gleich mit, der hat einen Generalhauptschlüssel, der zu allen einhundertfünfzig Wohnungen der Anlage passt.«

Generalhauptschlüssel, dachte Westerberg.

Einhundertfünfzig Wohnungen.

»Also, hundertsiebenundfünfzig, um präzise zu sein«, sagte Seppo, der an die Bank herangetreten war, und Westerberg fragte sich, ob Seppo inzwischen schon Gedanken lesen konnte.

»Wir haben ja vierundvierzig bereits vermietete oder von Eigentümern bezogene Wohnungen dieses Baukomplexes in der frühen Phase abgearbeitet«, sagte Seppo. »Bleiben im Prinzip hundertdreizehn. Viele dieser Wohnungen stehen noch leer.«

Westerberg nickte. Er saß auf der Bank, auf der die Leiche der toten Frau gelegen hatte, und seine Füße ruhten auf dem Grund, auf dem der tote Mann abgelegt worden war, aber er fühlte nichts. Nichts erinnerte an das Szenario, das die Ermittler am Morgen des zweiten Mai vorgefunden hatten, nichts erinnerte daran, dass hier jemals Schnee gelegen hatte, und sicher war nur, dass diese Ermittlung, langsam, aber stetig, begonnen hatte, im Sand zu verlaufen.

Auf Höhe der schneeweißen Häuser, an der Stelle, an der zwei Monate zuvor die Schaulustigen ausgeharrt hatten, standen jetzt die Kollegen, die mithelfen würden, die Nadel im Heuhaufen zu suchen. Zwölf, wenn Westerberg richtig zählte. Vierzehn Polizisten also, inklusive Seppo und Westerberg, hundertdreizehn Wohnungen und ein vages *Vielleicht*.

Vielleicht hatten die beiden in dieser neuen Siedlung gewohnt. In einer Wohnung mit Meeresblick. Vielleicht auch nicht. Vielleicht nur die Frau, denn sie war in diesem Park gesehen worden, den Befragungsprotokollen zufolge vier Mal. War das wenig oder viel? Eher wenig, wenn man in Betracht zog, dass mehr als zweihundert Anwohner in der näheren und weiteren Umgebung der Parkanlage in den Tagen nach dem Auffinden der Leichen befragt worden waren.

In einem ganz anderen Stadtteil, mehr als zehn Kilometer entfernt, hatte der Mann, ihr Freund oder was immer er gewesen war, ein Auto gestohlen. In einem dritten Stadtteil, bei Vantaa in der Nähe des Flughafens, rund zwanzig Kilometer entfernt von diesem Park, waren beide gesehen worden, mehrfach, in einem Supermarkt, Lebensmittel einkaufend. Was darauf hindeutete, dass sie dort gelebt haben könnten, aber die Ermittlungen in Vantaa hatten nichts Konkretes ergeben.

Zweimal war die Frau mit einem Mann gesehen worden, der phasenweise in den Fokus der Ermittlungen gerückt war. Der geheimnisvolle Finne. Noch ein Unbekannter. Schmal, normal, mittleren Alters, gut gekleidet, eine Beschreibung, die vager nicht hätte ausfallen können. Schneebälle werfend, lachend, mit der jungen Frau, am Tag vor ihrem Tod. Genau hier, in diesem Park.

An dieser Stelle seines Gedankengangs spürte Westerberg wieder das Kribbeln, das er gespürt hatte, als sie losgefahren waren. Der Himmel färbte sich erst orange, dann violett, und

Westerberg versuchte, sich auf die Hoffnung zu konzentrieren, dass der Hindernislauf durch die Mühlen der Bürokratie doch in einem Ermittlungserfolg enden könnte. Es war nicht leicht gewesen, Zugriff auf den *Generalhauptschlüssel* zu erhalten. Oder wie immer Seppo das genannt hatte. Zugang zu allen Neubauwohnungen in unmittelbarer Umgebung des Parks, abgesegnet von der Staatsanwaltschaft, vorbehaltlich der Zustimmung der Eigentümer und Mieter.

»Setz dich doch«, sagte Westerberg, aber Seppo schüttelte den Kopf.

»Die müssten jetzt langsam mal kommen, sonst wird das ein langer Abend«, sagte Seppo.

»Hm«, sagte Westerberg. Wo Schnee gelegen hatte, wuchs jetzt Gras. Frischer Rasen, sorgfältig gemäht, ausgiebig mit Wasser versorgt. Die Maklerin war schlank und trug ein einfarbiges Kostüm, das sich mit dem Violett des Himmels deckte, der Hausverwalter stapfte hinter ihr her und sah schon aus der Entfernung genau so aus, wie sich Westerberg einen Hausverwalter vorstellte.

»Ich denke, das sind sie«, sagte er, und Seppo folgte seinem Blick, stieß einen Seufzer der Erleichterung aus und lief den beiden entgegen. Westerberg erhob sich mühsam und dachte, dass er das Lächeln der Maklerin sympathisch fand, während er auf sie zulief, und dass sie vermutlich eine Spur zu jung für ihn war, aber nur ein paar Jahre.

Seppo teilte die Gruppen ein, der Hausverwalter übergab zögerlich, annähernd widerwillig, gleich mehrere seiner Generalhauptschlüssel, und dann betraten sie das erste Haus, das erste Treppenhaus, die ersten Wohnungen. Westerberg fuhr mit Seppo und zwei der uniformierten Kollegen nach oben, ins obere Stockwerk.

»Oben sind zwei Wohnungen von unserer Liste«, sagte Seppo und studierte aufmerksam das Display seines Tablet-

Computers. »Eine der Wohnungen steht nach Aussage der Maklerin noch zum Verkauf, müsste also komplett leer sein, die andere ist verkauft, der Eigentümer ist ein … Moment … Markus Sedin, wohnhaft in Helsinki. Das ist also vermutlich eine Wohnung, die vermietet werden soll, laut Einwohnermeldeamt aber noch nicht vermietet ist.«

»Aha«, sagte Westerberg.

Seppo nickte, und der Aufzug hielt an und öffnete seine Türen. Die Wände des Treppenhauses, die Böden, die Wohnungstüren waren schneeweiß. Seppo öffnete eine der Türen, während die Kollegen in der anderen Wohnung verschwanden, und Westerberg atmete den süßlichen Geruch neuer, heller Räume ein, die Farbe an den Wänden konnte nicht älter sein als wenige Monate.

»Immerhin schon gestrichen«, murmelte Seppo. »Und karg, aber geschmackvoll eingerichtet.«

Westerberg folgte Seppo in den Wohnbereich, ein weißes Sofa stand vor einem flachen Glastisch, der Parkettboden schien gerade erst verlegt worden zu sein.

»Sieht nicht so aus, als hätte hier schon jemand gewohnt«, sagte Seppo. »Eher so, als solle demnächst der erste Mieter einziehen.«

Westerberg nickte. Er betrachtete das Sofa, den Tisch, er ging ins Schlafzimmer, in dem ein neues, breites Bett aus hellem Holz neben einem begehbaren Kleiderschrank stand, weiß der Schrank, weiß das augenscheinlich neue Laken auf dem Bett, weiß die Bettdecke und das Kissen, weiß der Abstelltisch, mit weißen Schubladen.

Weiß, dachte er. Weiß und neu. Vielleicht eine Spur zu weiß. Zu neu.

»Wer immer hier einziehen mag, Geld sollte er haben«, sagte Seppo.

Westerberg murmelte eine Zustimmung und ging in die

Küche, er war nicht überrascht, einen weißen Kühlschrank vorzufinden, ausgestattet mit einem digitalen Display und einer Apparatur, die die Herstellung von Eiswürfeln ermöglichte.

»Alles neu«, sagte Seppo und öffnete den Kühlschrank. »Unberührt, wenn du mich fragst.«

»Neu«, sagte Westerberg. »Oder mehr als das.«

»Hm?«, fragte Seppo.

»Neu«, sagte Westerberg. »Oder neuer als neu. Vielleicht hat hier jemand so intensiv aufgeräumt und gesäubert, dass es neuer aussieht, als eine neue Wohnung jemals aussehen könnte.«

»Hm«, sagte Seppo und drehte sich im Kreis, vermutlich auf der Suche nach dem Staubkorn, das Westerbergs gewagte These stützen könnte.

»Nur so eine Idee«, sagte Westerberg.

»Es ist die erste Wohnung«, sagte Seppo. »Von einhundertdreizehn.«

Westerberg nickte. Er ging durch den Flur zurück in den Wohnbereich, trat an den Balkon heran, öffnete die Tür und ging hinaus. Der laue Wind war angenehm. Die Maklerin mit dem lieben Lächeln saß neben dem Hausverwalter auf der Bank, auf der die Toten gelegen hatten. Der Himmel hatte die Farbe gewechselt, er hatte sich wieder aufgehellt, stemmte sich gegen die Nacht, die in dieser Zeit des Jahres nie ganz kommen würde. Zartorange der Himmel, violett das Kostüm der Maklerin. Weiß der Raum, in den er zurückkehrte, Seppo schien auf dem Sprung zu sein.

»Noch hundertzwölf?«, fragte Westerberg.

»Genau«, sagte Seppo.

Westerberg folgte Seppo ins Treppenhaus, und die Wohnungstür rastete sanft ein, als Seppo sie schloss.

52

Am Abend kam Ari Kauppinen, er trug ein Jackett und eine Krawatte und räusperte sich, bevor er die Dokumente aus seinem beigen Aktenkoffer nahm und auf dem Tisch im Wohnzimmer ausbreitete. Lasse Ekholm dachte an lange vergangene Tage, an denen er gemeinsam mit Ari Kauppinen zur Schule gegangen war.

Morgens waren sie gemeinsam losgefahren, auf klapprigen Fahrrädern, und hatten versucht auszudiskutieren, wer von beiden der Müdere war. In den Pausen hatten sie mit einem gelben Tennisball Fußball gespielt, in den Unterrichtsstunden hatten sie nebeneinandergesessen.

Kirsti schenkte weißen Wein in drei Gläser und setzte sich auf das Sofa neben Ari. Lasse Ekholm saß im Sessel, den beiden gegenüber, und betrachtete das Glas mit Wein, das vor ihm stand, und die Ordner, die sorgfältig, symmetrisch gestapelten Klarsichtfolien, die weißen, akkurat beschriebenen Blätter mit dem Briefkopf der Kanzlei *Kauppinen, Eskanen & Partner.*

Ari Kauppinen räusperte sich ein weiteres Mal, bevor er zu sprechen begann. »Also … zum Stand der Dinge. Im Moment bewegt sich das Verfahren natürlich noch im Anfangsstadium, und es richtet sich gegen unbekannt, aber es besteht meiner Einschätzung nach eine gewisse Hoffnung, dass wir es, wenn die Zeit kommt, wenn sich das alles konkretisiert, recht schnell von der zivilrechtlichen auf die strafrechtliche Ebene heben können.«

Kirsti nickte, und Lasse Ekholm nahm, nur um irgendetwas zu tun, eines der von einer Klarsichtfolie umhüllten Papiere mit dem Briefkopf der Kanzlei *Kauppinen, Eskanen & Partner* und begann zu lesen. *Den Tatbestand des unerlaubten Entfernens vom Unfallort verwirklicht, wer bei einem Unfall im Straßenverkehr einen Schaden an fremden Sachen verursacht und sich als Beteiligter vom Unfallort entfernt, ohne zuvor den anderen Unfallbeteiligten die Feststellung seiner Personalien ermöglicht oder hierzu wenigstens eine angemessene Zeit gewartet zu haben.*

»Lasse?«

Früher wurde der Tatbestand als Verkehrsunfallflucht oder Fahrerflucht bezeichnet, richtig heißt es unerlaubtes Entfernen vom Unfallort. Auch verwirklicht das unerlaubte Entfernen, wer sich zwar erlaubterweise von einem Unfallort entfernt, die erforderlichen Feststellungen aber nicht unverzüglich nachträglich …

»Lasse?«

Er hob den Blick. Sah Kirsti an, sah in ihre Augen, die anders aussahen, als sie früher ausgesehen hatten.

»Hörst du zu? Ari möchte uns erklären, wie es weitergehen wird, sobald …«

Sie sprach nicht weiter, und Ekholm vollendete den Satz in Gedanken. *Sobald der Mensch gefunden worden ist, der mir das Licht gebracht hat.* Das hellste Licht, das er je gesehen hatte. Lautlos, keine Berührung, lautlos und langsam, eine langsame Sekunde, ein in die Länge gezogener Augenblick.

Ari, sein bester Schulfreund, der damals sehr gut in Leichtathletik gewesen war und eigentlich Dreispringer hatte werden wollen, räusperte sich wieder und schien einige Male ansetzen zu müssen, bevor er zu sprechen begann. »Das ist nur ein allgemeiner Abstrakt über die rechtlichen Rahmenbedingungen.«

Ekholm sah ihn fragend an.

»Das da … was du gerade gelesen hast.«

»Ach so. Ja«, sagte Ekholm. Er ließ das Blatt sinken und wartete.

»Es gibt einen Aspekt, der uns natürlich … beschäftigen wird …«

Uns, dachte Ekholm. Er wartete, wissend, was kommen würde, und suchte Kirstis Augen, aber sie sah an ihm vorbei, und er senkte den Blick und begann wieder zu lesen. *Darüber hinaus ist regelmäßig mit einem Fahrverbot – ein bis drei Monate – zu rechnen. Wird bei dem der Fahrerflucht zugrunde liegenden Unfall ein Mensch getötet oder ein bedeutender Sachschaden verursacht, wird anstatt des Fahrverbots eine Freiheitsstrafe von bis zu drei Jahren sowie die Entziehung der Fahrerlaubnis …*

»Es ist eben so, dass Anna nicht angeschnallt war. Das ist zumindest die momentan vorliegende Einschätzung der Gutachter.«

Sie saßen schweigend.

»Ich möchte und muss euch darauf vorbereiten, dass das ein Element dieses Verfahrens werden kann«, sagte Ari Kauppinen. »Ein Teilaspekt, der sich zugunsten … einer … Beklagtenseite auswirken könnte.«

»Natürlich«, sagte Lasse Ekholm. »Eine andere Sache, die mich beschäftigt, ist das Abendessen.«

»Ich … also, ich bin heute eigentlich fest bei Virpi zu Hause eingeplant«, sagte Ari.

»Nein, ich meine das andere Abendessen, bei Laura, Annas Freundin.«

»Äh … was?«, fragte Ari.

»Wir standen vor der Eishalle, und Lauras Mutter hat vorgeschlagen, dass Anna noch für eine Weile mitkommen kann, dass sie mit ihnen fahren kann, und Laura war sehr dafür und … Anna … war natürlich auch sehr dafür …«

Ari schüttelte den Kopf, ratlos wirkend, und Kirsti starrte ihn an.

»Anna war dafür, alle waren dafür, und ich habe abgelehnt.«

Ari nickte. Bedächtig.

»Ich habe Nein gesagt. Nein danke, demnächst vielleicht. Ein anderes Mal. Ich habe gesagt, dass eine Prüfung ansteht, das hast du mir so gesagt, Kirsti, du erinnerst dich sicher daran.« Der Briefkopf, dachte Ekholm. Der Briefkopf stimmt nicht. »Das leuchtet doch ein, oder? Dass ich das abgelehnt habe …«

»Natürlich«, sagte Ari Kauppinen.

Er sah Kirsti an, und sie schwieg.

»Also … um zurückzukommen auf den weiteren Ablauf des …«, sagte Ari Kauppinen.

»Du hättest darauf achten müssen«, sagte Kirsti.

Er sah sie an.

»Du hättest doch darauf achten müssen, dass sie sich anschnallt«, sagte Kirsti.

Ari Kauppinen räusperte sich.

Kirsti schenkte Wein ein.

Lasse Ekholm dachte an den Mann, der am Nachmittag an Annas Grab gestanden hatte. Vermutlich ein Vater einer Mitschülerin, der von Anna, von ihrem Tod, gehört hatte, der das Grab gesehen und innegehalten hatte, der versucht hatte, sich vorzustellen, was es bedeutete … bevor er unbehelligt nach Hause gefahren war. Bei Gelegenheit würde er Ari fragen, warum er nicht Dreispringer geworden war, und der Briefkopf der Kanzlei *Kauppinen, Eskanen & Partner* war unzureichend.

»Euer Briefkopf hier …«, sagte er.

»Was?«, fragte Ari Kauppinen.

»… ist unsymmetrisch. Der Schriftzug harmoniert nicht mit den Buchstaben. Das K von Kauppinen ist in Arial geschrieben, das E von Eskanen nicht.«

Ari beugte sich über den Tisch, die Stirn gerunzelt. »Ja?«, sagte er.

»Ihr solltet das ändern lassen«, sagte Ekholm.

»Ja … ich …«

»Ihr müsst das ändern. Es stimmt so nicht«, sagte Lasse Ekholm.

53

In der Nacht sendete Larissa eine Antwort auf die Frage, die Kimmo Joentaa etwa zwei Monate zuvor gestellt hatte.

Joentaa saß zu Hause auf dem Sofa und hatte gerade begonnen, noch einmal Vernehmungsprotokolle aufzurufen, die im Intranet der Polizei Turku unter dem Dateinamen *Tötungsdelikt zum Nachteil von zwei nicht identifizierten Personen in Helsinki, Vuosaari, mit Ermittlungsbezug zum Club »Villa Bella« in Salo/Turku* archiviert worden waren.

Er überflog einen Bericht, den die zuständige rumänische Dienststelle gesendet hatte. *Both may well have been members of the Roma-community* hatte einer der rumänischen Ermittlungsbeamten geschrieben. *It may be unfortunately difficult to ascertain the identity due to the fact that people related to the Roma-community in Romania quite usually live beyond bureaucratic control, social security offices or health insurances.*

Roma-community, dachte Joentaa. Er wunderte sich fast, dass der rumänische Beamte nicht noch das Wort *Gypsies* miteingebaut hatte, Zigeuner, Sie wissen schon, leben außerhalb unserer Gesellschaft, wir werden Schwierigkeiten haben, Ihnen in dieser Sache zu helfen, denn sie haben keine Krankenversicherung, keine Arbeit, keine Sozialversicherungsnummer … als sei die wirtschaftliche und soziale Ausgrenzung, die die Frau vermutlich erst dazu veranlasst hatte, sich im europäischen Ausland zu prostituieren, eine selbst gewählte gewesen.

Joentaa las, zunehmend verärgert, den merkwürdigen Beitrag der rumänischen Dienststelle und war kurz davor, den Laptop herunterzufahren, als am unteren Rand des Displays die Ankunft einer Mail vermeldet wurde. Der Mail, auf die er zwei Monate lang gewartet hatte. Er öffnete das Fenster des Mail-Accounts. Larissa hatte sich, wie meistens, wie immer eigentlich, auf das Wesentliche beschränkt.

Von: veryhotlarissa@pagemails.fi
An: kimmojoentaa@turunpoliisilaitos.fi

Hei Kimmo,
zu deinem unbekannten Finnen: Das ist ein Liebeskasper.
Und ja, den Club in Salo kenne ich, habe dort aber nie gearbeitet. Da sind meines Wissens vorwiegend Frauen aus Osteuropa am Werkeln.
Schlaf gut.
L.

Joentaa ließ seinen Blick auf Larissas Worten ruhen. Er fragte sich, warum Larissa, die nicht Larissa hieß, mit L. unterschrieb. Als müsste sie selbst ihren falschen Namen noch unkenntlich machen.

Zwei Fragen hatte Joentaa gestellt, vor zwei Monaten, und zwei Antworten erhalten. Mehr nicht. Kein Wort über ihre mögliche Rückkehr. Kein Wort darüber, wie es ihr ging. Kein Wort über die Giraffe, die auf sie wartete, unter dem Apfelbaum.

Nichts dergleichen, und er fragte sich, warum er dennoch glücklich war.

Er schaltete den Computer aus, löschte das Licht und legte sich auf das Sofa – wie immer, wenn Larissa nach langer Zeit geschrieben hatte, schlief er fest und ruhig und traumlos.

54

Markus Sedin saß an der Schwelle zwischen Nacht und Morgen in seinem Arbeitszimmer und sortierte die Gegenstände auf seinem Schreibtisch. Rékas Handtasche. Schwarz, mit gelben und roten Verzierungen. Das Leder der Tasche fühlte sich glatt, kühl und ein klein wenig falsch an.

Zwei Handys hatten in der Tasche gelegen, ein Reisepass, ein Etui mit Schmink-Utensilien und eine Geldbörse, die leer gewesen war, vollkommen leer, nur ein Foto war darin gewesen, das Foto des kleinen Jungen im Tarnanzug.

Eines der Handys hatte Sedin nicht aktivieren können, er verstand die Sprache nicht, die ihn zur Eingabe der PIN-Nummer aufforderte, und er hatte keine Ahnung, wie diese Ziffernfolge hätte aussehen können. Rékas Zweithandy, mit dem sie vermutlich von Zeit zu Zeit ihre Mutter angerufen hatte.

Das andere Handy hatte Sedin gekannt, es war das Smartphone, das sie immer bei sich getragen hatte, und er hatte es problemlos an- und ausschalten können, weil die SIM-Karte keine PIN-Eingabe erforderte. Manchmal hatte er sich dieses Handy in den vergangenen Wochen angesehen. Das Prepaid-Guthaben, das er ihr immer neu aufgeladen hatte, betrug 4,98 Euro, und Réka hatte vorwiegend zwei Nummern angewählt, die von Sedin und eine andere, die er nicht kannte, die ihres toten Freundes vermutlich.

An ihn hatte sie auch die kurzen, holprigen Nachrichten gesendet, Texte, die auch mithilfe der Übersetzungsfunktion im Internet schwer zu begreifen gewesen waren, weil jedes dieser mal rumänischen, mal ungarischen Worte mindestens einen Fehler enthalten hatte. Sedin empfand eine vage Freude darüber, dass Réka wenigstens in dieser Hinsicht fast die Wahrheit gesagt hatte. Sie hatte tatsächlich nicht gut schreiben können, und auch das Lesen war ihr offensichtlich schwergefallen, denn ihr Freund, oder was immer dieser Mann für sie gewesen war, hatte seine Nachrichten immer betont kurz gehalten.

Sedins Namen hatte Réka mit M. abgekürzt, und vorwiegend war es in den SMS, die ihn betrafen, um die Frage gegangen, ob und wann M. wie viel Geld auf welche Weise an Réka zu überreichen gedachte. *M. macht es* hatte Réka recht häufig geschrieben, *M. hilft uns,* und ihr rumänischer Freund hatte mit einem kurzen *Gut so* geantwortet.

M. hilft uns.

Er dachte an das, was Réka gesagt hatte, in ihrer letzten Nachricht, die sie in der Nacht ihres Todes auf seine Mailbox gesprochen hatte, in diesem langsamen, aber doch klaren Englisch. Wenn Réka lange genug nachgedacht hatte, hatte sie immer die richtigen Worte gefunden. *Ich liebe dich. Ja. Ich belüge den Mann, den ich liebe. So bin ich. Bis später.* Aber es hatte kein Später gegeben, und Sedin fragte sich, jetzt, an seinem Schreibtisch sitzend, wie dieses Später eigentlich hätte aussehen sollen. Wie hatte Réka sich das vorgestellt?

Er betrachtete den Brief, der neben Rékas Handtasche auf dem Schreibtisch lag, das behördliche Schreiben, eine freundliche Anfrage der »Polizeidirektion der Stadt Helsinki, Dezernat für Gewaltverbrechen«, die sich an alle Eigentümer der Wohnsiedlung Rannankatu 8–24 gerichtet hatte.

Die Eigentümer waren darüber in Kenntnis gesetzt worden, dass am 30. Juni im Rahmen einer staatsanwaltlichen Ermittlung einige der Wohnungen in besagter Neubausiedlung polizeilich begutachtet werden sollten. Was immer das genau heißen sollte. Die Wohnungsbesitzer waren darüber hinaus gebeten worden, sich innerhalb der kommenden zehn Tage unter der angegebenen Mail-Adresse oder der angegebenen Telefonnummer mit der Maßnahme einverstanden zu erklären oder aber jene Maßnahme abzulehnen, wobei darauf hingewiesen wurde, dass im Falle der Ablehnung begründete Einwände wünschenswert seien.

Der Brief war zwei Wochen zuvor gekommen, der Umschlag hatte unverfänglich ausgesehen, und Taina hatte ihn auf seinen Schreibtisch gelegt, ohne ihn zu öffnen. Sedin hatte das Anschreiben gelesen und war anschließend lange sitzen geblieben, über Worte nachdenkend. Besagte Neubausiedlung. Staatsanwaltliche Ermittlung. Begründete Einwände.

Er hatte versucht, sich die Wohnung vorzustellen, so wie sie ausgesehen hatte, als er sie verlassen und die Tür verschlossen hatte. Eine neue Wohnung. Unberührt. Dosiert, aber geschmackvoll ausgestattet, jederzeit bereit, einen ersten Bewohner willkommen zu heißen. Er hatte den Brief zurück in den Umschlag geschoben und den Umschlag in die Schublade gelegt, in der er auch Rékas Handtasche, die Handys, die Geldbörse des toten Freundes und die Pässe aufbewahrte. Er hatte die Schublade abgeschlossen und den Schlüssel, wie immer, in die Innentasche des Mantels gelegt, mit dem er jeden Tag zur Arbeit ging.

Der 30. Juni war gerade vergangen, der Morgen dämmerte, es würde sonnig und warm werden, die »polizeiliche Begutachtung« der schönen Zweitwohnung im Park am Meer hatte stattgefunden, und kein Polizist hatte an seiner Tür geklingelt. Nichts war passiert, und er hatte das Gefühl, die Sprache, die er erlernen musste, um weiterleben zu können, zunehmend besser zu beherrschen, die ersten Worte hatten sich schon eingestellt, die ersten Vokabeln hatte er abgespeichert.

»Papa?«

Er sah zur Tür, die Ville nur einen Spaltbreit geöffnet hatte, er stand unschlüssig auf der Schwelle. Er nahm ohne Eile die Handtasche, legte die Handys hinein und verstaute sie in der Schublade.

»Komm rein, Ville. Gut geschlafen?«

Ville schüttelte den Kopf und torkelte schlaftrunken ins Zimmer. »Irgendwas Schlechtes geträumt«, murmelte er.

»Weißt du noch, was?«

Ville nickte.

»Willst du … es mir sagen?«

Ville schüttelte den Kopf. »War so komisch«, sagte er und kam näher, und als er in Reichweite war, nahm Sedin ihn in den Arm und begann, seinen Kopf zu streicheln.

Er nahm sich vor, das so lange zu tun, bis die bösen Gedanken und die falschen Bilder vergangen sein würden.

In einer anderen Zeit, an einem anderen Ort

55

Naantali ist eine kleine, sehr schöne Stadt unweit von Turku, im Südwesten Finnlands, eine der ältesten Städte unseres Landes, und die Altstadt mit den Holzhäusern in allen Farben lockt alljährlich viele Touristen an.
Im Bootshafen gibt es Cafés und Restaurants, im Sommer wird dort Musik gespielt, und in Sichtweite auf der Insel Luonnonma befindet sich bereits seit 1922 der Sommersitz des finnischen Präsidenten.
Jo. Herzlich willkommen.
Ich bin Unto, Ihr Fremdenführer. Sehr erfreut.
Folgt man dem Pfad der Cafés und Restaurants zum Sandstrand, trifft man auf die Brücke, die auf die Insel Kailo führt, ein idyllisches Eiland, auf dem seit 1993 die Welt der Mumins zu besichtigen ist, ein Themenpark für Kinder, der ganz im Zeichen der von der finnlandschwedischen Schriftstellerin Tove Jansson geschaffenen Trollwesen steht, den Mumins.
Ich selbst war einmal in diesem Park und möchte darauf an dieser Stelle kurz zu sprechen kommen. Es war ein warmer Sommertag, wir waren zu viert, meine Eltern, meine Schwester Mari und ich. Die erste Erinnerung, die ich habe, ist, dass ich voller Vorfreude war.
Ich war sieben Jahre alt und damals ein großer Freund der Mumin-Familie. Ich mochte natürlich den kleinen, immer in Träumereien schwelgenden Mumin, der mir selbst ähnelte, aber auch Muminpapa und Muminmama, den korrekten,

aber auch immer abenteuerlustigen Papa mit dem komischen Zylinder und die Mama, die wenig sprach, aber alles verstand und nie böse wurde.
Jo. Jo.
Wir waren also zu viert, meine Schwester wohl in der beginnenden Pubertät und ein wenig mürrisch gelaunt, mein Vater betrunken und meine Mutter auf diese Art und Weise verhuscht, verängstigt und abwesend, die ich nie verstanden habe.
Es war ein schöner Tag, mein Vater kaufte mir eine Mumin-Stoffpuppe, und ich durfte mir alle Sachen ansehen, das blaue Haus, diesen lustigen Turm mit dem roten Dach, in dem die Mumins leben, Muminpapas Schiff, das Labyrinth, wir waren am Kinderstrand schwimmen, haben Pizza gegessen, und am Ende wollte ich einen Luftballon haben, und mein Vater begann zu lachen und sagte, dass ich ein kleiner Trottel bin und er keine Lust mehr hat auf die Scheiße hier, er hätte sich lange genug am Riemen gerissen.
Der Luftballon sah wie ein Herz aus und war festgebunden, weil er weggeflogen wäre, hätte man nicht darauf geachtet, ihn festzuhalten. Auf dem Ballon war Snufkin zu sehen, der beste Freund von Mumin, der sich nie etwas sagen ließ, er führte das freie, unabhängige Leben eines Einzelgängers und war sehr klug. Und deshalb, wenn ich das an dieser Stelle ehrlich sagen darf, war Snufkin eigentlich mein Liebling.
Jo. Ich wollte damals so sein wie Snufkin.
Ich erinnere mich daran, dass wir über die Brücke liefen, im Strom anderer Besucher, auf dem Weg nach Hause, und ich weinte. Und dann passierte etwas Verrücktes.
Jo.
Meine Schwester, Mari, drehte sich plötzlich um, schrie meine Eltern an, wie ich sie noch nie hatte schreien hören, und rannte los. Nach einigen Minuten kehrte sie zurück, mit

meinem Luftballon. Der Ballon wurde richtig hin und her geschüttelt, er hing wie eine wehende Fahne im Himmel über der Brücke, es war warm, aber gegen Abend auch sehr windig geworden, fast stürmisch.
Mari lächelte mich an und sagte, ich solle gut festhalten, sonst würde der Ballon wegfliegen, meine Mutter sagte nichts, und mein Vater nahm den Ballon, nahm ihn mir aus der Hand, kratzte daran herum, bis er platzte, und warf die Hülle ins Meer.
In der Nacht nach diesem Tag habe ich zum ersten Mal von der Katze geträumt. Von der schwarzen Ninja-Katze, die glückliche Menschen tötet, indem sie sie berührt.
Mari ist ein paar Wochen später ausgezogen.
Daran erinnere ich mich ziemlich gut, an Maris Auszug, an den ersten Tag allein, und an die Hülle des Ballons auf dem Wasser, das Herz sah aus wie halbiert, wie die Hälfte eines Mondes.

Juli

56

Ende Juli fuhr Kimmo Joentaa wieder zu einer Beerdigung. Bevor er ging, schaltete er das Licht an und sah unter dem Apfelbaum nach. Der Schlüssel lag noch dort, nicht mehr unter Schnee, sondern in der trockenen Erde. Larissa würde ihn an sich nehmen und ins Haus gehen können, falls sie zurückkehrte.

Es war ein warmer Tag, und während er fuhr, dachte er an Sundström und Grönholm, die sich ein Lachen nicht hatten verkneifen können, als er sofort die Hand gehoben und gesagt hatte, er werde nach Helsinki fahren, er werde das übernehmen.

»Sei nicht böse, Kimmo, aber sind Beerdigungen inzwischen ein Hobby von dir?«, hatte Sundström gefragt.

Grönholm hatte leise gekichert, und Joentaa hatte nicht geantwortet, war aber auch nicht böse gewesen. Es war wieder ein warmer, klarer Tag, und Joentaa dachte über die Ermittlung nach, die im Sand verlaufen oder sich irgendwo in Kompetenz- und Zuständigkeitsfragen, im luftleeren Raum zwischen Finnland, Rumänien und Ungarn verloren hatte.

Auf der Prioritätenliste waren die beiden unbekannten Toten, die vermutlich gerade aus den Kühlräumen der Gerichtsmedizin abgeholt und zur Beisetzung transportiert wurden, längst in die zweite Reihe gewandert, aber immerhin war der Tag der Bestattung ein geeigneter Anlass, um nach Helsinki zu fahren und noch einmal über diese Ermittlung nachzudenken, und sei es nur, um einzugestehen, dass man gescheitert war.

Als er ankam, hatte, aus heiterem Himmel, leichter Nieselregen eingesetzt, aber es schien noch wärmer zu werden. Westerberg und Seppo standen am Eingang zum Friedhof, auf der Schwelle, als seien sie noch unschlüssig, ob sie hineingehen oder doch umkehren sollten. Westerberg winkte ihm zu, Seppo drehte sich um und hob ebenfalls den Arm, und Joentaa freute sich, die beiden, nach diversen Skype-Telefonkonferenzen, tatsächlich mal wiederzusehen.

»Kimmo«, rief Westerberg. »Pünktlich wie immer. Hast du einen Regenschirm dabei?«

»Hei, Kimmo«, sagte Seppo.

Wenig später standen sie, ohne Schirm, gemeinsam vor zwei frisch ausgehobenen Gräbern, und der Pfarrer, ein sehr kleiner Mann mit schütterem Haar, verabschiedete sich mit wenigen, aber warmherzigen Worten von zwei Menschen, die er nicht gekannt hatte.

Auch die Frage der Bestattung war eine Frage von Zuständigkeit und Kompetenz gewesen, und am Ende, als sich herauskristallisiert hatte, dass niemand die Toten hatte haben wollen, war eine Beisetzung in Finnland beschlossen worden, in einer kleinen, schattigen Ecke, auf dem großen Friedhof, der nur wenige Fahrminuten vom gerichtsmedizinischen Institut entfernt lag.

»Tja«, sagte Westerberg am Ende, und Seppo sprach über Faserspuren, die an den Kleidern der Toten sichergestellt worden waren und die jetzt endlich hatten zugeordnet werden können.

»Möglicherweise eine Art Plane oder Überwurf oder so«, sagte er. »Um Schwimmbäder abzudecken. Die Kriminaltechnik sagt, dass dieses Material vorwiegend zu diesem Zweck verwendet wird. Allerdings gibt es eine Reihe von Herstellern und natürlich im Großraum Helsinki auch eine ganze Menge …«

»Das wäre dann nach unseren einhundertdreizehn Wohnungen die nächste Nadel im Heuhaufen«, sagte Westerberg, und Joentaa dachte, dass er Westerberg selten so pessimistisch gesehen hatte.

»Das mit den Wohnungen hatte ich gelesen, in der Intranet-Akte«, sagte Joentaa.

»Hat uns vorläufig nicht weitergebracht«, sagte Seppo.

Vorläufig, dachte Joentaa. Er mochte Seppos Art, sich immer noch einen Rest an Hoffnung aufzubewahren.

»Ich frage mich nur …«, murmelte Westerberg.

»Hm?«, fragte Seppo.

»Ich frage mich, ob diese beiden sich das so vorgestellt haben. Dass zu ihrer Beerdigung drei Menschen kommen, die zu Lebzeiten nicht das Geringste mit ihnen zu tun hatten.«

»Hm«, sagte Seppo.

»Und ich frage mich, ob das Mädchen das so gewollt hätte …«

»Hm?«, fragte Seppo.

»Neben diesem Mann begraben zu werden.«

»Hm«, sagte Seppo.

Dann gingen sie, und Westerberg schlug vor, ein Mittagessen in der Kantine des Morddezernats zu sich zu nehmen, die weit besser sei als ihr Ruf.

»Gerne«, sagte Joentaa.

Der Regen war gleichbleibend weich, das Wasser schien innerhalb von Sekunden auf der Haut zu trocknen, und er fuhr hinter Westerberg und Seppo in die Innenstadt von Helsinki.

In der Kantine waren sie allein, die Mittagszeit war schon vorüber, der Koch stand mit einer weißen Mütze hinter der Theke und hatte so viel Spaß daran, seine Gerichte anzupreisen, dass Joentaa Hunger bekam. Sie setzten sich an einen Tisch an den breiten Fenstern. Seppo aß mit gutem Appetit und fragte nach einem Mann, den Joentaa schon fast vergessen hatte.

»Was sagst du?«, fragte er.

»Der Inhaber des Clubs in Salo. Ich denke nach wie vor, dass es gut wäre, da noch mal anzusetzen. Wie hieß der noch mal?«

»Ach so. Sindbad«, sagte Joentaa.

Seppo schwieg.

»Was?«, fragte Westerberg.

»Hm?«

»Bist du sicher?«, fragte Westerberg.

»Was? Ach so … nein, Lindblad. Ich hatte ihn Sindbad genannt, aber er heißt Lindblad.«

Die beiden schwiegen. Dann begann Westerberg zu lachen.

»Das ist gut«, sagte er. Er lachte und lachte, und Joentaa dachte, dass er Westerberg selten so ausgelassen hatte lachen sehen. Seppo schien noch damit beschäftigt zu sein, die Pointe des Witzes zu verstehen.

»Der Mann war arrogant und desinteressiert und kannte niemanden mit Namen, also habe ich ihm halt einen aus dem Märchenbuch gegeben. Aber das kam … ungeplant … sozusagen …«, sagte Joentaa.

»Wunderbar«, sagte Westerberg, und jetzt begann auch Seppo zu lachen, mit Verspätung, aber dafür umso herzhafter.

Joentaa stimmte ein und hörte eine Stimme in seinem Rücken.

»Äh … entschuldigt bitte …«

»Was gibt's?«, fragte Westerberg.

Joentaa drehte sich um und sah einen jungen Mann, etwa in Seppos Alter, und er dachte vage, dass die Polizei in Helsinki kein Problem mit dem Nachwuchs hatte.

»Da draußen ist eine Frau, die … also ich verstehe nicht

viel von dem, was sie sagt, aber ich denke, dass das mit eurer Sache zu tun hat und dass diese Frau …«

»Ja was denn nun?«, fragte Westerberg.

»Sie will anscheinend sofort mit ihrer Tochter sprechen.«

57

Das Erste, was sich Joentaa einprägte, war das Bild. Das Bild, das er sah, war wie ein Gemälde, das man nur einmal ansehen musste, um es nie wieder zu vergessen.

Die Frau saß auf einem Stuhl. Sie trug ein dunkelblaues, mit Blumen gemustertes Kleid. Hinter der Frau stand ein jüngerer Mann, der beide Hände auf die Schulter der Frau gelegt hatte, als wolle er sie beschützen. Auf eine ähnliche Weise hielt die Frau ihre Handtasche, sie hielt sie mit beiden Händen umklammert, und Joentaa dachte unwillkürlich, dass sich darin ihr ganzes Leben befinden musste, alles, was sie besaß.

Die Frau öffnete die Tasche und nahm ein Foto heraus, das sie Westerberg reichte. Westerberg nahm das Foto und sah es an. Seppo näherte sich, und Joentaa glaubte, ein leises Aufseufzen aus seinem Mund zu hören, während er selbst näher trat, dann sah er in das lachende Gesicht des Mädchens, das vor wenigen Stunden beerdigt worden war. Das Mädchen trug ein gelbes T-Shirt und eine dunkelblaue Shorthose, es stand vor der Kulisse eines Meeres, deutete auf die Wellen und schien auf dem Sprung zu sein, kurz davor, einfach loszurennen, ins Wasser.

»My daughter«, sagte die Frau. »My daughter.« Es klang, als habe ihr jemand diese beiden Worte beigebracht, als habe sie sie auswendig gelernt, ohne die Sprache, in der sie gesprochen wurden, verstehen zu können. Der junge Mann, der hinter ihr stand, sagte nichts, er nickte nur bestätigend.

»Wir brauchen sofort einen Übersetzer«, sagte Westerberg. »Rumänisch, Ungarisch. Am besten beides.«

Seppo nickte und schien sofort zu wissen, welche Nummer er wählen musste. Er verließ den Raum, und Joentaa hörte vage, dass er sich mit einem sprachwissenschaftlichen Institut der Universität verbinden ließ. Sie standen vor dem Bild. Westerberg löste sich langsam aus der Erstarrung und setzte sich an seinen Schreibtisch, der Frau gegenüber. Er nickte ihnen aufmunternd zu und sagte, dass ein Übersetzer gesucht werde.

»Or may I … do you speak a little bit English?«, fragte er.

Die Frau reagierte nicht, der Mann schüttelte den Kopf.

»Ok, no problem. My … colleague is trying to find someone who … anyway …« Er lehnte sich zurück. Legte das Foto vor sich auf den Tisch, ganz sachte legte er es ab, als sei es zerbrechlich, und Seppo kehrte zurück.

»Gut, wir haben jemanden. Ich habe gesagt, dass es extrem eilt, und einen Wagen hingeschickt.«

»Bestens, Seppo. Danke dir«, sagte Westerberg.

Dann saßen sie schweigend, wartend. Joentaa dachte an den Pfarrer, der im Sommerregen über fremde Menschen gesprochen hatte, und daran, dass er zugehört hatte, gemeinsam mit Seppo und Westerberg. Die Frau hielt ihre Handtasche noch immer umklammert, obwohl sie das Bild ihrer Tochter schon herausgenommen hatte.

»Réka«, sagte sie irgendwann und deutete auf das Foto auf dem Schreibtisch.

Réka, dachte Joentaa. Und dass er Larissa anrufen musste, um sie nach ihrem Namen zu fragen.

In einer anderen Zeit, an einem anderen Ort

58

Mittag, Marktplatz, Macchiato.
Mari.
Das ist neu. Das ist hip. Das ist hop. Das ist Mari, in meinem Café, winkt, großes Hallo, hallo Unto, wie schön, dich zu sehen. Verschiedene Aspekte unverständlich.
Erstens: Woher weiß Schwesterherz, dass ich hier bin.
Hat mir Kari erzählt, sagt sie.
Kari?
Ja, dein Freund Kari, hat mir gesagt, dass du manchmal hier bist. Manchmal zu Hause, manchmal hier. Eins von beiden. Zu Hause warst du nicht, also habe ich es hier versucht.
Kari?, wiederhole ich. Du hast ... Kari ... angerufen?
Sie nickt.
Also ... damit ich das richtig verstehe ... Telefonnummer gesucht ... so ... im Telefonbuch, und dann angerufen, um zu erfahren, wo ICH bin?
Sie nickt.
Ok, sage ich.
Ok, sagt sie.
Jo.
Zweitens: Spinne ich oder geht Schwesterherz aus dem Leim?
Sie lacht.
Entschuldige, aber irgendwie ...

Das sei manchmal so, sagt sie. Monate lang sieht man nichts, dann alles.
Jo.
Sie sei schwanger, sagt sie.
Jo.
So ... mit Kind im Bauch, meint sie wohl.
Jo.
Ich muss lachen. Das Lachen tut weh. Schmerzlachen.
Mari schweigt. Bestellt sich einen Macchiato. Die Bedienerin, von kräftigem Wuchs, lächelt, schielt auf den Bauch, und Mari, Schwesterherz, erzählt mir, dass sie es wegmachen wollte, bis zum letzten Tag, bis zur allerletzten Minute, sie hat schon auf irgendeinem Ding gelegen, hat alle Formulare ausgefüllt, da war schon der Arzt mit seiner BERUHIGENDEN Stimme und seinem WERKZEUG, bereit, seine Arbeit zu tun, und dann ist sie gegangen. Abgehauen. Hat sich ANDERS entschieden.
Für das Leben, sagt sie. Nippt am Macchiato.
Jo.
Für das Leben hat sie entschieden.
Jo. Wow.
Du wirst Onkel, Unto, sagt sie, lacht, und ich lache auch, wir lachen gemeinsam, über Verschiedenes, und ich denke, dass es passt, dass es fucking perfekt ist, fucking SYMMETRISCH.
Warum lachst du, fragt Mari, und ich denke:
Unto geht Kinder killen.
Mari bringt ein Kind zur Welt.

Juli

59

Der Übersetzer war ein schmaler Mann, der verunsichert wirkte. Was Joentaa ihm nicht verdenken konnte. Er stellte sich als Tommy Kramsu vor.

»Wir danken Ihnen sehr, dass Sie sich so kurzfristig Zeit nehmen konnten«, sagte Westerberg.

Kramsu nickte und gab allen die Hand, am Ende der alten Frau und dem Mann, der hinter ihr stand. Sie sagte etwas, er antwortete. Das Gesicht der Frau hellte sich auf, sie schien Hoffnung zu schöpfen, sich für Momente in Sicherheit zu fühlen. Der jüngere Mann begann zu sprechen. Joentaa hörte wieder den Namen, den die Frau bereits genannt hatte.

»Er sagt, dass sie aus Rumänien angereist sind, auf der Suche nach Réka. Die Dame ist die Mutter, der Mann ein Bruder der Gesuchten«, sagte Kramsu.

Westerberg nickte. Er wollte etwas sagen, aber jetzt begann die Frau zu sprechen. Schnell und aufgeregt. Kramsu runzelte die Stirn und hob abwehrend die Hand, vermutlich um zu signalisieren, dass er zwischenzeitlich übersetzen wollte.

»Also, sie sucht ihre Tochter. Sie beziehungsweise ihre Söhne sind im Internet auf ein Foto gestoßen, das wohl darauf hindeutet, dass die Tochter ... tot ...« Kramsu suchte fragend Westerbergs Blick, Westerberg nickte.

Kramsu räusperte sich. »Ja, also ... die Söhne der Dame sind auf ein Foto gestoßen, und sie sagt, dass sie mit ihrem Ältesten sofort hierhergereist ist, sie sagt, dass sie das ganze

Geld genommen hat, alles, was da war, weil sie wissen möchte, wo ihre Tochter ist …«

Die Frau begann wieder zu sprechen, noch schneller, ihre Stimme brach.

»Ja … sie möchte wissen, was passiert ist und wo …«

»Fragen Sie bitte nach dem vollen Namen der Tochter. Und nach den vollen Namen der beiden«, sagte Westerberg.

Kramsu stellte die Frage. Die Frau antwortete. Es klang wie ein trauriger, ferner Gesang.

»Réka Nagy. Leana Nagy. Darian Nagy«, sagte Kramsu.

Réka Nagy, dachte Joentaa. Ein Name.

»Sagen Sie ihr bitte, dass ihre Tochter nicht mehr am Leben ist. Sagen Sie ihr, dass das, was ihre Söhne ihr gesagt haben, der Wahrheit entspricht.«

Kramsu sprach. Die fremden Worte hallten nach. Die Frau nickte und schwieg. Sie lockerte ein wenig den Griff um ihre Handtasche, und Kramsus Blick streifte das Foto, das auf dem Schreibtisch lag.

»Constanza«, murmelte er.

Westerberg sah ihn fragend an.

»Das Mädchen auf dem Foto … ist in Constanza. Am Schwarzen Meer. Da am Bildrand ist das alte Casino … ich bin einmal dort gewesen, schöne Stadt …«

Die alte Frau nickte. »Constanza«, sagte sie. Sprach wieder, schnell, nickend.

»Was sagt sie?«, fragte Westerberg.

»Sie erzählt von dem Badeurlaub. Sie sagt, dass ihre Tochter … also wohl das Mädchen auf dem Bild … sechzehn Jahre alt war, und dass sie hingefahren waren, dass sie das immer hatten machen wollen …«

Die Frau sprach weiter, immer schneller, gehetzter, und Kramsu hob abwehrend die Hand und versuchte, mit dem Tempo ihrer Worte Schritt zu halten. »Ja, also … sie sagt, dass es damals einen Schwangerschaftsabbruch gegeben habe … oder eine … Fehlgeburt … Entschuldigung, ich … also, und als das alles gut abgeschlossen war … und weil ein wenig Geld da gewesen sei … waren sie hingefahren … sie und drei ihrer Töchter …« Er atmete durch, die Frau schwieg.

»Ja … sie sagt, dass es eine schöne Zeit gewesen ist. Und dass man das sieht … am Lachen ihrer Tochter … auf dem Foto.«

Die Frau weinte.

»Ja«, sagte Kramsu.

»Fragen Sie bitte, ob Sie den Mann kennt, einen Rumänen vermutlich, der mit ihrer Tochter hier gelebt hat«, sagte Westerberg.

Kramsu übersetzte. Die Frau schwieg. Der Mann, der hinter ihr stand, begann nach einer gefühlten Ewigkeit zustimmend zu nicken. Kaum merklich, und Joentaa dachte, dass es die erste Gefühlsregung war, die er zeigte. Er sagte etwas.

»Ja. Die Tochter war mit einem Freund nach Finnland gekommen«, sagte Kramsu.

»Wir brauchen den Namen«, sagte Westerberg.

Kramsu übersetzte. Der Mann schien zu zögern. Dann sagte er: »Victor Dinu.«

»Und das war der Freund der Tochter? Der Freund von … Réka Nagy?«, fragte Westerberg.

Kramsu übersetzte. Der Mann nickte.

»Fragen Sie, ob die beiden wissen, welcher Arbeit die Tochter hier nachgegangen ist.«

Kramsu sprach. Die beiden schwiegen. Dieses Mal war es die Mutter, die nickte.

»Sie sagt, dass alle ihre Töchter in anderen Ländern arbeiten … dass sie die Familie versorgen müssen, weil die Eltern nicht arbeiten können und die Söhne keine Arbeit bekommen …«

»Aha«, sagte Westerberg.

»Sie sagt, dass er nicht gut gewesen sei. Sie habe ihn nicht gemocht.«

»Wen?«

»Den Freund. Diesen … Victor Dinu. Sie sagt, dass sie immer versucht habe, ihre Tochter von ihm fernzuhalten … sie … es wird ein bisschen wirr, sie spricht so schnell …«

»Fragen Sie bitte, ob Ihre Tochter einen weiteren Freund gehabt hat. Einen anderen Mann …«

Kramsu sprach, die Frau schien nicht zu verstehen. Dann schien sie plötzlich wütend zu werden.

»Sie sagt, dass die Tochter verschiedene Freunde gehabt habe. Sie habe nie darüber gesprochen. Sie habe ständig mit irgendwelchen Männern telefoniert, und in den anderen Ländern habe sie Geld gemacht, indem sie Hunderte von Männern gehabt habe … das sei so … sie seien darauf angewiesen …«

»Ich meine einen bestimmten Mann. Etwa im Alter des Rumänen, aber von hier, einen Finnen mittleren Alters.«

Kramsu übersetzte, die Frau nickte, ihr Gesicht schien sich aufzuhellen. Der Mann, der hinter ihr stand, ihr Sohn, einer von Rékas Brüdern, schien den Druck seiner Hände auf die Schultern der Mutter zu erhöhen, aber Joentaa konnte sich täuschen. Er schien über den Finnen nicht sprechen zu wollen, aber die Mutter sprach, und sie wirkte fast glücklich dabei.

»Ja … sie kennt ihn. Ein Finne. Er war dort.«

»Er war was?«, fragte Westerberg.

»Er war dort. Er hat sie offenbar besucht, im Dorf, in dem die Tochter aufgewachsen ist.«

»Dieser Finne … hat die Tochter besucht?«

Kramsu nickte.

»Also kennt sie ihn. Sie weiß, wie er aussieht?«

»Sie sagt, dass ihre Tochter ihn in Belgien kennengelernt hat.«

»Wie bitte?«

»Ja«, sagte Kramsu.

»Gut, also ganz langsam. Die Tochter hat einen Finnen in Belgien kennengelernt. Weiß sie seinen Namen?«

Kramsu übersetzte, die Frau sagte: »Markus.«

»Markus«, murmelte Westerberg. »Und weiter?«

Kramsu übersetzte, die Frau schüttelte den Kopf.

»Mehr weiß sie nicht.«

»Was hat er gemacht? Sie soll alles sagen, was sie über den Mann weiß.«

Kramsu sprach, die Frau sprach, der Sohn der Frau stand starr, mit wachen Augen, auf der Hut.

»Sie sagt, dass der Mann ein Geschäftsmann war.«

»Geschäftsmann?«

»Ja. In einer Bank, denkt sie. Er hatte Geld, und er hat geholfen. Er hat ... offensichtlich die Renovierung eines Hauses finanziert ... und diverse ... die Frau sagt, der Mann habe ihr das Leben gerettet, ich weiß nicht genau, was sie damit meint ...«

»Geschäftsmann, Bank, Belgien«, murmelte Westerberg.

»Da klingelt was«, sagte Seppo.

»Was?«, fragte Westerberg.

»Ja. Bei Bank und Belgien. Ich hab da was gelesen. Ist länger her. Ich bin gleich wieder da.« Seppo ging ins angrenzende Zimmer, Joentaa sah durch die Jalousien, dass er sich vor den Computerbildschirm setzte und konzentriert zu suchen begann.

»Kann sie ihn beschreiben?«, fragte Westerberg.

Kramsu fragte, hörte zu. »Lieb«, sagt sie. »Ein lieber Mann.«

»Ich meinte eher, wie er aussah«, sagte Westerberg.

»Ja, das meint sie. Er habe lieb ausgesehen.«

»Jaja. Ich meinte aber physische Merkmale. Faktoren des Wiedererkennens.«

Die Frau sprach, Kramsu übersetzte, und Joentaa schloss die Augen und ließ das Bild in seinen Gedanken entstehen. »Lieb, normal. Schmal, kurze Haare, eher hell als dunkel, still, aber er hat viel gelächelt.«

»Gelächelt?«, fragte Westerberg.

»Ja, sie sagt, dass er einfach so gekommen ist, im Zimmer gestanden und gelächelt hat. Ein lieber Mann, sagt sie dauernd.«

Westerberg nickte.

»Ich hab da was«, rief Seppo aus dem angrenzenden Raum.

Joentaa sah durch die Jalousien. Seppo winkte ihm zu. »Ich gehe mal rüber«, sagte er.

Auf Seppos Bildschirm flimmerte eine aufwendig, aber schlicht gestaltete Homepage. Ein Logo vor dem Hintergrund eines kräftigen blauen Himmels.

»Die Norda-Bank. Hat im Frühling eine Kooperation mit dem belgischen Investment-Bankhaus De Vries verkündet«, sagte Seppo. »Das war eine größere Sache ... also, nur im Wirtschaftsteil ... den ich ab und zu lese ...«

Joentaa nickte, und Seppo klickte sich in bemerkenswerter Geschwindigkeit durch eine Reihe von Mitarbeiterbiografien.

»Meine Herren, da raucht der Kopf ...«, murmelte er. »Managing Director, Business Unit Manager, Head of Information Technology, Europa-Potenzial, Technologie-Plus, Rendite-holder-Teufel-was ...« Dann hielt er inne.

»Da hätten wir immerhin einen ersten Markus«, sagte Seppo.

Joentaa beugte sich über den Bildschirm.

»Und das Komische ist, dass schon wieder was klingelt«, sagte Seppo.

Joentaa sah ihn fragend an.

»Das wäre ja ...«, murmelte Seppo. Er öffnete ein anderes Fenster, klickte sich durch eine Liste von Namen. »Mein Gott«, sagte er schließlich.

»Was denn?«, fragte Joentaa.

Seppo lehnte sich zurück. Atmete tief ein und aus.

»Schau mal bitte«, sagte er.

Joentaa beugte sich über den Bildschirm und las den Namen. Zwei Mal, auf der Liste und daneben, auf der Homepage der Bank. *Head of Investmentbanking – Northern countries, vicarious head of Fondsmanagement – Northern countries, head of US-Facilities, vicarious head of ...*

Seppo druckte die Vita aus und das dazugehörende Foto, dann liefen sie zurück in den anderen Raum, zu Westerberg, Kramsu, zu der Frau und ihrem Sohn.

Réka, dachte Joentaa. In der Sonne, am Meer. In einem anderen Sommer. Auf dem Sprung, ins Wasser zu rennen. Hohe Wellen ignorierend.

»Und?«, fragte Westerberg.

Seppo zeigte der alten Frau und ihrem Sohn den Ausdruck, das Foto, der Mann schwieg, die Frau nickte.

»Markus«, sagte sie.

»Was?«, sagte Westerberg.

»Markus Sedin«, sagte Seppo. »Fondsmanager der Norda-Bank. Erinnerst du dich an den Namen?«

Westerberg kniff die Augen zusammen und schien die Erinnerung zu spüren, aber nicht ganz nach ihr greifen zu können.

»Das erste unserer einhundertdreizehn Objekte«, sagte Seppo. »Das schneeweiße. Neuer als neu hast du gesagt, vielleicht hatte ich mir deshalb den Namen gemerkt. Markus Sedin besitzt eine Wohnung mit Meeresblick, dreißig Meter Luftlinie entfernt von der Bank, auf der die Toten gelegen haben.«

60

Markus Sedin erkannte die beiden sofort wieder. Den älteren, der auf eine merkwürdig müde, gleichzeitig souverän behutsame Art den Eindruck vermittelt hatte, die Ermittlung zu leiten. Und den jüngeren, der an der Absperrung gestanden hatte, in Gespräche mit Anwohnern vertieft. Die Toten hatten, vom Balkon aus gut sichtbar, neben der Bank gelegen, und der Park war von Schnee bedeckt gewesen, der begonnen hatte zu schmelzen.

Auno, seine Sekretärin, stand unschlüssig neben den beiden Männern in der Tür, und Sedin signalisierte ihr mit einem Kopfnicken, dass sie gehen konnte, weil er bereit war, die beiden in seinem Büro zu empfangen. Alles war in Ordnung. Nichts passiert. Er würde die Sprache sprechen, die er nicht kannte.

»Herr Sedin. Markus Sedin?«, fragte der Ältere, und Sedin nickte.

»Westerberg, das ist mein Kollege Seppo«, sagte der Ältere, und Sedin nickte wieder und bat die beiden, Platz zu nehmen.

Sie saßen sich gegenüber. Schweigend. Vielleicht war das ja die Sprache, die er suchte. Schweigen. Der Ältere, Westerberg, nahm ein Foto aus der Tasche seines Jacketts. Er legte es auf den Schreibtisch, und Sedin betrachtete es, lange.

»Sie kennen die Frau?«, fragte Westerberg.

Er nickte. Es erschien ihm selbstverständlich, das zu tun. Nicken, zustimmen. Das konnte nicht falsch sein.

»Ja?«, fragte Westerberg, und Sedin dachte, dass sie zu viert im Raum waren. Westerberg, Seppo, er selbst. Und Réka. Blau und Orange. Kontrastfarben, in perfekter Harmonie vereint. Sie lachte, schien auf dem Sprung zu sein, gleich würde sie loslaufen, ins Wasser.

»Sie besitzen eine Wohnung in der Neubauanlage Rannankatu 8–24?«

Er nickte.

»Sie wissen, dass dort vor einiger Zeit, Anfang Mai, im angrenzenden Park, die Leiche dieser Frau gefunden wurde?«

Er nickte.

»Waren Sie befreundet mit dieser Frau? Haben Sie ihr und ihrer Familie geholfen?«

Er nickte.

»Ja«, sagte Westerberg. »Dann … möchten wir Sie bitten, uns zu begleiten.«

Er nickte. Stand auf.

»Ich möchte Sie darauf hinweisen, dass es sich vorläufig nicht um eine Festnahme nach Paragraf 127 handelt, sondern um die Abholung zu einer Vernehmung, wobei die Vernehmung zur Person obligatorisch sein wird, die Vernehmung zur Sache auf Freiwilligkeit gründet.«

Er nickte.

Dann liefen sie über den frisch gereinigten grauen Teppich zum Aufzug und fuhren nach unten. Niemand kam, niemand, mit dem er hätte sprechen müssen.

Der Wagen der Polizisten stand auf dem Besucherparkplatz, er stieg ein, der Jüngere fuhr, der Ältere, Westerberg, telefonierte, bat seinen Gesprächspartner am anderen Ende der Leitung, einen bestimmten Vernehmungsraum vorzubereiten, ein bestimmtes Aufnahmegerät.

Was auch immer das bringen sollte.

Alles, was er dem Älteren und dem Jüngeren sagen wollte, würde mit einem Aufnahmegerät kaum wiederzugeben sein, denn er würde in der Sprache des Schweigens sprechen müssen, in einer Sprache, die ohne Worte auskam.

61

Sie standen wieder zu viert vor Réka Nagys Grab. Joentaa, Kramsu, Rékas Mutter, Rékas Bruder. Es regnete nicht, der Nachmittag wich einem warmen Abend. Die Mutter sprach, leise und schnell, aber Kramsu übersetzte nichts.

»Ich verstehe sie nicht«, murmelte er, als er Joentaas fragenden Blick spürte. »Sie spricht ... wie in einer Fantasiesprache.«

Joentaa wendete sich wieder dem Grab zu, hörte die Frau in einer Sprache sprechen, die Kramsu, der Übersetzer, nicht verstand, und er dachte an den Mittag, als sie auch zu viert hier gestanden hatten, Seppo, Westerberg, er selbst und der Pfarrer. Er dachte, dass vielleicht die Worte des Pfarrers, die kristallklar gewesen waren, aber mit Réka Nagy nichts zu tun gehabt hatten, jetzt mit den fantasierten Worten der Mutter endlich zu einer Wahrheit verschmolzen.

Am Ende, als die Mutter zu weinen begann, sagte der Bruder etwas. Er sprach leise und eindringlich, Kramsu räusperte sich, bevor er zu übersetzen begann.

»Er sagt, dass alle Hilfeleistungen des Herrn ... wie hieß er ...«

»Sedin?«, sagte Joentaa.

»Genau. Er sagt, dass die Hilfe von dem Mann auf freiwilliger Basis geleistet worden sei, er gibt seiner Dankbarkeit Ausdruck, möchte aber betonen, dass seine Familie den Mann darum nicht gebeten hat und sich außerstande sieht, die entsprechenden Summen zurückzuzahlen.«

Joentaa nickte. »Das ... steht nicht im Mittelpunkt der Ermittlung«, sagte er.

Er suchte den Blick des Bruders, suchte nach Trauer in seinen Augen und fand sie.

»Also ... ich vermute, dass die beiden wissen, dass die

Tochter oder deren Freund den Mann ausgenommen hat, vielleicht waren sogar die Familienangehörigen involviert ... aber dass der das ausgerechnet hier am Grab des Mädchens ...«

»Vermutlich hat er gelernt, dass gleich nach dem Tod ein neuer Überlebenskampf beginnt«, sagte Kimmo Joentaa.

In einer anderen Zeit, an einem anderen Ort

62

Das Festival, das alljährlich Kinder und Teenager auf die Insel der Mumins führt, ist eines der größten in Turku und Umgebung. Es treten Newcomer aus der Region gemeinsam mit etablierten Interpreten auf, die Headliner sind häufig landesweit bekannte Bands, die Stilrichtungen sind zahlreich, alles ist geboten, von Rock und Pop bis Jazz, Rap, Weltmusik. Ich bin einmal dort gewesen, vor einigen Jahren, mit Kari, und kann mich daran erinnern, dass ich viel getrunken habe, und je länger ich trank, desto größer wurde die Distanz zwischen mir und der Musik und den Menschen.

Irgendwann war alles so fremd, dass ich das Gefühl hatte, gar nicht mehr da zu sein. Es war, als würde ich das Fest sehen und die Musik hören, aus der Perspektive eines Betrachters, der durch eine Scheibe schaut. Die Scheibe war ein wenig beschlagen, wie von Frost oder Kälte, obwohl es sehr warm war. Daran erinnere ich mich, es war ein sehr warmer Abend.

Der Line-up für das Festival dieses Jahres steht schon fest. Weitestgehend zumindest, einige der lokalen Bands werden sicherlich noch kurzfristig bekannt gegeben, und vielleicht bemühen sich die Veranstalter hinter den Kulissen noch um den einen oder anderen »Special Guest«.

Jo.

Ich habe vergangene Woche mit der Herstellung der Rohrbomben begonnen, und es läuft recht gut. Ich halte mich peinlich genau an die Anleitung im Netz, die sehr gut ist.

Einfach gehalten, verständlich, aber gleichzeitig so, dass man am Ende nicht mit irgendwelchen Attrappen durch die Gegend läuft.

Ich habe einen kleinen Testlauf gemacht und kann sagen, dass bei mir noch alles dran ist – was ich nicht unbedingt erwartet hatte –, und die Explosion war fein. Klein, aber fein, offen gestanden sogar ein wenig stärker, als ich gedacht hatte.

Jo. Das ist mein aktueller Stand.

Mari hat angerufen, bimmel, bammel, und wir haben ein wenig GEREDET. Ich habe nach dem kleinen Ding gefragt, ihr wisst schon, in Maris Bauch, dem BABY.

Läuft alles gut, sagt sie. Und dann denke ich, dass sie traurig ist. Mein Schwesterherz, traurig. Läuft alles gut, sagt sie, aber ihre Stimme klingt TRAURIG. Was ja kein Wunder ist, so gesehen. So alles in Betracht ziehend.

Jawoll, Herr Beck. Stillgestanden.

Wird bestimmt ein liebes Kind, sage ich, und Mari lacht, traurig.

Willst du es vielleicht doch wegmachen?, frage ich, und Mari lacht, dieses Mal laut.

Bisschen spät fürs Wegmachen, sagt sie.

Jo, sage ich.

Sind nur noch acht Wochen, sagt sie.

Aha.

Dann sagt sie etwas Komisches. Dass wir mal über früher reden könnten. Wenn ich will. Über FRÜHER. So damals, zu Hause, sie und ich und Mama und …

HÄ?

Nur wenn ich will, sagt sie.

Jo.

Mal Pizza essen gehen, sagt sie. Was trinken, reden. So. Über alles. Oder so.

Special Guest, denke ich, später, als das Telefon stumm und gut und Ende und Nacht ist.
Special Guest, uninvited, der ungebetene Gast.
In Schwester Maris Bauch.
Und auf der Konzertbühne, bald, im Wald, auf der Insel, im falschen Märchenland.

Juli

63

Der Mann, der hinter der Scheibe saß, schwieg.

»Was ist eigentlich los mit dem?«, fragte Seppo, und Kimmo Joentaa dachte, dass der Mann schwieg und nickte und niemals den Kopf schüttelte.

»Der wird doch irgendwann mal was sagen, oder«, sagte Seppo, und Joentaa konzentrierte sich auf den merkwürdigen Dialog, auf die leisen Worte und das Schweigen, jenseits der Scheibe, Westerberg sprach, ruhig und klar, und Markus Sedin nickte.

»Ihnen ist bewusst, dass unsere Kriminaltechnik Möglichkeiten besitzt, nachzuweisen, dass sich Frau Réka Nagy und Herr Victor Dinu in Ihrer Wohnung befunden haben.«

Sedin nickte.

»Und Sie verstehen, dass wir, falls das der Fall sein sollte, auch nachweisen können, dass die beiden dort gestorben sind.«

Sedin nickte.

»Ihnen ist bewusst, dass Sie, sollten entsprechende Untersuchungen den Verdacht erhärten, unter dringendem Tatverdacht stehen?«

Sedin nickte.

»Sie bleiben dabei, dass Sie keinen Anwalt hinzuziehen möchten?«

Sedin nickte.

»Sie waren mit Réka Nagy liiert?«

Sedin schwieg, schien darüber nachzudenken.

»Befreundet?«, fragte Westerberg.

Sedin nickte.

»Sie haben sich in Belgien kennengelernt? In Ostende vermutlich, im Rahmen von Verhandlungen mit dem belgischen Bankhaus De Vries?«

Sedin nickte.

»Sie haben im April dieses Jahres eine Wohnung gekauft, in der Frau Nagy gelebt hat?«

Sedin nickte.

»Besitzen Sie einen Pool? Ein Schwimmbad? Im Garten Ihres Wohnhauses vielleicht?«

Sedin schwieg. Lange. Dann nickte er.

»Haben Sie … Réka Nagy getötet?«

Sedin schwieg.

»Victor Dinu?«

Sedin schwieg.

»Ist Frau Nagy in Ihrer Wohnung ums Leben gekommen?«

Sedin schwieg. Er schien zu nicken, aber kaum merklich, er schien sich nicht entschließen zu können, ob er nur schweigen oder schweigend nicken sollte.

»Gut«, sagte Westerberg. »Wir werden diese Aufnahme beizeiten um die Angaben zu Ihrer Person ergänzen müssen, und ich möchte Sie darum bitten, dann auch zu sprechen. Sie müssen nur Ihren Namen sagen.«

Sedin nickte.

»Wir machen jetzt eine Pause. Ist Ihnen bewusst, dass Sie hierbleiben werden? Es wird Untersuchungshaft beantragt.«

Sedin nickte.

»Gut«, sagte Westerberg. Er stand auf und ging und war schon fast an der Tür, als Sedin sich aufrichtete. Joentaa sah es durch die Scheibe hindurch, und er hatte das Gefühl, dass Sedin erwachte, aus einem Tagtraum, den er geträumt hatte.

»Taina und Ville«, sagte er.

Westerberg, an der Tür stehend, drehte sich um.

»Meine Frau und mein Sohn. Ich muss … jemand muss sie anrufen«, sagte Markus Sedin.

Zwei Stunden früher, in einer Geschichte, die nicht erzählt wird

64

Am Nachmittag kam Jarkko Falk in Brüssel an und erreichte den Zug nach Ostende, indem er die leichte Reisetasche über die Schulter warf, rannte und einem gelangweilt aussehenden Schaffner händeringend signalisierte, bitte die Tür geöffnet zu halten.

Der Schaffner sagte etwas, das er nicht verstand, und er bedankte sich beim Schaffner, in einer Sprache, die dieser nicht zu verstehen schien. Jedenfalls verzog er keine Miene und schien ein wenig enttäuscht zu sein darüber, dass es dem späten Passagier doch noch gelungen war, einzusteigen.

Als der Zug langsam anfuhr, fand Falk, schwer atmend, ein leeres Abteil, und er spürte für Momente Erleichterung, Freude, für Momente hatte er das Gefühl, rechtzeitig angekommen zu sein, eine Etappe zurückgelegt zu haben, auf dem Weg an ein Ziel, an einen magischen Ort, an dem sie auf ihn warten würde.

Der Schaffner kam, prüfte sein Ticket, hatte keine Einwände. Hinter den Scheiben war der Sommer klar und blau. Die Fahrt war ein langer Augenblick des Wartens.

Als er ankam, empfand er das Rauschen des Meeres, das Schlagen der Wellen, als etwas, das ihm galt, und während er zur Strandpromenade lief, verschmolz das Geräusch mit dem Summen des Windes zu einem Gesang, den nur er hören konnte.

Das Hotel stand gelb und rechteckig vor der weiten Fläche

des Wassers, der Strand war angefüllt von lachenden, schreienden Menschen, und Jarkko Falk erinnerte sich an einen Plan, den sie gehabt hatten, Réka und er, eine Idee, die sie geteilt hatten, die Idee, im Sommer hier schwimmen zu gehen.

Er checkte ein, fuhr mit dem Aufzug nach oben, ging durch den Flur, öffnete die Tür zu seinem Zimmer, legte die Tasche auf das Bett und trat ans Fenster. Er zog einen der roten Sessel heran und setzte sich. Am Horizont fuhr eine Fähre, in der Mitte des Meeres fielen Surfer von ihren Brettern, am Rand des Wassers warfen sich Kinder in die Ausläufer der Wellen.

Es war ein schöner Ort, aber kein magischer.

Niemand wartete.

Manchmal dachte er über den Taxifahrer nach. Der, gemeinsam mit ihm, gewartet hatte. Der sich schon in dieser Nacht wenig für ihn interessiert hatte und der offensichtlich auch keine Notiz genommen hatte von den Toten, auf der Parkbank, in Helsinki, oder es war ihm einfach zu anstrengend gewesen, Zusammenhänge zu erkennen und den ermittelnden Behörden von dem merkwürdigen nächtlichen Fahrgast zu erzählen ... *wow, Verfolgungsjagd,* hatte der Mann gesagt, und müde den Wagen beschleunigt ...

Er dachte an die Waffe, die nicht ihm gehörte. Von der er nicht wusste, wie sie funktionierte. Die er nicht in den See geworfen hatte. Weil er eine Lücke in der Logik wahrgenommen hatte, er wusste nur noch nicht, wie diese Lücke zu füllen sein würde.

Er schloss die Augen, und während der Gesang des Windes und der Wellen langsam abebbte, schlief er ein.

Vierter Teil

August

65

Ende August feierte Ari Kauppinen Geburtstag, und die Ekholms waren eingeladen. Das erste Fest seit Annas Tod, dachte Lasse Ekholm, während er durch das Fensterglas die Schaukel, das Fußballtor und den hellen Himmel betrachtete. Aus dem Schlafzimmer drang leise Kirstis Gesang.

Eher ein Summen. Ein monotones Summen, das nie in eine Melodie mündete. Er rieb sich die Schläfen und versuchte, den Ton aus seinen Gedanken zu entfernen, aber es gelang nicht. Der Ton hallte nach, nachdem Kirsti längst zu schweigen begonnen hatte. Dann stand sie im Türrahmen und sagte, sie sei so weit.

Er erwiderte ihr Lächeln.

»Gut siehst du aus«, sagte er.

Kirsti nickte, zog sich eine Jacke über, die zu ihrem Kostüm passte, und dann liefen sie durch die Wärme eines frühen warmen Abends zu dem neuen Wagen, der silbern glänzend unter der Sonne stand und unberührt wirkte. Lasse Ekholm dachte an den Verkäufer im Autohaus, der Kirsti einen roten Blumenstrauß überreicht, sie zu ihrer Wahl beglückwünscht und allzeit eine gute Fahrt gewünscht hatte.

Kirsti stieg ein, und sie fuhren schweigend. Die Klimaanlage funktionierte einwandfrei, und nach einiger Zeit sagte Kirsti, dass sie sich auf die Feier freue.

»Du auch?«, fragte sie.

»Hm?«

»Freust du dich auch?«

»Sicher«, sagte er.

»Kommt nicht auch Sven? Mit Marisa?«

»Ja. Ich denke schon. Sicher«, sagte er.

»Habt ihr nicht darüber gesprochen?«

Ekholm sah sie an. Er hatte das Gefühl, dass sich der neue Wagen ohne sein Zutun fortbewegte. Ein ganz besonderes Fahrgefühl, hatte der Verkäufer im Autohaus versprochen.

»Ja, doch«, sagte er. »Sven hat gesagt, dass er kommen will. Und Marisa auch.«

»Schön«, sagte Kirsti. »Ich habe die beiden seit ... ziemlich lange her, seit wir uns gesehen haben.«

Ekholm nickte. Ein Wiedersehen der Freunde, dachte er. Ari Kauppinen, Sven Lövgren und er selbst, Fußball spielend, mit einem kleinen gelben Tennisball, in einem anderen Leben, in Schulhofpausen.

Ari Kauppinen, Anwalt.

Sven Lövgren, Architekt.

Sven Lövgren, sein Kompagnon im gemeinsamen Büro, der seit einiger Zeit dafür sorgte, dass die Firma sich über Wasser hielt, obwohl der Chef nicht anwesend war. Vielleicht würde er im Lauf des Abends eine Gelegenheit finden, einen geeigneten Moment, um sich bei Sven zu bedanken.

Kirsti schaltete das Radio an, die Melodie drang sofort ins Gehirn, eine beliebige Melodie, tausendfach gehört. Hinter der Windschutzscheibe, weit entfernt, hing ein Flugzeug im Blau des Himmels, und das Haus von Ari und Virpi stand, wo es immer gestanden hatte, unter der Abendsonne am Rand des Waldes, als sie ankamen.

Im Garten lachende Menschen, Girlanden, Luftschlangen und ein Grill, aus dem Rauch aufstieg. Kirsti stieg aus. Begann zu laufen, hielt inne, kehrte zurück. Öffnete die Beifahrertür.

»Kommst du?«, fragte sie.

»Sicher«, sagte Lasse Ekholm.

Er lief hinter Kirsti auf das Haus zu, konzentrierte sich darauf, einen Fuß vor den anderen zu setzen, und sah sie laufen, mit zielgerichteten Schritten. Aliisa, die Tochter der Kauppinens, rannte im Garten mit Markku, dem Sohn der Lövgrens, um die Wette. Schallendes Lachen, als Markku Aliisa zu fassen bekam, und Virpi Kauppinen kam ihnen entgegen, die Arme zur Begrüßung ausgestreckt.

»Da seid ihr ja!«, rief sie. Eine Spur zu laut, ihr Lächeln ein wenig zu breit. Virpi umarmte Kirsti, und Lasse Ekholm stellte sich vor, Kirsti zu umarmen.

Im Garten warteten die Gäste. Lächelnd. Ari löste sich vom Grill und kam auf sie zu, der Druck seiner Hand war fest, und Marisa Lövgren, die Frau seines Kompagnons, stand im Hintergrund, kaum merklich den Kopf schüttelnd, als wolle sie zum Ausdruck bringen, dass sie irgendetwas nicht glauben könne, nicht glauben wolle, was auch immer. In jedem Fall der Ausdruck des Bedauerns auf ihrem Gesicht, kaum merklich, aber sichtbar, und Lasse Ekholm dachte, dass es nicht zur Sprache kommen würde. Das, woran alle dachten. Einen Abend lang erfolgreich um die Lücke herum sprechen.

Marisas Hand lag schlaff in seiner, und ihre Stimme brach, als sie ansetzte, um etwas zu sagen. Sie räusperte sich und schwieg, und Aliisa, die Tochter der Kauppinens, näherte sich unschlüssig und wendete sich ab, als Ekholms Blick ihre Augen streifte. »Ich geh rein zu Markku, der wollte mir was am Laptop zeigen«, rief sie und verschwand im Haus.

Virpi drückte Ekholm ein Glas in die Hand. Ari begann, einen Toast auszusprechen. Kirsti stand ihm gegenüber und lächelte erstarrt.

»Ich freue mich, dass ihr alle heute gekommen seid«, sagte Ari Kauppinen. »Ich freue mich sogar sehr darüber. Ich möchte, dass wir heute und jetzt auf diese Freundschaft trinken.

Und … ganz besonders auf Kirsti und Lasse. Darauf, dass ihr beide heute … hier seid … bei uns …«

Er schwieg. Alle hoben ihre Gläser, tranken. Die Kinder rannten wieder durch den Garten, Aliisa rutschte aus, fiel, schmiss fast den Grill um, und Virpi rief:

»Seid bitte vorsichtig!«

Die Kinder reagierten nicht, rannten weiter.

»In Oulu hat sich ein Mädchen Verbrennungen zugezogen bei einem Grillfest. Das stand heute im …«

Ari runzelte die Stirn, Virpi hielt inne, die Stille breitete sich aus, schneller als sonst in den Pausen zwischen Sätzen.

Kirsti half Virpi und Marisa dabei, den Tisch zu decken, und Lasse Ekholm stand neben Ari Kauppinen und Sven Lövgren und versuchte die Worte aufzufangen, die Ari sprach, aber es gelang nicht. Er sah Kirsti lachen, hell, verzerrt, ein Teller fiel ihr aus der Hand, Ekholm hörte das kurze, dumpfe Klirren in dem Moment, in dem der Teller zersprang.

»Kein Problem, ich mache das«, rief Virpi.

Marisa lachte, Kirsti lachte. Virpi fegte die Scherben auf, lachend.

»Die Frauen amüsieren sich«, sagte Ari Kauppinen, und Ekholm hatte den Eindruck, dass das Gewicht des Glases in seiner Hand zunahm, es wurde schwer und schwerer. Er nahm einen Schluck, das Getränk prickelte wie Brause, er ging ins Badezimmer, verschloss die Tür und schüttete alles in den Ausguss.

Als er zurückkehrte, rief Virpi: »Zu Tisch! Es gibt Fondue, und wer davon nicht genug bekommt, wird von unserem passionierten Grillmeister Ari mit Sonstigem versorgt.«

Ekholm setzte sich neben Kirsti und hielt einen Spieß mit Fleisch in brodelndes Öl. Kirsti reichte die Salatschüsseln an, Ari erzählte von einem Urteil, das gesprochen worden war, und Ekholm gelang es endlich, nach den Worten zu greifen, die Ari sprach. Ein Urteil, das Aris Mandanten freigesprochen hatte von Schuld, Ari sprach verklausuliert, den Mandanten nannte er X, den Anwalt Y, den Fall – Tötungsdelikt, Eifersuchtsdrama – wollte er nahebringen.

Ekholm hörte zu und dachte, dass er Ari Kauppinen mochte. Vermutlich würde Ari den Fall gewinnen. Ihren Fall. Falls der Blitz, das Licht, das aus dem Nichts gekommen war, irgendwann einer Person würde zugeordnet werden können. Was möglicherweise passieren würde. Aber wahrscheinlich nicht, denn ein Blitz und ein Licht waren keine Personen, keine Wesen, die in einem Gerichtssaal sitzen und sich einem Kreuzverhör des Juristen Ari Kauppinen unterwerfen würden.

Die anderen lachten, offensichtlich hatte Ari das Thema gewechselt, etwas Lustiges gesagt.

»Du magst es ja gut durchgebraten«, sagte Kirsti.

Er sah sie an. Ihr Blick war verschleiert und entspannt. Sie hatte lange keine größeren Mengen Alkohol getrunken, jetzt wirkte er umso schneller und intensiver. Er wollte sie umarmen, und er dachte, dass es schön war, sie so zu sehen. Entspannt, fast ausgelassen. Es wirkte echt.

»Lasse … hallo … den muss man irgendwann mal … aus dem Feuer nehmen …«, sagte Kirsti.

Er folgte ihrem Blick.

»Entschuldigung«, sagte er, nahm den Spieß aus dem Öl und legte das verkohlte Stück Fleisch in ein Taschentuch.

In einer anderen Zeit, an einem anderen Ort

66

Habe die Rohrbomben gut verpackt vergraben, im Wald auf der Insel, griffbereit. Kostüm gebügelt. Gewehr und Schießeisen parat gelegt. Munition reichlich vorhanden. JoJoJoJo, fucking JO.

Auf dem BILDSCHIRM flimmert eine ANFRAGE von alter Freundin, angel-in-darkness. Ob ich da sei.

–

Friend-of-fire? Bist du da?

–

No.

–

…

–

Fällt ihr wohl nichts mehr ein, der Schlampe …

–

…

–

Oder doch. Da kommt ein Textchen.

–

Ich brauche jemanden. Dich. Zum Reden. Sagt sie.

–

Jo …

–

No.

–

Bitte. Sagt sie.

–

Wenig Zeit. Bin in EILE.

–

Warum? Fragt sie.

–

Warum? Warum? WARUM?

–

…

–

Kannst du mir sagen, warum?

–

No.

–

…

–

Was willst du von MIR?!

–

Vielleicht später? Fragt sie.

–

No.

–

Warum?

–

Gibt kein Später.

–

Morgen?

–

Kein Morgen.

–

…

–

Ausgeloggt, die Schlampe.

Bye-bye.
Arrivederci.
Tschüss und ciao.
Have a good time.
God bless you.
Und so weiter.

67

Mari Beck legte das Notebook auf den Abstelltisch. Sie saß, gegen Kissen gelehnt, und versuchte, nachzudenken, aber es ging nicht. Sie weinte, ohne es zu spüren, eine der Krankenschwestern machte sie darauf aufmerksam. Sie fragte, ob sie helfen könne.

»Was?«, fragte Mari Beck.

»Sie weinen. Ich möchte fragen, ob ich helfen kann. Wir können Ihnen das nie versprechen, aber ich kann Ihnen aus meiner Erfahrung sagen, dass alles gut verlaufen ist.«

»Was?«

»Ihrem Baby geht es den Umständen entsprechend gut. Es liegt im Inkubator, aber es gibt keine Anzeichen eines Atemnotsyndroms.«

Mari Beck nickte und hatte das Gefühl, nach der Erinnerung nicht greifen zu können, obwohl es erst wenige Tage zurücklag. Sie hatte ein Kind zur Welt gebracht. Sie konnte sich nicht daran erinnern, und sie hatte das Kind erst einmal gesehen. Einen Augenblick lang, der ein intensives Bild geschaffen hatte und vergangen war.

»Alle Werte sind stabil«, sagte die Schwester. Sie lächelte. »Manche können es einfach nicht erwarten, ich denke immer, dass es ein Ausdruck von Vorfreude sein kann. Auf das Leben.«

Nicht warten, dachte Mari Beck. Keine Sekunde länger. Unto hatte komisch geklungen. Noch komischer als sonst.

Kein Morgen ... kein Später ...

Als die Schwester gegangen war, stand sie auf, suchte ihre Kleider zusammen und zog sich an. Sie lief auf schwachen Beinen, aber sie lief. Die Gänge waren leer, die Mitarbeiterinnen im Schwesternzimmer wendeten ihr den Rücken zu.

Als sie ins Freie trat und auf den Taxistand zuging, dachte sie an das Kind, das ihren Körper verlassen hatte. Einige Wochen zu früh. Sie nannte dem Taxifahrer die Adresse ihres Bruders und lehnte sich zurück.

Alles stabil, dachte sie.

Wenn sie an das Baby dachte, spürte sie nichts, aber das würde kommen. Mit der Zeit.

Sie spürte, dass es kommen würde, irgendwann würde sie sagen können, dass es begonnen hatte, dass es angefangen hatte, was auch immer.

August

68

Am frühen Abend öffnete Kimmo Joentaa seinen Mail-Account und fand eine Nachricht von veryhotlarissa, eine Nachricht, die einige Stunden lang auf ihn gewartet hatte. Die erste Nachricht seit recht langer Zeit, eine lange Nachricht, ungewöhnlich lang.

Er las die Worte und dachte, dass Larissa hier war. Gleich würde sie im Raum stehen, es würde sich anfühlen, als sei nur eine Sekunde, ein Atemzug vergangen.

Von: veryhotlarissa@pagemails.fi
An: kimmojoentaa@turunpoliisilaitos.fi

Hei Kimmo,
ich denke, du wartest auf mich, oder? Wartest dir die Beine in den Bauch.
Das denke ich manchmal und dass du der liebste Mensch bist, der mir begegnet ist.
Manchmal denke ich gar nicht an dich, dann bist du wie nie dagewesen. Ein Schatten, der nichts bedeutet, genauso wenig wie alles andere.
Manchmal überlege ich, zu deinem Haus am See zu fahren, und sei es nur, weil ich sichergehen will, dass die Giraffe unter dem Apfelbaum liegt. Da liegt sie doch, oder?
Weshalb ich schreibe: zum Thema Liebeskasper. Zu dem Fall, an dem du arbeitest – ich habe, vor einigen Jahren, davon gelebt. Hatte drei von der Sorte gleichzeitig, und das hat mir wirklich geholfen, weil das Geschäft mit normalen Freiern schlecht lief.

Einer meiner Kasper hat die Sache auf die Spitze getrieben, der kam am Ende immer in das Haus, in dem ich gearbeitet habe, und brachte Geld. Also, er brachte Geld und ging sofort wieder. Das war ihm wichtig, er wollte mir signalisieren, dass er nichts haben möchte, dass er sich nichts kaufen will, dass er nur helfen will.
Ich vermute, das ist wahre Liebe.
Ich will dir eine Sache sagen, die dir vielleicht hilft, in diesem Fall, an dem du arbeitest. Ich habe diese Männer belogen und verachtet, mehr noch als andere Freier, aber gleichzeitig habe ich sie auch irgendwie bewundert und gemocht. Es war schwierig, traurig, zwiespältig.
Viele der Damen aus Osteuropa geben das Geld ihrer Liebestrottel gleich weiter, an ihre »Freunde«, die in der Regel Zuhälter sind. Die Damen belügen die Kasper, die »Freunde« belügen die Damen. Vielleicht hatte, in deinem Fall, ein Kasper die Schnauze voll von dem Scheiß. Würde ich ihm nicht mal übel nehmen.
Ich wünsche dir einen schönen Tag und später eine gute Nacht.
L.

Joentaa las, und dann las er noch einmal. Die längste Nachricht, die Larissa je geschrieben hatte. Die Worte hallten nach, er hörte ihre Stimme, so als hätte sie die Worte laut ausgesprochen. Er blieb für eine Weile unschlüssig sitzen, versuchte die Worte zu sortieren. Viele wichtige Worte, aber seine Gedanken blieben an einem Satz haften, der ganz beiläufig gewesen war.

Er dachte an den Mann, der in Helsinki hinter der Scheibe gesessen hatte, im Vernehmungsraum, in einem stummen Dialog mit Westerberg. Markus Sedin, Fondsmanager der Norda-Bank. Verliebt in die falsche Frau. Oder in die richtige. Zur falschen Zeit. Wer wusste das schon. Ein lieber Mensch, hatte Réka Nagys Mutter gesagt.

Sedin saß seit einigen Wochen in Untersuchungshaft, die Ermittlungsergebnisse waren eindeutig und nicht interpretierbar. Die kriminaltechnische Untersuchung der Wohnung hatte zweifelsfrei ergeben, dass Réka Nagy und Victor Dinu dort erschossen worden waren. Die sichergestellte Munition ließ auf eine in Osteuropa hergestellte Tatwaffe schließen, die vermutlich im Besitz von Victor Dinu gewesen war, bis Sedin sie, auf welche Weise auch immer, an sich genommen und abgedrückt hatte. Motiv Eifersucht. Rasende Eifersucht vermutlich. Tief empfundene Demütigung.

Die Tatwaffe blieb verschwunden, die an der Kleidung der Toten sichergestellten Faserspuren wiesen Übereinstimmungen mit Kleidungsstücken Sedins auf und stimmten auch mit dem Material der Plane überein, die im Garten der Familie Sedin das Schwimmbad schützte.

Joentaa schloss die Augen und dachte an den Mann hinter der Scheibe, der nicht mehr gesprochen, nur noch genickt hatte.

Die Ermittlung, die lange auf der Stelle getreten war, war plötzlich, von einem Moment auf den anderen, in einer atemberaubenden Geschwindigkeit vorangeschritten und hatte in diesem Mann einen unverrückbaren Fokus gefunden, ein Zielobjekt, auf das sich tatsächlich jedes Indiz, jedes Beweismittel hatte anwenden lassen.

Die Ermittlung war abgeschlossen. Aber manchmal hatte sich Joentaa in den vergangenen Wochen daran erinnert, dass Sedin Westerbergs Frage, ob er die beiden getötet habe, mit einem Schweigen beantwortet hatte. Nur mit einem Schweigen.

Nicht mit einem Nicken.

69

Ari Kauppinen erzählte von seinen Fällen, Virpi erzählte von einer Sommergrippe, die sie gehabt hatte, und Marisa Lövgren erzählte, dass an ihrer Schule eine Salmonellenvergiftung aufgetreten war, vor einigen Wochen, einige Schüler waren erkrankt, es war erwogen worden, die Schulküche vorübergehend zu schließen. Inzwischen sei alles wieder gut, aber es habe ihr Angst gemacht.

Lasse Ekholm fragte sich, ob die anderen bewusst von eigenen Problemen berichteten, von Ängsten und Sorgen, um das eigentliche Problem, das nicht zur Sprache kommen durfte, in einen größeren Kontext zu bringen, vielleicht sogar sanft abzumildern.

Vielleicht bildete Lasse Ekholm sich das ein, vielleicht war es Zufall, aber es erschien ihm einleuchtend. Auch dass er jedes gesprochene Wort auf Kirsti und sich bezog und auf Anna, wunderte ihn nicht, er hatte gewusst, dass es so kommen würde. Kirsti neben ihm lachte schrill auf.

»Hoppla!«, rief Sven.

»Markku!«, rief Marisa.

Der kleine Markku war vom Stuhl gefallen. Ekholm hatte den Aufprall nicht gehört. Sven Lövgren grinste schief, Virpi kicherte, und Kirstis Lachen mündete in ein Prusten. Sie leerte ihr Glas.

Er wollte sie umarmen.

Er versuchte, nach ihrer Hand zu greifen, unter dem Tisch, aber er konnte sich nicht bewegen. Er sah dem kleinen Jungen dabei zu, wie er sich aufrappelte. »'tschuldigung …«, murmelte er. Sein Gesicht war gerötet, er setzte sich wieder.

»Nichts passiert«, sagte Marisa.

Dennoch hatte der Aufprall, den Lasse Ekholm nicht gehört

hatte, Stille ausgelöst. Alle schienen sich, mit einem Schlag, daran erinnert zu haben, dass sie nicht lachen durften.

Virpi fragte ihn, in die Stille hinein, ob er wieder angefangen habe zu arbeiten. Die Frage hallte nach, bis wieder Stille herrschte, und es fiel ihm schwer, sie zu beantworten. Es war keine schwierige Frage. Er war Virpi dankbar dafür, dass sie sie gestellt hatte. Er war allen dankbar für das, was sie taten. Sie versuchten, es richtig zu machen, jeder auf seine Weise.

Sein Blick streifte die Kinder, Aliisa und Markku, die sich aufgerichtet hatten und den Atem anzuhalten schienen. Sven Lövgren hielt den Blick gesenkt, Marisa war aufgestanden und fragte leise, ob sie vielleicht noch Wein nachschenken könne. Sven, sein Kompagnon, fixierte ihn. In seinem Blick war Sorge. Sven kannte die Antwort natürlich, aber er war dennoch gespannt darauf, was Lasse Ekholm sagen würde.

Ekholm spürte Kirstis Hand in seiner.

»Nein«, sagte er.

Virpi nickte.

»Nein, es ist … noch nicht die Zeit. Ich brauche noch«, präzisierte er.

Virpi nickte wieder.

»Ich muss da wirklich Sven sehr … danken«, sagte er und suchte Sven Lövgrens Augen. Sven saß schweigend, und Ekholm sagte: »Ich bin ab und zu im Büro, aber im Moment sicher eher Belastung als … jedenfalls, an dieser Stelle, danke, Sven.«

Lövgren nickte, und Kirsti sagte: »Ich bin im Moment beruflich ziemlich viel beschäftigt, insofern … für mich ist es … ein Weg, auf dem ich gehen kann … es … lenkt ab … es läuft ganz gut.« Ihre Stimme klang fremd in Ekholms Ohren, vielleicht, weil sie beide für recht lange Zeit mit niemandem gesprochen hatten, außer mit sich selbst.

Er hörte Kirsti erzählen. Manchmal machte sie eine Pause,

dann warfen die anderen Fragen ein, erleichtert, weil Kirsti einen guten, einen stabilen Eindruck machte, und Kirsti sprach und trank von ihrem Wein. Vielleicht klang Kirstis Stimme fremd, weil er der Einzige war, der wusste, dass sie log.

Einmal, vor vielen Jahren, waren sie beide restlos betrunken nach Hause gekommen. Es hatte keinen konkreten Grund für das Ausmaß des Rauschs gegeben, es war einfach eine gelungene Party gewesen, auch damals der Geburtstag eines Freundes. Sie waren ins Haus gestolpert, und Lasse Ekholm erinnerte sich daran, dass er im ersten Moment gedacht hatte, die Babysitterin würde mit einer Puppe spielen. Aber es war natürlich Anna gewesen, die neben der Babysitterin auf dem Sofa gesessen hatte, hellwach, gegen drei Uhr in der Nacht.

Anna hatte nicht einschlafen können, weil Kirsti und Lasse nicht da gewesen waren, vorher hatte ihr das nie Probleme bereitet, aber dieses Mal hatte sie nicht schlafen können, und ausgerechnet in dieser Nacht waren Kirsti und er betrunken, berauscht nach Hause gekommen. Die Babysitterin hatte sich vielmals entschuldigt, obwohl sie sich für nichts hatte entschuldigen müssen, und in Annas Augen hatte Lasse Ekholm durch den Schleier seines Rauschs etwas gesehen, das sich eingeprägt hatte.

Anna hatte gelacht, als sie den Raum betreten hatten, und in der darauffolgenden Sekunde hatte sie gespürt, dass etwas nicht stimmte, dass ihre Eltern nicht so gewesen waren, wie sie sie gekannt hatte, und in diesem Moment hatte Lasse Ekholm Angst in Annas Augen gesehen. Sie war zurückgewichen. Für einige Sekunden hatte Anna Angst gehabt, die beiden nahestehenden Menschen, die immer da waren, verloren zu haben.

Der Moment war schnell vergangen, Ekholm hatte die Babysitterin hinauskomplimentiert, Kirsti hatte es tatsächlich geschafft, mit Anna zu sprechen, als sei sie nüchtern und genauso wie immer, und Ekholm war es gelungen, sich ins Waschbecken zu übergeben, ohne dass Anna etwas davon mitbekam. Als Anna später zwischen beiden im Bett gelegen hatte, war sie schon wieder bester Laune gewesen und beruhigt eingeschlafen, und Lasse Ekholm hatte in dieser Nacht lange wach gelegen und sich vorgenommen, immer für Anna da zu sein. Immer.

Kirsti trank Wein, und Virpi fragte, ob sie auch ihm nachschenken dürfe.

»Nein, danke«, sagte er und hob abwehrend die Hand.

»Nicht einmal einen kleinen Schluck?«, fragte Virpi.

»Ich muss noch fahren«, sagte Ekholm.

Er spürte Blicke auf sich ruhen und aß von dem Fleisch, das hauchzart war. Worte schwebten durch den leeren Raum, der ihn umgab. Virpi begann abzuräumen und sagte, dass es langsam kühl werde und sie den Nachtisch im Haus servieren wolle.

Die Stimmen nahmen wieder einen weniger befangenen Ton an, es wurde, fast ausgelassen, gelacht, Kirsti hatte ihre Hand von seiner genommen.

In einer anderen Zeit, an einem anderen Ort

70

Computer aus, Kabel raus, auf dem Sprung. Steht plötzlich Schwesterherz in der Tür.
Ja spinne ich?
Unto, sagt sie.
Jo.
Was machst du?
HÄ?
Wo willst du hin?
WO, WO, WO.
Lass uns mal reden. Sagt sie.
WOHIN.
Keine Zeit. Kabel aus, Computer raus. Muss los.
Wohin?
WOHIN? WOHIN?
Fragt, ob sie mitkommen kann.
HA!
Ok, gut, Rohrbomben verpackt, vergraben, Gewehr und Schießeisen schon im Kofferraum, Munition für dreihundert Schuss, Kostüm auf dem Bett.
Momentchen.
Ich hole das Kostüm, trage es an Schwesterherz vorbei nach unten, Schwesterherz läuft hinter mir her, und während sie so läuft, so langsam, gebückt, frage ich mich …

Alles ok so? Mit dem BABY? Siehst fast ein klein wenig … dünner aus.
BABY ist da, sagt sie.
Aha, aha.
Zu früh, sagt sie. Einige Wochen. Liegt im Brutkasten.
Aha.
BRUTKASTEN.
Und was das sei.
Hm?
Das da, sagt sie.
Hm.
Na, das schwarze Hemd da in meiner Hand.
Ach so, Stoff.
Stoff?
Ja, Stoff. Ein Fetzen Stoff.
Ich lege den Fetzen Stoff, das Kostüm der Ninja-Katze, auf den Rücksitz.
Sie kommt mit. Sagt sie.
Aha.
In die Stadt. Falls ich da hinfahre.
Aha. Jo. Na dann.
Ich will nicht in die Stadt, ich will auf die INSEL, habe einen TERMIN, aber was tut man nicht alles für SCHWESTERHERZ. Steig ein, Schwesterherz, kein Problem, dann fahre ich dich in die STADT, Momentchen noch, Eile mit Weile, muss kurz was NOTIEREN.
Gehe nach oben, stehe vor dem Tisch, endlich allein, schreibe den letzten Eintrag. Für alle anderen, für die NACHWELT, also:
Bin auf dem Sprung. Zu einem KONZERT. Habe keine Eintrittskarte, aber man ERWARTET mich.
Special Guest.
Uninvited.

Showtime.
Kinder killen.
Das war's.
Ich bin
weg.

August

71

Als sie im Haus saßen, in warmem Licht, begann Ari wieder, von einem Fall zu erzählen, einem anderen Fall, einem anderen Mandanten, der Richter hieß X, der Mandant Y, ein wichtiger Zeuge Z.

Virpi brachte den Nachtisch, ihre Spezialität, Tiramisu, und Lasse Ekholm fragte sich, ob Ari in anderen Runden auch von ihrem Fall berichtete. Von einem Mandanten, der ein guter Freund war, X. Von einem Mädchen, das die Tochter des Mandanten war, Y.

»Und dann kommt langsam die Zeit für die alljährliche Ballerei«, sagte Virpi lächelnd.

»Stimmt«, sagte Kirsti, ihre Wangen waren gerötet, und Lasse Ekholm dachte darüber nach, was es eigentlich über seinen Freund Ari Kauppinen aussagte, dass er alljährlich am 31. August, pünktlich um 21.14 Uhr, in der Minute seiner Geburt, ein Feuerwerk abfackelte.

Vermutlich nichts. Er sah auf die Uhr, noch fünfzehn Minuten. Ari ging, um die Raketen startbereit zu machen, die er aufbewahrt hatte, eingekauft hatte er sie vermutlich vor Monaten, an einem anderen Tag, in einem anderen Jahr, in dem Anna noch gelebt hatte. Sven Lövgren folgte Ari, um ihm beim Aufstellen der Feuerwerkskörper behilflich zu sein.

»Männer ...«, sagte Virpi, Marisa lächelte, Kirsti trank, und die Kinder rannten in den Garten.

»Aber vorsichtig, geht bitte nicht zu nah ran!«, rief Virpi.

Ekholm dachte darüber nach, ob Aliisa oft an Anna dachte.

Sie waren nicht in dieselbe Klasse gegangen, hatten aber dieselbe Schule besucht. Aliisa war ein Jahr älter, in einem Alter, das Anna nicht mehr erreichen würde.

»Noch drei Minuten«, sagte Marisa.

Virpi balancierte Gläser auf einem Tablett. »Dann lasst uns schon mal rausgehen«, sagte sie, und dann standen sie im Freien, in einer plötzlichen Kälte.

»Hu«, sagte Marisa und verschränkte die Arme. »Was ist denn jetzt los?«

»Die haben anscheinend wirklich recht gehabt mit der Ansage«, sagte Sven Lövgren, ohne von der Rakete aufzusehen, vor der er kniete.

»Womit recht gehabt?«, fragte Virpi.

»Morgen sollen die Temperaturen in den Keller gehen. Der Wetterfuzzi bei YLE-Radio meinte, es stünde die heftigste Kaltfront bevor, die er zu dieser Zeit des Jahres je die Freude gehabt hat, kommentieren zu dürfen.«

»Aha«, sagte Virpi.

»Aber ... eben war doch noch Sommer«, sagte Marisa.

»Hauptsache, die Raketen zünden«, sagte Ari.

»Zieht euch bitte was über, Kinder«, sagte Virpi.

»21.14 Uhr«, sagte Kirsti. Sie stand in ihrem leichten, sommerlichen Kostüm auf der Terrasse, mit offenen Armen, entspannt, und schien die Kälte nicht zu spüren. Ari zündete die erste Rakete, die Kinder staunten, Sven Lövgren zündete die zweite, und ein grüner, roter, gelber, goldener Splitterregen erhellte den schwarzen Himmel.

Die Welt explodierte, Lasse Ekholm fühlte Ruhe.

Alle umarmten Ari, Lasse Ekholm wollte Kirsti umarmen. Er nippte an seinem Sekt, spürte ein Prickeln auf der Zunge und schüttete den Rest in ein Blumenbeet. Er folgte dem Blick der Kinder und sah den Farbenregen, und Ari Kauppinen legte eine Hand auf seine Schulter.

»Ach Lasse ...«, sagte er, verstärkte den Druck seiner Hand. »Schön, dass ihr gekommen seid.«

Ekholm nickte. Dann gingen alle zurück ins Haus, einige begannen zu tanzen. Ari hielt plötzlich ein Mikrofon in der Hand und schlug einen Karaoke-Wettbewerb vor. Kirsti sang als Erste. *Wild World* von Cat Stevens. Ihre Stimme klang fremd und schön. Ekholm dachte darüber nach, dass er gar nicht gewusst hatte, wie gut sie singen konnte.

Kirstis Stimme verklang mit den letzten Akkorden der akustischen Gitarre. Danach Stille, dann Applaus. Auch er bewegte seine Hände. Kirsti hielt den Kopf gesenkt und tanzte zaghaft im Rhythmus des nächsten Liedes. Ari nahm das Mikrofon, und Lasse Ekholm war ein wenig erleichtert zu hören, dass sein alter Freund so schief sang, wie er das immer getan hatte.

Er dachte an Laura, Annas Freundin. An die Idee, gemeinsam Abend zu essen, eine gute Idee, aber nicht alle guten Ideen wurden verwirklicht. Er beugte sich zu Ari hinunter, der über dem Karaoke-Computer hing und ein bestimmtes Lied zu suchen schien, und erklärte noch einmal die Sache mit dem Abendessen. Und dass das nicht machbar gewesen sei, wegen der Chemie-Prüfung am nächsten Morgen.

Ari musterte ihn besorgt. Kirsti sang. Der Schmerz vibrierte in ihrer Stimme und flutete seinen Körper. Die anderen tanzten im Takt des Liedes und klatschten Kirsti Mut zu, feuerten sie an.

»Lasse, du musst aufhören, über diese Dinge nachzudenken«, sagte Ari. Er sprach laut, seine Lippen waren nah an Ekholms Ohr, aber die Worte blieben vage und dumpf, sie hatten nicht die Kraft, die Musik und Kirstis Stimme zu übertönen. Ekholm nickte, ohne den Blick von Kirsti abwenden zu können.

Er ging zum Tisch, nahm sich noch ein wenig von dem

Tiramisu und der Erdbeersoße und sah Kirsti beim Singen zu. Eine Ballade. Sie las den Text von einem Zettel ab, den Ari ihr gereicht hatte. Marisa und Sven tanzten eng umschlungen. Ihre Tochter, Aliisa, lag auf dem Sofa, sie war eingeschlafen. Das Tiramisu schmeckte süß, die Erdbeersoße sauer. Ari kehrte zurück, sein Freund, sein Anwalt.

»Lasse, du musst dich zwingen. Du musst ins Leben zurück«, sagte er, langsam, jedes Wort sorgfältig wählend, jeden Buchstaben betonend, wie immer, wenn er betrunken war.

72

Der Satz ging Joentaa nicht aus dem Kopf, der beiläufigste Satz in Larissas Nachricht.

Er nahm den Laptop und loggte sich in den passwortgeschützten Bereich ein, in dem die Ermittlungsprotokolle archiviert waren. Er wusste nicht, was er suchte, aber er suchte zum ersten Mal unter einer neuen Prämisse. Er überflog die Gesprächsprotokolle, die Ergebnisberichte der Kriminaltechnik und blieb schließlich an einem PDF-Dokument hängen, in dem die Geldeingänge und Geldausgänge der Familie Nagy verzeichnet waren.

Joentaa erinnerte sich an ein Telefonat, in dem Westerberg müde darauf hingewiesen hatte, dass es ein Kampf sei, diese Unterlagen zu bekommen. Der Anbieter des Bargeldtransfers, den die Mitglieder der Familie Nagy nutzten, hatte sich als große Firma mit erstaunlich wenigen Ansprechpartnern erwiesen, die in den Vereinigten Staaten beheimatet war.

Joentaa überflog die Zahlen – die etliche Zahlungen verschiedener Familienmitglieder aus verschiedenen Ländern dokumentierten – und las die beigefügte Notiz, die darauf hinwies, dass das Ziel der Ermittlung erreicht worden sei, denn in der Tat hatten sich Bargeldzahlungen von Markus

Sedin an Réka Nagy sowie einige Male an die Mutter Leana Nagy in beträchtlicher Höhe nachweisen lassen.

Joentaa ließ seinen Blick über die Zahlen gleiten, er wusste nicht genau, warum, und er begriff erst, als er fündig wurde, dass er etwas Bestimmtes gesucht hatte.

Er blieb für eine Weile sitzen, betrachtete den See hinter den Fenstern. Fragte sich, ob Larissa auf dem See Eishockey spielen würde, an einem anderen Tag, irgendwann, wenn der Winter kam. Dann stand er auf, zog seine Jacke an und wählte Westerbergs Nummer, während er zum Wagen ging.

Westerbergs Stimme klang müde, als er sich meldete, woraus Joentaa schloss, dass er hellwach war, jederzeit bereit, neue Theorien anzuhören.

»Marko, hier ist Kimmo.«

»Kimmo, schön, dass du dich meldest. Alles gut?«

»Ich weiß nicht. Ich habe eine Idee, in unserem Fall.«

»Hm ... du meinst ...«

»Der Doppelmord im Park.«

»Ja ... du weißt aber doch, dass wir da eigentlich ...«

»Ich möchte mit dem Mann sprechen. Markus Sedin.«

Westerberg schwieg.

»Meinst du, wir könnten das kurzfristig arrangieren?«

»Jetzt?«, fragte Westerberg.

»Ja, ich bin schon unterwegs.«

Westerberg lachte.

»Ich bin in einer guten Stunde da«, sagte Joentaa, während er den Wagen auf den Waldweg steuerte, in Richtung der Landstraße, die ihn zum Autobahnzubringer leiten würde.

»Ein typischer Kimmo«, sagte Westerberg, nicht müde, nicht genervt, sondern liebevoll. Fast väterlich, dachte Joentaa vage.

»Gibt es denn etwas Bestimmtes ...«

»Ich möchte erst mal mit Sedin sprechen. Und ich bitte

dich, noch mal einen Blick auf die Unterlagen zum Geldtransfer zu werfen. Schau dir vor allem alle Einträge aus dem Monat April an.«

»Ok«, sagte Westerberg. »Die Einträge sind aber, wenn ich mich richtig erinnere, verschlüsselt, der Anbieter hat uns mit vollständigen Absender- und Empfängerdaten nur die Zahlungen zur Verfügung gestellt, die Sedin getätigt hat.«

»Ich weiß«, sagte Joentaa. »Trotzdem.«

Westerberg lachte wieder. »Ok, Kimmo. Ich bin gespannt und werde gleich noch Seppo aus dem Feierabend holen. Wir freuen uns doch immer, dich wiederzusehen.«

73

Kirsti tanzte, eine Stehlampe umarmend wie einen imaginären Partner, und Ari Kauppinen folgte Lasse Ekholms Blick.

»Manchmal denke ich, dass sie es … besser verkraftet«, sagte er.

Kirsti umarmte jetzt den kleinen Markku, der, mit hochrotem Kopf, versuchte, sich ihren Bewegungen anzupassen. Der letzte Akkord verebbte, und Sven Lövgren trat an den Karaoke-Computer heran, vor dem sie standen, und sagte: »Wir machen uns auf den Weg. Aliisa ist schon eingeschlafen.«

»Bleibt doch«, sagte Ari. »Ihr könnt übernachten.«

»Danke, aber ich muss morgen ziemlich früh … also, das geht nicht …«, sagte Sven Lövgren. Sein Kompagnon. Im Hintergrund streichelte seine Frau Marisa die gemeinsame Tochter Aliisa aus dem Schlaf.

»Na, dann …«, sagte Ari.

Kirsti stand mit dem Mikrofon in der Stille.

»Wir gehen dann auch«, hörte sich Ekholm sagen.

»Wollt ihr denn nicht … übernachten?«, fragte Ari.

Ekholm verneinte. Er ging zu Kirsti und stellte sich vor, sie zu umarmen.

»Lass uns aufbrechen«, sagte sie, als sie sich gegenüberstanden. Wenig später traten alle gemeinsam in die Nacht, die eine plötzliche Kühle gebracht hatte.

»Bis bald!«, riefen Virpi und Ari.

»Bis bald«, sagten Marisa und Sven, bevor sie in ihren Wagen stiegen. Lasse Ekholm fuhr hinter Sven, bis der Waldweg auf die Landstraße führte und ihre Wege sich trennten.

Sie fuhren durch das Dunkel, und Kirstis Maske fiel. Er sah die Erschöpfung und die Müdigkeit in ihrem Gesicht, der Abend hatte Kraft gekostet. Kraft, die sie nicht besaß.

Als sie seinen Blick spürte, wendete sie sich ab und sah aus dem Fenster. Er konzentrierte sich auf die Straße. Seen glitzerten hinter den Bäumen, Kirsti schwieg, und er fühlte sich leicht. Er wusste plötzlich, was passieren würde.

»Ein schöner Abend«, sagte er.

Kirsti wendete den Blick in seine Richtung. Ihr Gesicht war von Tränen bedeckt, und sie nickte.

Die Scheinwerfer der entgegenkommenden Fahrzeuge waren kleine Monde. Sie trieben ihm entgegen, gewannen an Größe, und dann streckte Lasse Ekholm die Arme nach ihnen aus. Endlich, dachte er.

Der Schrei, den Kirsti ausstieß, ähnelte einem Summen und war weit entfernt. Der Aufprall war kurz und blechern. Er schloss die Augen und ließ sich treiben.

Er hatte es schon einmal erlebt.

Die Welt drehte sich. Sie drehte und drehte und drehte sich lautlos um sich selbst. Dann stand sie still. Die Geräusche kehrten zurück. Langsam und stetig nahm die Lautstärke zu. Das Dröhnen eines Motors. Er lag auf einer kalten weichen Fläche, auf dem Rücken. Er hatte keine Schmerzen.

Ein plötzliches Empfinden von Schwerelosigkeit, in dem

Moment, in dem er die Spur gewechselt hatte. Der dröhnende Motor war der des anderen Wagens, der sich überschlagen hatte, die Räder drehten mit hoher Geschwindigkeit ins Leere. Er versuchte sich aufzurichten, aber es war nicht möglich. Er hörte Sirenen, die schnell näher kamen, flackernde Lichter, eine Stimme sprach ihn an.

»Haben Sie Schmerzen?«, fragte die Stimme, er verneinte.

»Wir bringen Sie bald weg von hier. Es wird wieder gut«, sagte die Stimme.

Hände berührten ihn.

»Es ist wichtig, dass er zur Ruhe kommt, sonst kippt er uns weg«, sagte eine andere Stimme.

Sie hoben ihn nach oben, trugen ihn. Über seinem Gesicht hing ein Schlauch. Er hörte einen Schrei, der leise begann, anschwoll, in ein Kreischen mündete. Er sah in die Gesichter, die über ihm waren und regungslos blieben.

War er der Einzige, der den Schrei hören konnte?

»Beruhigen Sie sich«, sagte eine der sanften Stimmen. »Versuchen Sie, ruhiger zu werden.«

Er wollte nach Kirsti fragen, aber er konnte nicht sprechen.

»Versucht es von der anderen Seite!«, rief eine Stimme. Flackernde Lichter. Er wendete den Kopf und sah das Auto. Den neuen silbernen Wagen, allzeit gute Fahrt hatte der Verkäufer gewünscht und Kirsti einen Blumenstrauß überreicht. Der Wagen sah eigentlich unversehrt aus, er stand am Straßenrand. Nur die Windschutzscheibe fehlte.

Deshalb hatte er am Boden gelegen, er war nicht angeschnallt gewesen. Er konnte sich an die Sekunden des Sturzes nicht erinnern. Er sah Kirsti, sie saß auf dem Beifahrersitz und bewegte sich nicht. Die Tür war geöffnet. Ein Sanitäter beugte sich über sie und schien mit ihr zu sprechen.

»Können Sie mich hören?«, fragte eine Stimme.

Er nickte.

»Sie müssen versuchen, sich zu beruhigen.«

Er war ruhig.

»Versuchen Sie, regelmäßig zu atmen.«

Er nickte.

»Ihr fahrt gleich zum Seiteneingang, ich habe durchgegeben, dass sie das große Tor öffnen sollen. Dann mit dem Lastenaufzug in den Zweiten und direkt in die Chirurgie. Ihr werdet erwartet. Klar?«

»Schon klar, Chef«, sagte eine andere Stimme.

Türen wurden geschlossen, ein Motor wurde gestartet, sie fuhren. Er dachte an Kirsti. Ein kleines Fenster, durch das er blickte, er sah Kirsti, die einem Sanitäter erklärte, wo der Schmerz saß.

Er schloss die Augen.

»Er kippt weg«, sagte eine Stimme, genau in dem Moment, in dem er endlich begann, ins Leben zurückzukehren.

74

»Zwei Wagen, ja. Ist das so verdammt schwer zu begreifen oder was?!«, rief einer der beiden Polizisten, die als Erste am Unfallort eingetroffen waren.

Die Frau am anderen Ende der Leitung schien nichts zu begreifen.

»Verstehen Sie mich eigentlich? Wir brauchen sofort ...«

»Entschuldige ...«

»Was!?«

»Ich ...«

»Merkst du vielleicht, dass ich gerade am Telefonieren bin?!« Er sah seinen jungen Kollegen an.

»Ich ... wollte nur sagen, dass ... in dem anderen Wagen ...«

»Was denn, verdammt?!«

»Also ... ein bisschen komisch ... da lagen Waffen und eine riesige Menge Munition im Kofferraum. Und die beiden Insassen, ein Mann und eine Frau, sind tot.«

75

Kimmo Joentaa durchquerte den späten Abend auf einer leeren Straße, die immer geradeaus zu führen schien.

Als er ankam, rief er Westerberg an, der sagte, dass alles vorbereitet sei, er solle sich am Empfang ausweisen und anmelden und in den fünften Stock fahren, der Vernehmungsraum liege rechter Hand, Zimmer 404. Joentaa lief durch die einsetzende Kälte, betrat das im Dunkel liegende große Gebäude, meldete sich an, wurde von einem müde aussehenden Nachtpförtner durchgewinkt und fuhr nach oben.

Hinter der Tür zu Zimmer 404 verbarg sich der Vorraum, in dem Joentaa schon einmal gestanden hatte, vor einigen Wochen, gemeinsam mit Seppo, und hinter der Scheibe, die den Blick auf den Vernehmungsraum freigab, hatte Markus Sedin vor einem Aufnahmegerät gesessen und geschwiegen.

Geschwiegen – und nicht genickt.

»Kimmo«, sagte Westerberg, Seppo hob die Hand zum Gruß.

»Hallo, ihr beiden«, sagte Joentaa.

Hinter der Scheibe saß wieder Markus Sedin, leitender Fondsmanager der Norda-Bank. Er saß in sich zusammengesunken, als liege eine schwere Last auf seinen Schultern, aber auf eine merkwürdige Weise wirkte er auch entspannt, und Joentaa erinnerte sich an die Tage und Wochen nach Sannas Tod, die Jahre zurücklagen, aber unvermindert präsent waren und nie vergehen würden.

Er erinnerte sich an das Gefühl, das ihn damals beherrscht hatte, das Gefühl, einer unendlichen Schwere ausgesetzt zu sein, und gleichzeitig hatte sich manchmal eine unnatürliche Leichtigkeit eingestellt, eine kaum zu ertragende Gelassenheit, die sich aus dem Gedanken gespeist hatte, dass ohnehin alles verloren war.

»Ja«, sagte Westerberg, der Joentaas Blick durch die Scheibe folgte. »Da ist er.«

Joentaa nickte.

»Und Seppo ist an der Sache dran, um die du uns gebeten hast. Wegen der exakten Daten zum Bargeldversand.«

»Gut«, sagte Joentaa. »Sind euch die vier Einzahlungen aufgefallen? Ende März und im April dieses Jahres?«

Seppo hob den Ausdruck an, den er in den Händen hielt. Zahlen und Daten, die ein Muster ergaben. Vielleicht. »Ich denke, ich verstehe, was du meinst«, sagte Seppo. »Viermal zweitausend Euro. Der Absender ist verschlüsselt, es ist demnach nicht Sedin, weil uns bereits alle Zahlungen Sedins unverschlüsselt verfügbar gemacht worden sind.«

»Genau, diese Überweisungen meine ich.«

»Die Summe wurde zweimal von Belgien aus in Réka Nagys Heimat transferiert, und zweimal kam das Geld erstaunlicherweise aus Finnland ... von einem Reisebankschalter in Helsinki ...«

»Genau«, sagte Joentaa.

»Aber eben nicht von Sedin«, sagte Seppo.

Joentaa nickte.

»Die Summe ist auffällig, weil es immer die gleiche ist, und sie ist auch um einiges höher als die Zahlungen, die die Familienmitglieder untereinander getätigt haben«, sagte Seppo. »Diese Überweisungen fallen, so gesehen, in jeder Hinsicht aus dem Rahmen.«

Joentaa nickte.

»Die Empfängerin des Geldes ist allerdings nicht Réka Nagy, sondern die Mutter«, sagte Westerberg. »Deshalb hatten wir das in der ersten Sichtung der Unterlagen auch nicht genauer untersucht.«

»Ja«, sagte Joentaa. »Ich denke, dass diese Beträge an die Mutter ausbezahlt wurden, weil das Geld in Réka Nagys Heimat gehen sollte und deshalb auch dort am Schalter des Bargeldtransfer-Anbieters abgeholt werden musste.«

»Und … warum hat Réka Nagy es nicht abgeholt?«, fragte Seppo.

»Réka Nagy konnte das Geld nicht selbst entgegennehmen, weil sie in dieser Zeit nicht in Rumänien war, sie war in Finnland«, sagte Joentaa.

»Äh … klar«, sagte Seppo.

»Und das sollte derjenige, der das Geld überwiesen hat, nicht wissen.«

»Aha«, sagte Seppo.

»Vermutlich hat Réka Nagy den Betreffenden unter einem Vorwand gebeten, das Geld an die Mutter zu senden, er dachte in jedem Fall, es sei für Réka. Oder für Rékas Familie.«

»Hm«, sagte Westerberg. »Also, wenn ich dich richtig verstehe … du meinst, dass es da vielleicht irgendwo noch einen dieser …«

Joentaa dachte an das, was Larissa geschrieben hatte. Den beiläufigen Satz. *Ich habe davon gelebt. Hatte gleich drei von der Sorte.*

»… dass es da … noch einen … dieser unselig Verliebten gibt?«, fragte Westerberg.

Joentaa nickte. *Ich vermute, das ist wahre Liebe,* hatte Larissa geschrieben. Ironisch, spöttisch. Oder ganz ernsthaft? Er wusste es nicht.

»Ok«, sagte Seppo.

»Es ist nur eine Idee«, sagte Joentaa.

»Ich bin in jedem Fall dran«, sagte Seppo. »Die Firma, die die Gelder transferiert hat, hat ihren Sitz in den USA, ich habe sowohl dort als auch hier in Helsinki Druck gemacht und warte auf Rückmeldung.«

»Gut«, sagte Westerberg.

»Und da wir uns mit diesem Bargeld transferierenden Geldinstitut in Bezug auf bürokratische Hürden und Abwägungen bezüglich des Bankgeheimnisses schon einmal geeinigt haben, als es um Sedin ging, hoffe ich, dass wir bald was hören …«, sagte Seppo.

Westerberg nickte. »Wollen wir dann reingehen?«, fragte er Joentaa.

»Ja«, sagte er und folgte Westerberg in den Vernehmungsraum. Er erinnerte sich an das, was er in den Ermittlungsakten über Markus Sedin gelesen hatte. Verheiratet mit Taina, ein Sohn, Ville. Seit neun Jahren Mitarbeiter der Norda-Bank, seit rund vier Jahren in leitenden Positionen, in den Bereichen Investmentbanking und Fondsmanagement.

Er suchte Markus Sedins Blick, aber Sedin sah an ihm vorbei, und Westerberg stellte sich an den Rand des Raums und signalisierte Joentaa, sich auf den Stuhl zu setzen, der Sedin gegenüberstand.

Joentaa setzte sich und schwieg. Er dachte darüber nach, wie er beginnen konnte, und Sedin wartete, geduldig, Joentaa hatte den Eindruck, dass er ewig würde warten können.

»Ich bin Kimmo Joentaa«, sagte er schließlich. »Ich habe im Fall der Ermordung von Réka Nagy ermittelt, nicht hier in Helsinki, sondern in Turku und in Salo, wo sie gearbeitet hat.«

Sedin schwieg.

»Ich möchte gleich zu Beginn etwas sagen. Als Sie vor einigen Wochen, hier in diesem Raum, erstmals vernommen wurden, haben Sie viele Fragen mit einem Nicken beantwortet, aber eine nicht.«

Sedin hob den Blick.

»Sie haben nicht bejaht, dass Sie Réka Nagy und Victor Dinu getötet haben. Sie haben es nicht verneint und nicht bejaht. Sie haben einfach nur geschwiegen.«

Sedin sah ihn an, mit vage erwachendem Interesse, und Joentaa dachte wieder, dass dieser Mann eine Ewigkeit lang würde warten können. Auf was auch immer. Weil er in diesem Moment, in dem sie sich hier gegenübersaßen, nichts hatte oder nichts zu haben glaubte, worauf zu warten sich lohnte.

»Haben Sie sich nie gefragt, was eigentlich passiert ist?«, fragte Joentaa.

Sedin schwieg, lange. Joentaa dachte, dass die Frage ihn überrascht hatte, dass sie bestimmte Gedanken ausgelöst hatte.

Irgendwann begann Sedin zu lächeln, traurig, und als er zu sprechen begann, hatte Joentaa den Eindruck, dass Westerberg, am Rand des Raums stehend, kaum merklich zusammenzuckte.

»Das habe ich tatsächlich nicht«, sagte Sedin.

Joentaa wartete.

»Ich habe nie darüber nachgedacht. Habe mich nie gefragt, wer das getan hat. Réka ist tot. Sie ist nicht mehr da. Ich habe sie und den Mann nach unten gebracht und auf die Bank gelegt. Es ist zu Ende. Es musste zu Ende sein. Das ist alles.«

»Sie sagen, dass Sie Réka Nagy und Victor Dinu nicht getötet haben?«

»Ja. Natürlich sage ich das. Ich habe niemanden getötet.«

»Sie haben …«

»Ich wollte da beginnen, wo ich aufgehört hatte. Ich habe die beiden nach unten gebracht. Ich wollte sie … aus meinem Leben entfernen. Ich musste sie aus meinem Leben entfernen.

Réka war tot. Sie war nicht mehr da. Ich habe sie abgelegt, auf der Bank, und bin nach Hause gefahren.«

»Zu Ihrer Frau und Ihrem Sohn.« Neu beginnen, dachte Joentaa. An der Stelle, an der man aufgehört hatte.

Sedin nickte.

»Wenn es so ist, wie Sie sagen: Was ist dann Ihrer Einschätzung nach in der Nacht vom ersten auf den zweiten Mai in Ihrer Wohnung passiert?«

Sedin schwieg, schien nachzudenken. »Ich weiß es nicht. Ich habe absolut keine Ahnung. Ich weiß nicht genau, was ich eigentlich dachte, aber vermutlich einfach, dass es mit dem Mann zu tun hat … mit Rékas Freund …«

»Victor Dinu.«

»Ich kannte den Mann nicht. Aber dann hat sie mir gesagt, dass sie einen Freund hat, also vermute ich, dass dieser Mann dieser Freund war. Sie hat das einfach so gesagt … als sei es das Normalste … als sei alles normal. Sie hat mich angesehen, als sei wirklich alles vollkommen normal …« Sedin schüttelte den Kopf, dann begann er leise zu lachen.

»Wann haben Sie Frau Nagy zuletzt gesehen?«, fragte Westerberg, aus dem Hintergrund, seine Stimme klang dumpf, aber Joentaa spürte die unterdrückte Erregung.

»An diesem Abend … ich dachte … gar nichts … ich weiß nicht, was passiert ist. Ich will es nicht wissen. Es ist irgendeine Geschichte, eine, die mit mir nichts zu tun hat. Nichts zu tun haben darf …«

»Seit wann wussten Sie, dass Réka Nagy in dem Club arbeitete?«, fragte Westerberg.

»Ich habe es erst an diesem Abend erfahren … durch Zufall. Durch einen absolut irrsinnigen Zufall … in derselben Nacht, in der sie …«

»Wie haben Sie davon erfahren?«, fragte Westerberg.

Sedin sah ihn fragend an.

Ein absolut irrsinniger Zufall, dachte Joentaa.

»Wie haben Sie davon erfahren? Dass Frau Nagy in dem Club in Salo arbeitete?«, fragte Westerberg.

Sedin schien über die Frage nachzudenken, und in Joentaas Rücken wurde die Tür geöffnet.

»Also ... wir haben was«, sagte Seppo. »Der Name des Mannes, der in der Reisebank in Helsinki Geld an Réka Nagys Mutter überwiesen hat, ist Jarkko Falk. Wohnhaft in Helsinki, Merenkylänkatu 52.«

Stille füllte den Raum.

Jarkko Falk, ein Name, dachte Joentaa.

»Also ... wie bitte?«, fragte Markus Sedin.

Joentaa drehte sich um, sah die Verwirrung in Sedins Gesicht.

»Ja?«, fragte er.

»Ich kenne Jarkko Falk«, sagte Sedin.

»Sie kennen ihn?«, fragte Seppo, im Hintergrund.

Larissa anrufen, dachte Joentaa. Und Sannas Grab gießen.

»Ja, natürlich. Jarkko Falk arbeitet bei uns, in der Bank«, sagte Markus Sedin.

»Ein ... Kollege von Ihnen?«, fragte Westerberg.

»Ja. Natürlich.«

Natürlich, dachte Joentaa.

Réka Nagy.

Jarkko Falk.

Namen. Jede Geschichte hatte einen Anfang. Und ein Ende.

»Ein sehr ...«, sagte Sedin. Er hielt inne, schien den nächsten Satz kurz abzuwägen, dann sagte er: »Jarkko Falk ist ein guter und lieber Kollege. Der Junge aus unserer Asienabteilung.«

Zur selben Zeit, in einer Geschichte, die nicht erzählt wird

76

Das hat es noch nie gegeben, noch nie.

Würde dieser Angeber De Vries sagen. Vielleicht. Wenn der Winter kam, wenn wieder ein Regenbogen im Dunkellicht über dem Wasser hängen würde.

Noch nie, noch nie.

Der Kellner brachte den Kuchen und den Orangensaft. Jarkko Falk aß und trank. Der Kellner sah aus wie einem anderen Jahrhundert entlaufen, das Café am Ende der Strandpromenade war recht gut besucht, eine Touristengruppe hatte einen langen Tisch an den Fenstern belegt, Jarkko Falk sah ihnen dabei zu, wie sie redeten und tranken und wie langsam die Regeln entglitten und dem Rausch wichen, der sie zum Lachen brachte.

Er erinnerte sich an den Abend, an die Nacht, in der sie gegessen und getrunken hatten, fünf Gänge hatte das Menü umfasst, und dann waren die Regeln entglitten, der Rausch hatte sich Bahn gebrochen, und sie waren tanzen gegangen, in den angesagtesten Club in ganz Ostende, wie De Vries, der Vorsitzende der belgischen Bank, betont hatte.

Sie hatten Champagner getrunken und aneinander vorbeigesehen, jeder in eine andere Richtung, und Jarkko Falk hatte gespürt, wie seine Füße begonnen hatten, sich im Rhythmus der Musik zu bewegen, und Markus Sedin hatte an der Bar mit einer Frau gesessen, die Jarkko Falk sofort gemocht hatte. Das Lachen. Das schiefe, spöttische Grinsen. Oder den lauten Aufschrei, als sie einmal fast vom Stuhl gefallen wäre.

Er wusste nicht genau, was er gemocht hatte, aber er hatte sie gemocht. Sofort.

Als er am nächsten Tag im Zug nach Brüssel gesessen hatte, Kaffee trinkend, mit zwei Sekretärinnen aus der Asienabteilung, war ihm klar geworden, dass er diese Frau nicht würde vergessen können, und als er eine Woche später wieder nach Ostende gereist war, um Bergenheim in Gesprächen mit den Belgiern behilflich zu sein, vorwiegend als Übersetzer, war er abends wieder in diesen Club gegangen.

Allein, und nüchtern.

Die Frau hatte getanzt, halb nackt, halb angezogen, in einem Käfig, und später hatte sie wieder auf demselben Platz an der Bar gesessen, und als er sich neben sie gesetzt hatte, vermutlich etwas linkisch und unbeholfen, hatte sie gefragt, ob er nicht einer dieser lustigen Kerle sei, aus Finnland.

Er hatte bejaht und gesagt, dass sie ein gutes Gedächtnis habe, und sie hatte gesagt: reine Übungssache. Viele Männer, gutes Gedächtnis, und sie hatte gelacht und gesagt, er solle den netten Kollegen grüßen, Markus.

Klar, hatte er gesagt. Das werde er machen.

Und?, hatte sie gefragt.

Was?

Tanzen, hatte sie gesagt und ihn an die Hand genommen, dann hatten sie getanzt, eine Nacht lang, und als sie am nächsten Morgen nebeneinander im Hotel gelegen hatten, gleichzeitig erwachend, hatte sie gesagt, dass sie sich darüber freuen würde, ihn wiederzusehen.

Als er zwei Wochen später wieder in Ostende gewesen war, um gemeinsam mit Bergenheim die Fusion voranzubringen, war sie nicht mehr da gewesen, und als er sie angerufen hatte, hatte sie gesagt, sie sei weit weg, zu Hause, in ihrem

Dorf, ihre Mutter sei erkrankt. Er hatte Geld geschickt, ein paarmal. Sie hatten fast täglich miteinander telefoniert, aber er hatte sie nur ein einziges Mal wiedergesehen, an einem Ort, der nicht gestimmt hatte, der in jeder Hinsicht außerhalb der Logik gewesen war, in diesem Club in Salo. Réka hatte ihn nicht wahrgenommen, ihr Blick war an ihm vorübergeglitten, und Jarkko Falk war gegangen, hatte sich verabschiedet, bleib doch, hatte Bergenheim gelallt, und die Japaner hatten gelächelt und genickt.

Er war gegangen, bevor Réka Gelegenheit gehabt hatte, ihn zu erkennen. Er hatte einen langen Spaziergang gemacht. Hatte sich alle Ecken des Industriegebiets angesehen, er war jetzt ein Experte, wenn es um das Industriegebiet in Salo bei Turku ging, er kannte jede Ecke, hatte sich alles genau eingeprägt.

Dann hatte er plötzlich wieder vor dem Club gestanden, vor dem Gelände, der Lagerhalle, dem rosa und lila beleuchteten Bürogebäude. Er hatte ein Taxi gerufen, sich auf den Rücksitz gesetzt, dem Fahrer Geld gegeben und ihm gesagt, er solle warten, bis es an der Zeit sei, loszufahren. Der Taxifahrer hatte die Stirn gerunzelt. Und gewartet.

Gegen elf waren Bergenheim und die Japaner aus dem Club getorkelt, in den Wagen gestiegen und nach Hause gefahren. Er hatte Bergenheims Gesicht gesehen, Bergenheim persönlich am Steuer des Wagens, Bergenheim hatte schallend gelacht.

Kurz nach eins war Réka gekommen. Sie war, gemeinsam mit einem Mann, zu einem weißen Mercedes gelaufen und eingestiegen. Den Kopf gesenkt. Erschöpft. Auch sie hatte er gesehen, als sie an dem Taxi vorbeigefahren waren, sie hatte auf dem Beifahrersitz gesessen, den Blick ins Leere gerichtet, und Jarkko Falk hatte den Taxifahrer gebeten, loszufahren. Sofort. Dem Wagen zu folgen.

»Wow, Verfolgungsjagd«, hatte der Taxifahrer gesagt, mit müder Stimme. Dann noch mal: »Wow!«

Sie waren nach Helsinki gefahren, in eine schöne Wohngegend, am Meer. Er hatte Réka dabei zugesehen, wie sie neben dem Mann auf ein Haus zugelaufen und darin verschwunden war. Réka, hatte er gedacht. In Finnland. Hier. Bei mir. In einer ganz anderen Welt, Lichtjahre entfernt. In der Logik war eine Lücke gewesen, und er hatte nicht gewusst, wie sie zu füllen sein würde.

»Danke, Meister«, hatte der Taxifahrer gesagt, und Jarkko Falk hatte genickt und war zu dem Haus gegangen. Hatte ihre Stimme gehört. Sie hatte über ihm gestanden, auf einem Balkon. Er war mit dem Aufzug nach oben gefahren, hatte an der Tür geklingelt.

Es war nicht lange her, eine lange Sekunde vielleicht. Und jetzt saß er in dem Café, am Ende der Strandpromenade, in dem er einmal mit Réka Orangensaft getrunken und Kuchen gegessen hatte.

Noch nie, hatte De Vries gesagt. Noch nie war in Ostende ein Mann erfroren. Im Frühling. Noch nie.

Réka war tot. Das war das Einzige, was er wirklich begriffen hatte.

Das Letzte, was er sah, war eine Frau in der Touristengruppe, die den Mund öffnete, das Letzte, was er hörte, war ein Schrei derselben Frau, und das Letzte, was er dachte, waren die Worte, die De Vries sagen würde, morgen oder in einigen Tagen, vielleicht.

Noch nie, würde De Vries sagen. *Noch nie hat sich im Café am Ende der Strandpromenade ein Mann erschossen. Noch nie.*

Er hob die Waffe gegen die Schläfe und drückte ab.

Zwischen Nacht und Morgen

77

Lasse Ekholm erwachte im Dunkel. Er lag einige Minuten lang regungslos, dann versuchte er vorsichtig, seine Arme zu bewegen, seine Beine, beides bereitete Schmerzen, aber es war möglich. Sein Kopf fühlte sich leicht an, wie von einer Last befreit, über ihm hing ein Tropf mit einer Flüssigkeit, in einem Schlauch, der in seinen Arm hineinführte.

Neben ihm, in Reichweite, war ein Knopf, der sich drücken ließ. Gleich würde eine der Schwestern kommen und ihn fragen, wie es ihm gehe, und er würde fragen, wo seine Frau sei, Kirsti. Kirsti Ekholm.

Er hatte die Worte auf den Lippen, legte sie sich zurecht, weil er das Gefühl hatte, dass es mühsam sein würde zu sprechen, er wollte vorbereitet sein und die Worte klar artikulieren, aber dann schwieg er, denn die Frau, die den Raum betreten hatte, war Kirsti. Sie stand auf der Schwelle. Abwartend. Sie schien unverletzt zu sein.

Er bewegte sich nicht, aber in Gedanken streckte er die Arme nach ihr aus, während sie sich aus der Erstarrung löste und langsam, Schritt für Schritt, auf ihn zukam.

78

Markus Sedin lag wach. Er dachte an Jarkko Falk, an das letzte Gespräch, das sie geführt hatten. Das letzte, an das er sich erinnern konnte. An einem Abend, der kühler gewesen war, als der Tag versprochen hatte. Bergenheims Geburtstag, auf der Dachterrasse der Norda-Bank, Rhabarbersekt. Jarkko Falk war der Einzige gewesen, der sich nicht über das Getränk lustig gemacht hatte.

Fast beruhigend, hatte Falk gesagt. *Es wäre doch schade gewesen. Und irgendwie … unnatürlich.* Unnatürlich, hatte Sedin gedacht. *Es wäre schade gewesen, wenn der Frühling in diesem Jahr einfach so … ausgefallen wäre.*

Es war still, fast hatte Markus Sedin das Gefühl, allein zu sein und nicht in dem großen Gebäude, in dem viele Menschen schliefen, Zelle an Zelle. Er stand auf und nahm das Handy, das ihm ein freundlicher Mithäftling auf seine vorsichtige Anfrage hin zugesteckt hatte, vor einigen Wochen, mit zwinkernden Augen und Verschwörermiene, denn die Benutzung eines Handys war während des Vollzugs der Untersuchungshaft nicht gestattet.

Er betrachtete das Display und dachte, dass er unbewusst auf diesen Moment gewartet hatte, auf den Moment, in dem er endlich würde schreiben können. Was auch immer. Er setzte sich auf das Bett, begann zu tippen. Eine Nachricht für Taina. Und für Ville.

Er tippte und tippte, es ging plötzlich leicht von der Hand. Ein freundliches Fehlermeldungsprogramm des Telefons informierte ihn mehrfach darüber, dass die Nachricht in diesem Modus nicht in einem Stück zu versenden sei, er tippte weiter. Es würde sich schon ein anderer Modus finden lassen.

Am Ende enthielt die Nachricht, die er senden wollte, fünftausendsiebenhundertzwölf Zeichen. Zu viele. Wenn man den Berechnungen glauben konnte, die sein Telefon anstellte. Es dauerte nur wenige Sekunden, alles zu löschen.

Dann begann er neu. In einer Sprache, die er zu lange nicht gesprochen hatte. *Liebe Taina, lieber Ville, ich liebe euch und möchte zurückkommen. Anfangen, wo wir aufgehört haben. Ich glaube, dass es geht, aber ich weiß es nicht. Ich wünsche es mir, es ist das Einzige, was ich mir wünsche. Schlaft schön, bis morgen.*

Er versendete die Nachricht, ohne weiter darüber nachzudenken.

Das Telefon hatte nichts einzuwenden.

79

Sundström, der Leiter des Morddezernats in Turku, ließ seinen Blick durch die kleine Wohnung gleiten, das Licht war schwach, auf dem Bett lagen eine Decke und ein Kissen, akkurat gefaltet, der Bildschirm des Computers flimmerte, und Grönholm blätterte in einem Notizbuch.

»Eine Art Tagebuch«, murmelte er. »Wenn du mich fragst …«

»Was?«, sagte Sundström.

»Wenn du mich fragst, haben die Beamten, die den Unfallort gesichert haben, recht. Der Mann war auf dem Weg zu einem Amoklauf, auf der Mumin-Insel, da war heute Abend das große Jugendfestival.«

Sundström nickte.

»Dass er dort nicht angekommen ist, verdanken wir, wenn ich dem letzten Eintrag in diesem Notizbuch glauben darf, der Schwester, die darauf bestanden hat, dass er einen Umweg macht und sie in die Stadt fährt. Und dem Mann, diesem Ekholm, der …«

»… im richtigen Moment die Spur gewechselt hat?«, vervollständigte Sundström.

Erster September

80

Am Morgen des ersten September fiel Schnee.

Der erste. Oder der letzte.

Joentaa war sich nicht sicher, es hing vermutlich von der Perspektive ab. Der Radiomoderator sprach von einer außergewöhnlichen Klimakonstellation und wirkte begeistert, und Joentaa schaltete aus, stieg aus dem Wagen und lief auf das Haus zu, sein Haus, in dem Licht brannte, weil Larissa nicht da war.

Er hatte lange – nach der spätabendlichen, kurzfristig erwirkten Durchsuchung der Wohnung des achtundzwanzigjährigen Fondsmanagers Jarkko Falk – mit Westerberg und Seppo in der leeren Kantine gesessen. Einige Biere trinkend, die Seppo in einer nahe gelegenen Tankstelle erworben hatte.

Gegen Mitternacht hatte tatsächlich ein belgischer Kollege angerufen, wegen dieser Anfrage, die eingegangen sei, einen Jarkko Falk betreffend. Jarkko Falk, der offensichtlich seinen Job gekündigt und ersten Ermittlungen zufolge vor vier Wochen nach Ostende gereist war.

Das sei zutreffend, hatte der belgische Kollege gesagt. Jarkko Falk sei in der Tat in Belgien. Er habe sich erschossen. Vor wenigen Stunden erst.

Vor wenigen Stunden, hatte Joentaa gedacht, und Seppo hatte, nach Minuten des Schweigens, gesagt: »Wenn Falk den Suizid mit der Tatwaffe begangen hat, ist Sedin ab morgen endgültig fein raus aus der Sache. Also … abgesehen von der

Behinderung der Ermittlung, dem Bewegen der Leichen und so weiter, aber das ist ja …«

»… wenig im Vergleich zu einer Mordanklage«, hatte Westerberg gesagt.

Morgen, hatte Joentaa gedacht, und jetzt, vor seinem Haus im Schneetreiben stehend, hielt er inne. Er ging zum Apfelbaum, beugte sich hinunter und tastete nach der Giraffe, die in der Erde lag, von Schnee bedeckt. Eine Schneedecke, dachte Joentaa, eine Schneedecke, die sie besser schlafen ließ.

Im Haus war es warm, er goss sich ein Glas Wasser ein, setzte sich an den Küchentisch. Als es klingelte, nahm er intuitiv das Handy und sah auf die Uhr. Halb fünf am Morgen. Er ging zur Tür, nicht langsam, nicht schnell.

Larissa, dachte er. Larissas Zeit. Wenn sie in der Tür stand, würde er sie nach ihrem Namen fragen. Er würde sie nicht eintreten lassen, wenn sie nicht endlich den Namen sagte.

An der Tür standen zwei uniformierte Polizisten, die er nicht kannte.

»Herr … äh … Joentaa?«, sagte der Ältere der beiden.

»Ja?«, sagte er.

»Kimmo Joentaa?«

»Ja«, sagte er.

»Entschuldigen Sie … wohnt hier eine Frau Beck? Mari Beck?«

Nein, dachte er.

Er sagte nichts.

»Kennen Sie … Frau Beck?«

Er schüttelte den Kopf.

»Also … können Sie uns …«

»Ich höre den Namen zum ersten Mal«, sagte Joentaa.

Die Polizisten tauschten Blicke aus. »Frau Beck hat diese Adresse als Wohnadresse angegeben. Im Krankenhaus.«

Joentaa nickte.

Anfang und Ende, dachte er.

Der ältere der Polizisten räusperte sich, der jüngere sprach. »Frau Beck ist … am gestrigen Abend … bei einem Autounfall ums Leben gekommen. Sie hat diese Adresse als Wohnadresse angegeben, und sie hat … Ihren Namen offensichtlich darüber hinaus auch im Krankenhaus …«

Joentaa wartete.

»Sie hat Ihren Namen eintragen lassen … Sie sind laut Aussage von Frau Beck …«

Der Jüngere räusperte sich, der Ältere fuhr fort.

»Sie sind Vater einer Tochter, die die Verstorbene vor wenigen Tagen zur Welt gebracht hat.«

81

Das Krankenhaus von Turku. Ein Bau mit ungezählten Fenstern, die Joentaa einmal hatte zählen wollen und einmal gezählt hatte.

Vor Jahren. In den Tagen vor Sannas Tod.

Und vor wenigen Monaten. Als Lasse Ekholm hinter einem der Fenster behandelt worden war, wegen Rippenbrüchen und einem Schmerz, der nicht zu behandeln war. Joentaa hatte die Fenster gezählt. Bei Gelegenheit würde er es noch einmal tun, nur um sicherzugehen, dass die Zahl stimmte.

Er folgte nicht den blauen Pfeilen zur Intensivstation, auf der Sanna gestorben war, sondern den gelben, die den Weg zu den Geburten wiesen. Das Gesicht der Schwester, die ihn nach seinem Anliegen fragte, hellte sich kurz auf, als er den Namen nannte. Mari Beck. Der Name hallte nach, der Name, nach dem er so lange gesucht, auf den er so lange gewartet hatte, und das Lächeln der Schwester lag im Schatten.

»Sie wissen, dass Frau Beck …«, sagte die Schwester.

»Ja«, sagte Joentaa. »Ich bin ... der Vater.«

Die Schwester nickte. Sie ging voran, und er folgte ihr in einen vergleichsweise großen Raum, in dem niemand war. Nur die Schwester, er selbst. Und das kleine Kind, das in einem rechteckigen Kasten lag, auf eine weiße Decke gebettet. Es schien zu schlafen.

»Sie liegt nur sicherheitshalber im Brutkasten«, sagte die Schwester. »Es ist alles gut verlaufen.«

Joentaa nickte.

»Die ... Polizei war hier ... es tut mir so leid, dass ...«

Joentaa nickte, ohne den Blick von dem Kasten abzuwenden. Über dem Kasten an einer kahlen Wand hing eine runde Uhr. Die Sekunden vergingen, in regelmäßigen Abständen.

Die Schwester ging und kehrte nach einer Weile zurück. Joentaa hatte die Uhr nicht aus den Augen gelassen, aber er wusste nicht, wie viele Minuten vergangen waren. Sie schwieg, in seinem Rücken, er drehte sich zu ihr um.

»Frau Beck hat Ihnen einen Brief geschrieben«, sagte sie. »Das ist er.«

Sie reichte ihm den Brief.

»Wenn Sie möchten, können Sie hierbleiben«, sagte sie.

Joentaa nickte. »Ja«, sagte er.

»Und ... machen Sie sich keine Sorgen«, sagte sie. »Die kleine Sanna ist auf einem guten Weg.«

Joentaa nickte. »Sanna ...«, sagte er.

»Ja, das ist der Name, den Frau Beck ihr gegeben hat. Gleich nach der Geburt, das schien ihr wichtig zu sein. Ist das ...?«

»Ja. Natürlich, das ist gut«, sagte Joentaa. Er betrachtete den rechteckigen Kasten, unter der runden Uhr. Ein leises Klacken und die ruckartigen Bewegungen des Zeigers signalisierten jede vergehende Sekunde.

Die Schwester lächelte und ging, und Joentaa öffnete den weißen Umschlag, nahm den Brief heraus. Er las.

Lieber Kimmo,
wie du siehst, habe ich ein Kind zur Welt gebracht.
Ich weiß nicht, was ich tun werde, ich bin nicht ganz sicher, seit Monaten schon, aber ich denke, ich werde nicht bleiben. Ich werde dieses Kind nicht begleiten. Ich bin keine Mutter.
Ich habe viel Stress im Moment, im Job und auch mit meiner Familie. Mit meinem Bruder. Ich habe nie von ihm erzählt. Ich glaube, dass ich mich ein wenig um ihn kümmern muss. Was ich dann machen werde, weiß ich nicht.
Ja. Ich habe lange überlegt, dieses Kind abzutreiben, aber dann habe ich es zur Welt gebracht. Jetzt, in diesem Moment, bin ich glücklich darüber.
Ein paar kleine Sachen will ich sagen, zu dem Kind:
Nein, mir ist in den vergangenen zwölf Monaten kein einziges Mal mit einem Freier das Kondom geplatzt.
Ja, du bist der Vater.
Und ja, ich hätte dir trotzdem zu einem Vaterschaftstest geraten, sicherheitshalber, wenn ich nicht das Kind direkt nach der Geburt einmal gesehen hätte. Schau einfach genau hin, ich bin sicher, du wirst dich in ihrem Gesicht finden, ich jedenfalls habe dich sofort gefunden.
Ich weiß nicht, was du tun möchtest. Mit dem Kind. Aber ich denke, dass es richtig ist, dir zu sagen, dass du Papa geworden bist.
Das Kind habe ich Sanna genannt. Irgendwie habe ich immer, seitdem ich dich kenne, gedacht, dass du Sanna zurückbekommen musst. Also … hier ist sie.

Mach das Beste draus, lieber Kimmo, und immer von Herzen alles Gute.
Grüß die Giraffe,
L.

Joentaa las. Einige Male. Dann lief er und blieb vor dem rechteckigen Kasten stehen, der umgeben war von Apparaturen, deren Funktion und Bedeutung er nicht kannte. Er zog sich einen Stuhl heran, setzte sich und betrachtete Sanna, die ruhig zu schlafen schien. Sie wirkte zufrieden, schien entweder gut oder gar nicht zu träumen.

Er dachte darüber nach, ob Babys träumten, ob es Studien dazu gab, Erkenntnisse, und er dachte, dass er keine Ahnung hatte. Nicht die geringste.

Er dachte an Larissa. Larissa, die Mari geheißen hatte. Er spürte den Schmerz, den er gespürt hatte vor einigen Jahren, in der Nacht, in der Sanna gestorben war. Es war genau dieser Schmerz, identisch, deckungsgleich.

Er stand auf und schob den Stuhl näher an den Brutkasten heran, bis er mit der Hand das Glas berühren konnte, dann lehnte er sich zurück und schloss die Augen. Nach einer Weile kam der Schlaf, er begrub ihn unter sich wie eine hohe Welle, und kurz davor dachte er, dass es ein schöner Gedanke war.

Ein schöner Gedanke, dass er in dieser Nacht nicht allein würde einschlafen müssen.

Dank

Ich danke für die wertvollen Gedanken und Gespräche in der Entstehungsphase dieses Romans Niina, Venla und meinen Eltern, Georg und Wolfgang, Esther, Lisa und Caterina, Christian, Ninne, Stephan und Klaus.

Jan Costin Wagner,

Jahrgang 1972, lebt als freier Schriftsteller und Musiker bei Frankfurt am Main und in Finnland, seiner zweiten Heimat. Seine erste Songwirter-CD »behind the lines« erschien 2010. Seine Romane wurden vielfach ausgezeichnet (Deutscher Krimipreis, Nominierung zum Los Angeles Times Book Prize) und in 14 Sprachen übersetzt. Der Roman »Das Schweigen« wurde 2010 fürs Kino verfilmt. Mehr zum Autor und seinen Büchern unter www.jan-costin-wagner.de.

Jan Costin Wagner im Goldmann Verlag

Die Reihe um den finnischen Kommissar Kimmo Joentaa:

Eismond. Roman
Tage des letzten Schnees. Roman
Sakari lernt, durch Wände zu gehen. Roman

GOLDMANN
Lesen erleben